河出文庫

ことばと創造

鶴見俊輔コレクション4

鶴見俊輔

黒川創 編

河出書房新社

ことばと創造　鶴見俊輔コレクション4　目次

Ⅰ　表現の胎動

Ⅱ　ことばが息づくとき

Ⅲ　創造の窓を開け放つ

I

表現の胎動

日本思想の言語——小泉八雲論

一

世界に意味がうまれるのは、何らかの生命の立場からこれにふれる時だ。だから、世界の意味をつくる仕事は、生命の共同の事業だと言える。

人類以外の生命が世界にどういう意味を見出すかは、よくわからないからふれないことにする。人類が世界にどういう意味を見出すかは、人類が人類としてもっている条件によってせばめられる。世界の意味を見出す上で、人類共通の原型というべきものがあると、ユングは、「集合的無意識の原型」という一九五四年の論文の中で措定している。しかし、原型が原型のままぬっとわれわれの歴史に顔を出すことはない。われわれが、夢や芸術作品や思想の中で出会うのは、原型が何らかのしかたで具体化されたものである。それぞれの民族の文化の歴史の中に、姿をかえて、原型がくりかえしあらわれる。それら具体的な姿をとった原型が、それぞれの民族の想像力の慣用語（サンタヤナ）としてある程度自由にその民族のメンバーによって使いこなされる。

明治維新のすぐあとに起こった文明開化の動きは、日本の文化の歴史の中で用意されてきた想像力の慣用語をうちすててかえりみなかった。その影響は今なお続いている。われわれは、古い言いまわしの新しい読みかえを、あまり能率のあがらないつまらない仕事と見なして、熱意をもってとりあげようとしない。

古い言いまわしの読みかえとは、言葉のもつあいまいさ（多くの意味を同時に持つこと）への積極的態度を前提とする。あらゆる種類のあいまいさが、明らかさよりもよいというのではない。あいまいから明らかさへと進むことが、学問の一つの目標だろう。はじめに人工的な単純な概念をつくってから、それらの概念によって、あいまいな状況を記述しようと試みる場合もあろう。この点で、文明開化のもたらした言語観・思想観は、正しい。しかし、あいまいさの持つある種の活力があり、それが、われわれの日常の思想をいきいきとしたものとしていることを忘れないようにしたい。

言葉の持つあいまいな性格を生かして使って、古い言いまわしが新しく生きる可能性には二つの道がある。

第一は、日本の外から来た言いまわしに、日本人の心情を吹き入れて、新しい意味につくりかえる方法である。十字架の伝説は、徳川時代の三百年と明治以後の百年をあわせて四百年のあいだ、日本人のあいだにかくれて語りつがれることで、ユダヤとはちがう意味をもつようになった。

「ていおう（帝王）よろうてつは、御身様《おんみさま》（イエス）のせんぎ（詮議）、つち（土）をうがち、そらをかけ、尋《たず》ぬるといえども、あり所《どころ》しれずゆえ、いずれ、どみん（土民）の子どもにまぎれこみいるほども、おぼつかなくと、うまれ子より七つまでの子供、国中のこらず、ころすべしと（そのかず四万四千四百四十四ったり）、みなころしにぞ、なりけり。もったいなくとも、あわれとも、何にたとえんようもなし、その数四万四千四百四十四人、このこと御身（イエス）つたえきき、さては数万の子供がいのちをうしのう（失う）こと、みなわれゆえなれば、こののち世のたすけのため（「この子供らの後世の救霊のため」の意）ぜぜ丸やのもりの内にてあらゆる苦ぎょう（苦業）は、なされける。かかる所に、でうす（父なる神）より、数万のおさな子のいのちうしのう事、みなその方《ほう》ゆえなり。しかる時は、ばらいそ（天国）のけらく（快楽）をうしなわん事、心もとなし、よって死せし子どもの後世のために、せめせいたげられ（責めしいたげられ）、いのちをくるしめ身をすてきたるべしとの御つうげ（御告）なり。御身はつとへい伏して、御血《おんち》の汗を、ながさせ給い、ひる五カじょうのおらっ所（「昼五カ条のおらっしょ」）、ロザリオの苦しみの玄義）このときなり。それより御身はろうまの国三《さん》たえきれんじゃ（サンタ・エケレシア）のてらへ、かえらせ給う。何とぞ悪人に苦しめられ、いのちをすてんとおぼしめしけり。」

これは、田北耕也が『昭和時代の潜伏キリシタン』という本に収めた、九州の黒崎地方と五島の「天地始之事《てんちはじめのこと》」の経典写本の一部である。この文章が、ヨーロッパに伝わった聖書とくらべて、どこでちがっているかをしらべて、そのちがいを、間違いとしてだけとらえることは、実りのない考えかただ。ほんとうの聖書はこうだったのに、そのほんものの聖書を手にいれることができなかったために、日本のかくれきりしたんは、こことこことを間違えたと判断する時、西洋渡米の本文の正確な語りつたえが宗教の目的になってしまう。

もとの聖書のマタイ伝には、こう書いてある。

「さて、ヘロデは博士たち（かれらは幼児イエスの誕生を推測したが、その居場所をヘロデにおしえることなく自分の国へかえってしまった）にだまされたと知って、非常に立腹した。そして人々をつかわし、博士たちから確かめた時に基いて、ベツレヘムとその附近の地方とにいる二歳以下の男の子を、ことごとく殺した。」

これが、かくれきりしたんの口づたえにかかると、その数四万四千四百四十四人ということになる。京都の三十三間堂の仏の数が一千一で、それぞれ三十三体にかわって三万三千三十三体となるという言いつたえから思いついたものだろうと言われる。これは枝葉をつけただけのちがいだが、このマタイ伝福音書には書いてないヘロデの赤ん坊探しのやりかたを、かくれきりしたんの経典ではことこまかに書きこんで、「つちをうがち、そらをかけ、尋ぬるといえども、あり所しれずゆえ、いずれ、どみんの子どもにまぎれこみいるほども、おぼつかなくと……」と述べる時、かれらは、島原の乱以後ちりぢりに散って、山の中や離れ島で百姓となって暮している自分たちにむかって、なおも詮議の手をゆるめない徳川幕府のことを思いうかべていたのだろう。それでもなお、自分たちの心の中で神の子をまもりとおしたいという切実な望みが、不安とともに言いあらわされている。この信仰の切実さは、敗戦後の日本の安定期につくられた口語訳聖書の文体には、失われている。

もっとも早くできたイエスの記録であるマルコ伝は、イエスの最後の祈りをつぎのようにえがいた。

「アバ、父よ、あなたには、できないことはありません。どうか、この杯をわたしから取りのけてください。しかし、わたしの思いではなく、みこころのままになさってください。」

この部分は、かくれきりしたんによって、もとの聖書にない動機づけをあたえられる。イエスが、自分ゆえに他の子どもが殺されたことから発心して立派な預言者になろうと修行しているところに、神があらわれて、「数万のおさな子が死んだのはおまえのためなのだから、それで自分ひとり救われようなどと思っているようでは天国の快楽を与えるわけにはゆかない。なくなった子どもたちのために、苦しみに身をさらし、命をすてて来なさい」と、教えた。

自分ゆえに死ぬようになった罪なき子どもたちのことで悩みぬいた結果、イエスは、修行を途中でうちきり、世間に姿をあらわして、せめしいたげられ、命をすてることに踏みきる。自分のゆえに死んだ人々にたいする連帯の感情が、イエスの最後の行為である十字架上の死へとみちびく、この物語の構成は、ユダヤ、ヨーロッパとちがって明らかに日本人らしい心情にうらうちされている。それは、野間宏の『顔の中の赤い月』に見られるように、自分が助けることのできなかった戦友の死が、戦後の生きかたをきめるという宗教感情につらなる、一つの精神の系譜である。吉田満の『戦艦大和の最期』、菅野静子の『サイパン島の最後』など、日本の戦争体験の記録の多くが、このように、亡くなった人とともに生きるという形で宗教感情を表現した。これは、日本に早くからある祖先崇拝に根ざしており、死者を含めての共同体への連帯感の中に、宗教的平安を求めるという伝統とむすびつく感情だ。戦争に生き残った者は、自分が生き残ったことの偶然性に不安を感じ、うしろめたさを感じる。そして死者とともに生きるという感情を自分の中に保つことができた時、はじめて、ほんとうに生きているという実感を回復する。『戦没農民兵士の手紙』を編んだ岩手県農村文化懇談会、『きけわだつみのこえ』を編んだ、戦没学徒兵記念会（わだつみ会）の戦後二十年目に及ぶまでの活動は、生き残った者の側にあるこのような死者との連帯感回復への努力に、支えられている。ここに、日本的な平和運動の根がある。

かくれきりしたんの作りだした慣用語の転生は、日本の知識人の世界にこれまで何の影響もおよぼしたことはない。ローゲンドルフの「現代日本とカトリシズム」によると、日本の開国を待って、その後の布教の準備をしていたヨーロッパのカトリック教会は、島原の乱以後もキリスト教の信仰をかくれてまもりつづけている日本人を全国各地から探し出して、三百年来の信仰の連続性の上に開国後の日本のキリスト教を置こうとした。一八六五年三月十七日、ベルナール・プチジャン神父は、浦上村のキリスト教信徒が名のり出るのに会った。プチジャン神父は、その後、浦上の信徒たちの使いなれている「おらしお」(祈り)、「がらさ」(めぐみ)、「こんちりさん」(ざんげ)などの言葉を自分で用いて、日本での布教をすすめることに努力した。しかし、日本のカトリック教会の全体としては、漢語ふうの翻訳がやがて優勢になり、「祈禱《きとう》」「聖寵《せいちょう》」「痛悔《つうげ》」などが、「おらしお」「がらさ」「こんちりさん」にとってかわった。九州の方言が、東京の漢語文化をくみかえることなど、明治時代の日本文化の状況としては、考えられもしないことだった。長崎市に近い浦上村の信徒の遺産でさえ、中央の知識人に影響をあたえなかったのだから、その後さらに数十年にわたって信仰をかくしつづける五島や生月島のかくれきりしたんの文化が、東京の知識人の思想に影響をもつわけがなかった。こうして、日本の近代文化は、「王政復古」の旗の下に文明開化をもたらした政治の領域とそれに対応する日常生活の領域を別として、その間にはさまれた文化の諸領域においては、慣用語の転生という門をくぐることなく、明治以後の百年の道を歩んだ。

第二の道は、日本にもとからある古い言いまわしに、新しい状況から得た認識と体験の息吹きをこめることによって、新しい意味をつくりだす方法だ。たとえば、「カテゴリー」という言葉を「範疇」と訳し、「ディダクション」という言葉を「演繹」と訳すというのは、この第二の方法ではない。「範疇」とよびかえ、「演繹」とよびかえたとこところで、これらはもともと日本人にとっての慣用語ではないので、とくに何を連想させるでもなく、ここには慣用語の転生などはない。日本の学術語の歴史は、慣用語の転生の実例にとぼしい。日本の学術用語は、日本語の中の外国語であり、外国語を知らないと本格的に理解することのできない種類の日本語である。

慣用語の転生の第二の方法の実例として、「天狗」「幽霊」「たましい」などについて書かれた小泉八雲の作品をとりあげることができる。

日本には古くから、多くの怪談が伝わっているが、それらを外国人が語り直したものがもう一度日本語に翻訳しなおされて、もともとあった日本語の怪談よりも、もっと広く日本人のあいだで読まれたということは珍しい。日本以外の国でも、外国人による語り直しのほうがよりひろく国民の間で読まれた例は珍しいのではないか。なぜ、日本のもとからの怪談が読まれず、八雲の語り直した怪談が読まれるのか。その理由のひとつは、八雲が、明治以前の日本人が怪談を語っていた場合とちがう認識と感情を、この同じ怪談に盛りこんだからである。そして、八雲がここに盛りこんだ認識と感情は、明治以後の文明開化を経た日本人にとって、明治以前の怪談に盛りこまれた日本人の認識や心情以上に、親しみやすいものとなっていたからだ。もちろん、例外はあるので、明治以後にも、小泉八雲とはべつに、三遊亭円朝が『真景累《しんけいかさね》ヶ淵《ふち》』のような作品をつくって、明治幽霊を犯罪者の心のやましさから生ずる神経作用としてとらえる新しい怪談を示した。

しかし、その後明治後期から大正、昭和にいたる日本の怪奇文学は、円朝の影響をうけるよりもむしろ外国人の小泉八雲の影響をうけて生まれたように思われる。

「ちんちん　こばかま」の話には、小泉八雲みずからが付けたわりあいに長い導入部があるので、作者の意図したアクセントがはっきり出ている。この話は、お姫さまが武士のところへお嫁入りしたが、ぶしょうに育っているので、なにかものを食べては、その時使った爪楊枝《つまようじ》を畳のあいだにつきさしておく。それがつもりつもって、爪楊枝のお化けとなり、夜がふけるとつぎのような歌をうたって、お姫さまを悩ませたというのだ。

「ちん・ちん・こばかま、
　よも　ふけ　そうろう、――
おしずまれ、ひめ・ぎみ、――
　　　　　　や　とん　とん」

歌うのは背丈一寸ばかりの小男で、みんなそれぞれ裃《かみしも》を着て、二本の刀を差し、何百人と群がって、この歌を歌い、おもしろそうに踊る。お姫さまの訴えをきいて、押入にかくれて見ていた夫も、そのおかしさに思わず笑いそうになったが、パッと押入から飛び出して刀をひとふりすると、小人たちの姿はかき消すように見えなくなり、あとにはひとつかみの古楊枝が残っているばかりだった。夫はこのお化けの出る原因がわかって、妻をさとしたので、妻はそれから家の整頓をよくするようになったという。

この話のお化けたちは、姿もかたちも、歌も踊りもこっけいで、愛すべきもののように描かれており、それに切りつける侍も、おかしさをかみころしている。ここには、子供たちに部屋をよく整頓するように言いきかせる明治の親たちが、もうすでにこの話を完全に信じていないし、子供たちにも信じさせようとしていないので、ややおかしく、やや恐ろしく話してみせる微妙な二重のかげが見え、それがこの話の独自のスタイルをつくっている。

この怪談のもとの形が、どういうものだったのかは、よくわからない。八雲の著作は、八雲の妻が、自分の聞いた話あるいは読んだ本を、八雲にくりかえし話してきかせたのを、八雲が英語に直したものだ。最終の結実である英語の作品を、八雲夫人は読むわけでもなく、それともとの素材とのちがいを八雲に言って直させるということもなかった。もとの素材が、たとえば『百物語』とか、『臥遊奇談』のように今日残っている本であったとしても、それを八雲夫人がどう語ったかはわからない。夫人の思い出によれば、

「私が昔話をヘルンに致します時には、いつも始めにその話の筋を大体申します。面白いとなると、その筋を書いておきます。それから委《くわ》しく話せと申します。それから幾度となく話させます。私が本を見ながら話しますと、『本を見る、いけません。ただあなたの話、あなたの言葉、あなたの考えでなければ、いけません』と申します故、自分の物にしてしまっていなければなりませんから、夢にまで見るようになって参りました。

話が面白いとなると、いつも非常に真面目にあらたまるのでございます。顔の色が

変りまして眼が鋭く恐ろしくなります。その様子の変りかたが中々ひどいのです。たとえばあの『骨董《こっとう》』の初めにある幽霊滝のお勝さんの話の時なども、私はいつものように話して参りますうちに顔の色が青くなって眼をすえて居るのでございます。いつもこんなですけれども、私はこの時ふと恐ろしくなりました。私の話がすみますと、始めてほっと息をつきまして、大変面白いと申します。『アラッ、血が』あれを何度も何度もくりかえさせました。どんな風をして言ったでしょう。その声はどんなでしょう。履物《はきもの》の音は何とあなたに響きますか。その夜はどんなでしたろう。私はこう思います、あなたはどうです、などと本にはまったくない事まで、色々と相談いたします。二人の様子を外から見ましたら、全く発狂者のようでしたろうと思われます。」

また、

「『あの話、あなた書きましたか』と以前話しました話の事を尋ねました時に『あの話、兄弟ありません。もう少し時待ってです。よき兄弟参りましょう。私の引出しに七年でさえも、よき物参りました』などと申していましたが、一つの事を書きますにも、長い間かかった物も、あるようでございました。」（小泉節子「思い出の記」田部隆次『小泉八雲』一九一四年）

八雲夫人が自分のきいていた昔話を八雲に話してきかせた場合、もとの素材は今日ではさらにとらえにくい。「ちんちん　こばかま」について、岡山から島根にかけて行なわれていた話が、原田譲二によって採集されている。これは、八雲夫人のきいてきた話とおそらく同じと思われるので、次にひいてみる。

「昔或る家の女房が夫の留守に、夜分ただ一人で縫物をしていると、たけ一寸ばかりの小人が何十人という程、行列をつくって部屋の中をねり歩いた。お大名行列のように槍をたて、中にはかごに乗っている者もあった。

ちんちんちよぼし　夜も更け候えば、
御殿坊のおん帰り　ほいほい

といってあるいた。怖しくて一晩中ねむることができなかった。翌日主人が帰ってこの話をきき、今夜もくるか試してみようと、外へ出たふりをしてかくれて見ていると、やはりおなじように、

ちんちんちよぼし　夜も更け候えば、
御殿坊のおん帰り　ほいほい

といいながら、部屋の中をねって歩くので、いきなり物かげから飛出して刀をぬいてその行列を切りはらうと、たちまち姿を消してしまった。ふしぎに思って畳をあげてみると、短く折った箸がいくらともなくちらばっていた。

これは若い女房が箸をそまつにして折って捨てたので、その精がこうして現れたのだということであった。

この話は私の郷里備中できいたものだが、出雲にも同じ話が行なわれている。」（『民族』第一巻第六号、一九二六年九月）

一九四八年に発行された日本放送協会編『日本昔話名彙』によると、佐渡と大分県北海部郡にもおなじような話がある。ここでは、小さい化けものは山でひとりぐらしのおばあさんに現れる。縁の下にほうりだしてあった鉄漿《かね》つけ刷子《ばけ》を焼きすてると、もう現れなくなったという。これらのもとの形とくらべて見て、片目だけをつぶって半分信じたような半分信じないようなしかたで、おかしげに子供に話しかける物語の調子は、八雲から出たものだということがわかる。

なぜ小泉八雲が、日本の怪談の語り直しに彼の中年以後の力をかたむけたか。その語り直しの方向はいかなる目標にむかっていたか、八雲の経歴をふりかえって、日本人の慣用語の転生を彼の伝記の側からとらえてみたい。

二

小泉八雲（一八五〇―一九〇四）は、もとの名をラフカディオ・ハーンと言い、ギリシアの西北、イオニア列島の中のサンタ・マウラ（古名をリューケディアと呼ぶ）に生まれた。父はアイルランド人で英国陸軍の軍医。母はギリシア人とも言い、マルタ島生まれのアラビア系の人とも言われる。二歳の時に母と共にアイルランドに移る。彼が六歳の時に父母は離婚して、母はギリシアにもどり、行方知れずとなる。父はほかの婦人と結婚し、その後ハーンを残して死ぬ。ハーンは、十三歳の時に事故で左眼を傷つけて失明し、残ったほうの眼も強度の近眼となる。彼はイギリスとフランスのローマ・カトリック系の学校で教育を受けたが、彼を育ててくれた大叔母が財産を失ったため、学校を退学。ロンドンで貧しい暮しを送った後、一八六九年、十九歳の時アメリカに渡る。ここでもみじめな暮しが続き、行商人、電信配達人、ホテルのボーイなどをして、自分で勉強した。一八七四年から新聞記者となり、フランス文学の翻訳をしたり、評論、随筆、紀行などを書き、やがて小説を書く。

一八九〇年（明治二十三年）、四十歳の時に日本に来た。はじめは出版社のハーパーと契約して、小説を書くつもりだったが、契約についていやな感じを持つようになり、途中で打ちきり、松江中学の英語教師となった。到着の年の暮には、土地の士族の娘小泉節子と結婚。妻の話をくりかえし聞いて、それをもとにして彼自身の語り直しを書くようになった。一八九五年に帰化して日本人となり、夫人の生家の苗字をとって、小泉八雲と名のった。四人の子供が生まれた。熊本の第五高等学校、東大、早大で英文学を教え、一九〇四年、五十四歳でなくなった。

小泉八雲は子供の頃幽霊を見たと信じていた。自伝的な随筆の中に妖精を見た話を書いているし、七歳の時にいとこの生霊を見た話が書いてある。これは当時彼の育ったアイルランドに、キリスト教が伝わる以前からあったさまざまの妖怪伝説が残っていたせいでもあるし、彼を残して早く世を去ったギリシア人の母に対する愛着が、ギリシア神話への親しみを彼の中に植えつけたためでもあろう。八雲は、彼の母親がキリスト教徒によっていじめられた末に追い出されたと、固く信じており、それが、彼が一文なしになってからキリスト教学校から放り出されて、キリスト教社会の中でみじめな暮しをしなければならなかった体験と結びついて、キリスト教に対する反感を持つようになった。後に東大をやめるようにしむけられた時も、キリスト教徒のスパイがやったのだと言って、むしろ東大当局をかばったほど、彼のキリスト教への憎しみは強いものだった。キリスト教によって追い出された古いアイルランドのお化けやギリシアの神々のほうが、欧米のキリスト教文明よりも彼にとってはなつかしかった。

父、母、弟妹とわかれてひとりで育ったことが、彼をして、自分の親類よりも人類全体を祖先として考える見かたを自然にした。日本に来た時には、日本人はギリシア人だった母によく似ている、と言って喜んだ。身体のかたちが似ているばかりでなく、文化のかたち、思想のかたちもまたギリシアと日本とではよく似ているように、感じられた。日本の文化の側から見て、民族の慣用語の転生のきっかけをつくったと考えられる小泉八雲の仕事は、八雲の生涯の歴史の側から見ると、彼みずからの個人としての慣用語の転生のきっかけを、日本との出会いにおいてつかんだ結果だということになる。

A　ギリシア

B　イギリス、アメリカ

A′　日本

という関係になる。彼にとってふたしかなギリシア（彼は母の肖像ひとつ持っていなかった）を、彼は日本においてはじめてたしかなものとして眼に見、手にふれることができた、と感じたのである。

新聞記者としての生活は、雑学を彼に強いた。たくさんの書物についての書評を書くために、また数知れぬ社説を書くために、小泉八雲は空想的博物学者になった。一八七二年から一八八六年までに八雲の書いた論文は生理学から天文学にまで及び、進化論というひとすじの糸によって結びあわされている。一八八二年二月二十五日の『タイムズ・デモクラット』紙に、「花について」と題して、人間がその木の枝を折ると、木が泣くかもしれないと思って、めったにさわらないようにする、そういう、動物と見わけのつかないような植物をも、いつかは交配の結果つくり出すことができるかもしれぬ、と説いている。このような関心は、やがて一八八四年にハーバート・スペンサーの進化哲学にふれることによって、彼を進化論という哲学の信者にしてしまう。それ以後八雲にとって、宇宙は人間がそれと共に進化してゆく一つの共通の場であって、その中の進化におくれた一部分といえども、われわれの過去の鏡であり、また未来社会の一部分を予言しているものとしてとらえられた。たとえば蟻の社会は、低い段階ではあるが、そこに驚くべき共同体への献身の習慣があり、これは、ある種の人間の社会の特徴を示すものと考えられた。八雲が一八八二年八月二十七日の『タイムズ・デモクラット』紙に書いた「蟻についてのニューズ」という論文は、後に彼が日本に来てから書いた「おばあさんの話」とか「（畠山）勇子」における理想の日本人の肖像への伏線となっている。

町の博物学者だった頃に書いた論文の中で、八雲が熱狂的に讃美した蟻の文明を、いま八雲は、自分の身近な人びと、自分の妻の親戚の中に見た。以下は、八雲の妻の養母稲垣とみ子の肖像といわれる。

「恐らく現存せる他の如何なる人種と雖も、今私が話したいと思って居るような人を生ずる事はできなかったろう。この婦人は私共西洋の人々が想像もできない程やかましい又厳しい社会的訓練――一種特別の理想を実現せんが為に、婦人の天性にのみ加えられた訓練によって大成されたのであった。

その想像された型の婦人は、他人のためにのみ働き、他人のためにのみ考え、他人のためにのみ生きる婦人である、――この上もなく情け深く、この上もなく無私無我で、自分を思い切って人の犠牲にしていながら、その報いを受ける物とも思っていない婦人である。私の云ったこんな特別の訓練や教訓で幾代かの少女が養成されたあとで、実際その型の婦人が現れたのであった、その性格は蟻や蜂と同じように、利己主義と云う物がない、我儘と云う事はできない、不親切な事を考える事もできない、――その性格のできた社会を除いて、如何なる種類の人間社会にも余りかけ離れて善良過ぎる性格である。勿論の事だが、この型の人は例外となっていた、決して多数にはならなかった。しかし旧日本では少くともただ模範として考えられる程普通にあった、――婦人の性質が修養によってなれるよい証拠であった、そしてそれは静かに愛せられ、習われていた。」

「一生のうちにただ一度薬を飲む事を勧められて承知し、長い間看護されるままになっていた事があった。放れ馬に踏まれようとする子供を助ける時、自分がうつむきに倒れたので、右の頬骨に燧石の尖ったかけが一つ深く入ったのであった。それで必要上手術をして生命をとりとめたが、名誉の負傷のあとが永久彼女に残った。

天気の変りなどは彼女には何の意味もないようだ。極寒の時の外は彼女は火の側に行って手を暖める事は決してしない、そして冬の日に縁側に坐って、外気が好きだから日光の当るところで針仕事をする。すき間風などのために困る事はないようだ。

彼女の一生はいつでもそうであったが、今でも他人のためのたえざる働きの連続である。夏でも冬でも同じく、彼女は太陽と共に起きる、女中を起す者、子供等に着物を着かえさせる者、それから朝の食事の準備を指図する者、祖先の位牌の前の供物を案ずる者は皆彼女である。子供は五人ある、そして長男の外は皆凡ての事について彼女の助けを必要とするようである。そして彼女は何か変った仕方で、彼等を満足させるように工夫する。」（「おばあさんの話」遺稿。訳は第一書房版『小泉八雲全集』による）

この肖像画の中に、小泉八雲の理想とする人間像と社会像が描かれている。八雲の社会観は、明治以後の日本人が解釈したように国家主義を讃美したものではない。

八雲は、少年の頃、豊かな暮しから突然引きおろされた。自分の親戚は依然として豊かであるにもかかわらず、自分だけがその階級からはずされて、下男として暮す。この時の屈辱は、小泉八雲に、資本主義社会で無一文となることはいかにみじめであるかを教えた。しかし、ブルックファームその他のユートピア社会主義運動の失敗を見た結果、社会主義に対しては批判的であった。彼の心服していたスペンサーが社会主義ぎらいであったことも、影響を持っただろう。理屈にあわせた設計によって一挙に理想社会に達するなどと、彼は考えることができなかった。人間の進化の果てに現れうるものとしての理想社会のみを、彼は実現可能なものとして考えた。穂積文雄の『小泉八雲の社会思想』は、小泉八雲が社会問題について書いた断片的な意見を集大成した本で、この本によると、八雲の思想は、ウィリアム・ゴドウィンに、共通するところが多く、無政府主義に近いという。小泉八雲が欧米にまして日本によせた共感は、八雲の到着した頃、日清戦争以前の日本の田舎（松江と熊本）に農村共同体の自治の習慣が強く残っており、このことが、八雲に思想的な居心地のよさを感じさせたことに由来する。その後二つの戦争を経て現れた中央集権と官僚制度の整備とは、かならずしも八雲の理想と一致したものではなく、日本の現実が八雲の理想から離れてゆきつつあることを、晩年は気づくようになった。

今日でもホワイトヘッドのように思想の根本的なカテゴリーの遺伝を措定する学者があり、ユングのように世界観・人生観の原型が遺伝すると措定する学者があり、それらの措定はいずれも実証されているとは言いがたい。八雲は、カテゴリーとか原型とかだけでなく、もっと具体的な思い出そのものが遺伝するという学説を、アメリカでの新聞記者時代に受けいれ、そのころの新聞につぎのような短篇を書いた。

「『私が述べていたことは』と、医者は言葉をつづけた。『始めて何か或る新しいものを見たり聞いたりした場合、私共は驚愕を感ずるのですが、それは見たり聞いたりしたものの斬新なるがためでなく、心中に於ける奇異なる反響のためだということなのです。私は反響と申しましたが、記憶の反響という言葉を使った方が、大層よいのでしょう。私共はその新しいものを、これまで見たことも、聞いたこともないということを確実に知っていながらも、いつか限りなく隔絶せる時期に於て見たり、聞いたりしたように思われるのです。拉甸《ラテン》の古い作家は、この現象を前生存在説の証拠と考えました。仏教徒の説によれば、霊魂はその数百万年彷徨遍歴の際、輪廻の度毎に見聞した一切の事物の微かなる記憶を保っていて、また現在肉体となって生存せる人々は、幾劫年《いくごうねん》の生前に見聞した朦朧として幽霊のような事物の思い出を有っているのです。この現象の存在には、何等の疑いもありません。私は仏教の信者でもなく、また霊魂の信者でもないのです。しかし私はこれらの漠然たる記憶の存在を、遺伝的な頭脳の印象に帰するのです』

『それはどういう意味です。お医者様』と、一人の寄宿人が訊ねた。

『何、こうなのです。記憶は黒子《ほくろ》や母斑《あざ》や身体的或は精神的特徴と全く同じように遺伝すると申すのです。私共人間の頭脳には、或る明敏な著者が書いている通り、シナイ山の谷にある岩石の如く、長く連続せる「思想」の隊商によって、満面に文字が彫ってあります。五官の媒介によって頭脳が印象を受けると、そとへ形象文字のような刻銘が残る。その刻銘は顕微鏡に照らしては見えないけれども、矢張り実際には存在している。だから父母の頭脳にあるこれ等の形象が、子供の頭脳の中へ再現しない筈はないのです――記憶の眼に対しては、段々薄くなって、段々読み難くなるにしても、全然消えて見えなくなるということはありませんよ』」(「遺伝的記憶」)

このように十九世紀なかばにもてはやされたある種の進化論学説が、小泉八雲をして、すでにアメリカ時代に、中国やインドやアラビアの怪奇な伝説に興味を持たせた。それらの翻訳を出した後に、八雲は日本に旅立ったのである。日本に来てから彼の出会ったつぎのような言い伝えは、彼がすでに学説として信じていた遺伝的記憶の実例であるように感じられた。

「子供の生涯のうちに前生の事を覚えていてその話をする日が一日、たった一日だけあると云われる。丁度満二つになるその日に、子供は家の最も静かなところへ母につれられて箕《み》の中に置かれる。子供は箕の中に坐る。それから母は子供の名を呼んで『お前の前生は何であったかね、云うてごらん』と云う。そこで子供はいつも一言で答える。不思議な理由で、それよりも長い答の与えられる事はない。時に返事は謎のようで、それを解釈するのに僧侶か易者を頼まねばならない事がよくある。たとえば昨日銅《かね》鍛冶《かじ》の小さい悴《せがれ》はその不思議な問に対してただ『梅』と答えた。ところで梅は梅の花か梅の実か、女の名の梅かの意味に取れる。その男の子は女であったと云う意味だろうか、或は梅の木であったろうか。ある隣人は『人間の魂は梅の木には入らない』と云った。今朝易者はその謎について問われて、その男の児は多分学者か詩人か政治家であったろう、それは梅の木は学者、政治家、及び詩人の守護神である天神の象徴であるからと断言した。」(「生と死の断片」『東の国から』一八九五年)

八雲は、人間の美意識は、長い生命の歴史の中に蓄積された遺伝的記憶の発動であると考えるにいたる。

「さて美の情緒は、人間の一切の情緒と等しく数え難き過去に於ける、想像もつかぬ程に数知れぬ経験を遺伝した産物に相違ない。個々の美的感覚にも頭脳の不思議な沃土に埋もれた億兆不可測の幽玄なる記憶の動めきがある。而して各人は己の中に美の理想を有っている。それは嘗《かつ》て眼に美しく映じた形や色や趣のありし知覚の無限の複合に外ならぬ。この理想は本質に於ては静態的であるが、潜伏していて、想像を対象として、任意に喚起することは出来ぬが、生ける感官が何物か略々《ほぼ》相連らなるものを知覚するときに、突如として点火する。その時彼の異様な、悲しくも嬉しい身震いを感ずる。其は生命の流と時の流との急激な逆行に伴なって起こるものであって、そこに百万年千万代の感動が一瞬時の感激に総括されるのである。」

（「旅行日より」『心』一八九五年）

宇宙進化の歴史を一瞬にやどす美的感動を、最も適切に表現する象徴は、怪談のかたちをとる。怪談が八雲の文学の中で最高の位置を与えられるのは、八雲の哲学から見て当然のこととなる。八雲は、日本に来るまでは、南部アメリカの風俗に取材した彼の最初の小説『チタ』や、西インド諸島の風俗に取材した小説『ユーマ』とおなじような骨格の長篇小説を日本について書こうと考えていた。しかし、日本に着いてから十五年におよぶ、彼の文学活動の最も盛んな年月を、彼は、日本人の習慣の記録と民話、特に怪談の再話に捧げたのだった。本格小説から第二芸術へのこの移動は、創作力の衰えに帰することはできない。もともとからの八雲の美意識の構造そのものに由来するのだ。

化けものとは、八雲にとって、それを手がかりにして宇宙史に帰ってゆくための道しるべであった。また宇宙に同時に存在するさまざまなものと自分との一体感を回復するためのきっかけでもあった。お化けの力を借りてもどっていった故郷が必ずしも自分にとって住みよい場所とは限らない。めくらの少年芳一は、琵琶の上手なために、お化けに引き立てられて墓地につれてゆかれ、壇ノ浦に沈んだ朝廷と平家の人びとを前にして平家物語を弾じる。彼を助けようとして和尚が経文を身体中に書いておいたために、かろうじて最後に八つ裂きにされる運命をまぬがれるが、しかし、経文を書き忘れた彼の二つの耳は、武者の亡霊にむしりとられて、あの世にもっていかれてしまった。この「耳なし芳一」の話にあるように、死者との共同体に入ってゆくことは、必ずしも生きている者を助けることにはならない。死者は、ある場合には生者を助け、ある場合には生者を迫害する、二重の性格をもつものとして現われる。だが、われわれにとってよいにつけわるいにつけ、われわれは、化けものの力を借りて、遠い過去を現在に引きもどし、それをふたたびよみがえらせることができるのだ。

昔のことではなく、時をおなじくして生きるさまざまの動物や植物や物とのかかわりあいも、化けものという象徴を通してするどくとらえられる。「忠五郎のはなし」の主人公は、橋の下の美しい女のもとに通いつめ、しまいに血がまるでなくなって、死んでしまう。その女の正体はただ一匹のぶざまながまだった。ここにはがまと人との生存競争が描かれている。八雲は、進化論の影響をうけて、善悪を超えた必要悪としての競争をいつも考えていた。

橋の下のがまのような、人間を喰いつくすものの霊だけがいるのではない。「雪おんな」の雪の精のように、人を殺そうとしてかえって愛してしまい、殺さずに去ってゆくものもある。「ちんちん　こばかま」の爪楊枝の霊のように、自分たちをほうってしまってかえりみないことに対して、おどけた仕方で警告を発するだけのものの霊もいる。それぞれのものにはたましいがあり、それをよく使うことをしないと、そのたましいを傷つけることになるという信仰が、明治の日本にはあり、それは大正、昭和の頃まで残っていた。戦後の安定期になって、ものを使いつぶすことによって好景気をもたらすアメリカ流の方式が入ってきたが、こうして無計画に浪費をつづけていっては、人間は地球の資源を涸れさせてしまい、地球との共存に耐えられなくなるだろう。人間は今日、「ちんちん　こばかま」の小さなお化けたちの警告を、八雲の生きた十九世紀以上に必要としている。

小泉八雲はゴーティエなどに代表されるフランスの怪奇文学に対する趣味から、怪談に興味を持ちはじめた。ヨーロッパの怪談、アラビアの怪談、インドの怪談、中国の怪談をひろく知っていた八雲が、なぜ日本の怪談に特に打ちこんだのか。八雲をひきつけた日本の怪談の種差はなにか。

この問題について、西田幾多郎がひとつの手がかりを与えている。

「ヘルン氏の考は哲学で言えば所謂《いわゆる》物活論に近い考とも言えるであろうが、勿論普通の物活論と同一視することはできない。氏が万象の奥底に見た精神の働きは一々人格的歴史を有った心霊の活動である。氏は此考をスペンサーから得たと言って居るが、スペンサーの進化というのは単に物質力の進化をいうので、有機体の諸能力が一様より多様に進み不統一から統一に進むという類《たぐい》に過ぎない。文学者的気分に富める氏は之を霊的進化の意義に変じ仏教の輪廻《りんね》説と結合することによって、その考が著しく詩的色彩と宗教の香味とを帯ぶるに至った。」（田部隆次『小泉八雲』への序。一九一四年）

八雲が日本の怪談に寄せた興味は、日本の怪談において、ひとつひとつのものがばらばらに、ひとつの人格として活躍することにあった。物活論は物活論でも、個別的物活論である。この点でおなじように精神的進化論の系譜にぞくするニイチェやベルグソンと明らかにちがう。日本人の持つ個物崇拝、具体的なものへのいきいきとした関心が、抽象化しすぎた西欧文明への救いとなると考えたのだ。ヨーロッパの怪談には、ユダヤ教とキリスト教の影響をうけて、一般的な悪あるいは一般的な善の象徴として、化けものが現われる。その傾向を極端まで押しすすめた作品は、ヘンリー・ジェイムズの『ねじの回転』で、ここで化けものの象徴する悪は抽象的かつ一般的な悪の観念である。インドの怪奇文学も普遍宗教としてのヒンズー教の影響をうけており、アラビアの怪奇文学も普遍宗教としてのマホメット教の影響をうけており、中国の怪奇文学も普遍宗教としての道教および儒教の影響をうけているゆえに、化けものに仮託されているのは一般的な観念と力である場合が多い。日本の怪談は、それらよりも未開な段階の宗教を背景としているゆえに、個々のものに対する関心が強く、その個別かつ特殊なものへの関心が小泉八雲の手でさらに鋭く微妙なものに変えられた。

八雲は、アストンが「もののあわれ」を“Ahness of things”と訳したのに感心した。日本の怪談が八雲をひきつけたのも、ものそれぞれがつく「ああ」というため息が日本の怪談にこめられているからだった。

小泉八雲の創作活動は、それをささえる理念として、ひとつの比較文学の理論を持っていた。八雲は早くからテオフィル・ゴーティエの怪談「クレオパトラの一夜その他」、フローベルの「聖アントワーヌの誘惑」、アナトール・フランスの「シルヴェストル・ボナールの罪」など、仏文学の翻訳をしたり、エジプト、エスキモー、南太平洋、インド、フィンランド、アラビア、ユダヤの伝説を集めた『異文学遺聞』を書いたり、中国の物語を紹介した『支那怪談』を書いたり、米国のニュー・オルリアンズの黒人のあいだで語られている独自の方言のことわざ三百五十種を英仏の二カ国語に訳した『ゴンボー・ゼベス』という本を書いたりした。日本に来てからは、英文学を日本の学生にむかって日本語で語り直すという仕事と、彼の妻から聞いた日本語の物語を海外の読者にむかって英語で語り直すという仕事が中心となった。こうして、ちがった国々の文学のお互いへのうつしかえ（文学の交流）が、八雲の創作の養いとなった。各国の文学がほかの国の文学にうつしかえられるような血漿《けつしよう》をもっているということ、それを利用できるような国際的血液銀行を、文学の領域につくることが、文学教師としての八雲の理想だった。

一九〇〇年九月、東大における新学年最初の講義で、八雲はつぎのようにのべた。

「或る韻文《いんぶん》が真の詩、情感の詩を含んでいるか、否かを検定する最上の方法はこうである——それを他の国語の散文に訳して、しかもそれがなお情感に訴えることができるか？　もしそれができるならば、そこに真の詩が存在しているのである。もしそれができないならば、それは真の詩ではなく、単に韻文に過ぎない。さて、有名な西洋の詩は、実際大部分この検定法に及第している。」

「諸君の中、独逸語を学んだ人は、ハイネの驚くべき詩の事を知っている。それは形式が非常に簡単で、また音楽的である。ハイネの詩を外国語に訳したもので、最も上乗なるものは、仏語の散文訳である。勿論この場合、韻はなくなり、音楽も失せている。が、真の本質的の詩——心を感動させる力——が残っている。諸君はこの詩人が、都会の入口に立っている哨兵のことを書いた一小詩を記憶《しの》しているだろうか？　その兵士は夕日の光を浴びながら立っている。退屈凌ぎのために、独りで兵式操練をやっている。さながら目に見えぬ上官から号令を受けたかのように、担《にな》え銃《つつ》、捧《ささ》げ銃《つつ》、覗《ねら》え銃《つつ》を演じている。すると、詩人は突然絶叫する——『彼が私を射殺してくれたらよいが！』

その小さな作品の力は、悉《ことごと》くその叫びの中に存している。その叫びは彼の考えていること、感じていることの全部を私共に告げる。非常に深い不幸に陥っている人にとっては、人生の最も有りふれた光景や音響でも、死に連関せる思想と願望を与える。さて、このような小詩は、文字通りの翻訳のために、原文の意を損することは殆どない位である。これが私の所謂赤裸々の詩である。これはその効果を生ぜしめるためには、表現の飾り、或は押韻《おういん》の装飾に頼っているのではない。恐らくは諸君は、この詩の精粋は、往々散文にも見出さるというだろう。それは真実である――実際、詩的散文と称するものが存在している。しかしまた、音節と押韻が、非常に情感的表現の魅力を強めることも真実である。」

この講義は、「赤裸々の詩」と題されている。今の言葉で言えば「イメージ」ということになろう。言葉そのものはすてても、その言葉に託されているイメージは別の詩に移し得る。その「裸の詩」という理念こそ、小泉八雲の創作活動の全体を支えるものであり、同時に、文学の交流を通して慣用語の転生がもたらされるからくりを示している。

三

慣用語の転生が、問題としてひろくとりあげられるのは、一九三三年（昭和八年）の共産党の集団転向以後のことである。それ以前にも、たとえば、無政府主義者宮島資夫がとつぜん自分の思想に根がないことに不安をもって、仏門に入ったというような例はあった。それは、宮島の自伝の『遍歴』に見事にえがかれている。しかし、日本人の使いなれた言いまわしの中から新しく考えてゆこうという努力が一つの集団的な傾向となったのは、一九二八年と一九二九年の共産党員の大検挙と、その後一九三一年の満洲事変とを経て、一九三三年にいたっておこなわれた共産主義からの集団転向以来のことである。

藤田省三の「昭和八年を中心とする転向の状況」(『共同研究・転向』上、平凡社、一九五九年)は、小林杜人の手記を分析して、独房で故郷を追憶しているうちにおこる郷土日本の美化が転向の一つのいとぐちとなる事情を次のようにのべた。

「感情の世界からの過去の批判は、このような家族愛の絶対化とともに、美的幻想主義を生んだ。郷愁によって記憶が美化され、そこに、可能性の実験を意味する前進的な想像力とは逆の、むしろパラムネジ(記憶錯誤)の方に近い現象が引き起された。記憶から論理的枠が取りはずされ、それを材料にし、無意識的な感情一本の働きが軸となって美的心像《イメージ》が作られ、その心像が次第に絶対の価値を帯びてくるのである。」

小林は、菅平のような奥地に入って開墾事業をしようと夢みる。土にかえる生活を計画する。これについて、藤田は言う。

「ここで述べられているような生活形態が、ファシズムから身を守るための術策として考案されているのなら、それは戦闘（防衛）的志向によって貫かれた想像実験である。けれどもこれは、それ自体経験的自然と一体となることによって生れた静的な美的感情に他ならない。」

やがて、満洲事変以後の政府がつくりだす軍国主義化の渦の中に、この思想は、ひきこまれてゆく。渦はしだいに大きくなり、もと共産主義者だけでなく、自由主義者、近代主義者をも巻き込んでゆく。もっとも日本人ばなれをしたスタイルを持ち、日本文化に徹底的にそむこうとした詩人萩原朔太郎が一九三八年に『日本への回帰』という評論集を書いた。ここでも、小泉八雲の著作が、萩原の日本へのむきなおりへの一つのきっかけとなっている。

「聡明にも日本人は、敵の武器を以て敵と戦う術を学んだ。（支那人や印度人は、その東洋的自尊心に禍され、夷狄《いてき》を学ばなかったことで侵略された。）それ故に日本人は、未来もし西洋文明を自家に所得し、軍備や産業のすべてに亘って、白人の諸強国と対抗し得るようになった時には、忽然《こつぜん》としてその西洋崇拝の迷夢から醒め、自家の民族的自覚にかえるであろうと、ヘルンの小泉八雲が今から三十年も前に予言している。そしてこの詩人の予言が、昭和の日本に於て、漸く実現されて来たのである。」

この文章は次のように結ばれる。

「現実は虚無である。今の日本には何物もない。一切の文化は喪失されてる。だが僕等の知性人は、かかる虚妄《きょもう》の中に抗争しながら、未来の建設に向って這いあがってくる。僕等は絶対者の意志である。悩みつつ、嘆きつつ、悲しみつつ、そして尚《なお》、最も絶望的に失望しながら、しかも尚前進への意志を捨てないのだ。過去に僕等は、知性人である故に孤独であり、西洋的である故にエトランゼだった。そして今日、祖国への批判と関心とを持つことから、一層また切実なジレンマに逢着《ほうちゃく》して、二重に救いがたく悩んでいるのだ。孤独と寂寥とは、この国に生れた知性人の、永遠に避けがたい運命なのだ。

日本的なものへの回帰！　それは僕等の詩人にとって、よるべなき魂の悲しい漂泊者の歌を意味するのだ。誰れか軍隊の凱歌《がいか》と共に、勇ましい進軍喇叭《らっぱ》で歌われようか。かの声を大きくして、僕等に国粋主義の号令をかけるものよ。暫らく我が静かなる周囲を去れ。」（『日本への回帰』）

かつて小泉八雲のほめたたえた古い日本がすでに現実にないということの認識がここにある。現実に基礎を持たない美しい日本の像を虚無の中からつくらなければならないという、現実認識にうらづけられた理想の宣言である。この宣言の一部である現実認識に徹することができれば、おのずから、日本国家への批判もまたこの宣言による運動の内側につよく育ったであろうが、しかし、すでにこの文章のうちにあらわれているように、ここには満洲事変以後の日本の中国侵略をも美化してしまうような別の認識と感情があった。

日本語と悪戦苦闘を試みた横光利一が、一九三七年から一九三九年にかけて、日本文化と日本国家の立場に身を移して、ヨーロッパ文化とヨーロッパ諸国に対する批判を長篇小説『旅愁』に書きつづけた。これは、西洋文化は日本文化にくらべて駄目だが、西洋文化の中の科学（自然科学）だけはほしいという、十五年戦争下のすべての日本軍人の考えた思想を軸とする小説である。

「『ただ（日本に）もっと欲しいのは自然科学だ、これさえあれば、——これは欲しい。』と彼（矢代——主人公）は思った。」（『旅愁』）

西洋文化から自然科学だけをきりはなしてとってきたいと思って悩んできた主人公の結論は、日本には日本なりの科学がある、そこから出発すればよいのだという思想だった。「日本に昔、幾何学はあったのですか」という学生の質問に答えて、歴史学者の主人公は、自信をもってこたえる。「ありましたとも、日本の古い祠《ほこら》の本体は幣帛《へいはく》ですからね。幣帛という一枚の白紙は、幾ら切っていっても無限に切れて下へ下へと降りてゆく幾何学ですよ。同時にまたあれは日本人の平和な祈りですね。」

日本への回帰というこの傾向にかくれて、別の役割をになう日本への回帰もまた同じ時代におこなわれていた。木下順二は、自由主義と近代西欧文化に対する国家的規模での抑圧の明らかになった一九三九年の河合栄治郎教授東大免職事件のころから、演劇の創作に志した。戦争下の一九四三年、中野好夫のすすめで柳田国男の『全国昔話記録』三冊を買い求めて、そこから種を見つけて民話劇を書きはじめた。その動機は、目前の政策にそのままひきずられることなく、日本人のたましいの故郷にかえってゆくことにあった。ここでは、前に藤田が小林杜人の手記にふれて、この道をとおしてファシズムに対する自己防衛をなしうるはずだが、小林の手記にはその可能性は実現されていないと評した、まさにそのもう一つの可能性がためされている。戦時下に木下の書いた「鶴女房」は、戦後に書きなおされて、『夕鶴』となる。戦争下に、昔話にもどって自分の思想の表現形式をさぐったその姿勢を、敗戦後にもなお木下は、持ちこしたわけだが、この時、木下は、敗戦直後のアメリカの力をかりた民主主義に対しても、はっきりと向きあうこととなる。

一九四五年の敗戦の後にも、一八六八年の明治維新後の文明開化のやりかたが、かなりひろく、かわりばえのない仕方でくりかえされた。しかし、木下順二のような姿勢で戦時から戦後に入る時、日本の昔からの言いつたえの中をもう一度手さぐりして、新しい知恵を見つけようという努力がなされる。問題は、現代の状況の要求にこたえるような、新しい知恵を、日本の昔話は、われわれにもたらしてくれるかどうかである。このことについて、木下はやや くすんだ態度を持ちつづける。日本の昔話は、ギリシア神話のように、現代の状況の進展にこたえていくらでも深く微妙なしかたで解釈することをも許すような主題にとぼしい。日本の昔話の「矮小性」を、彼は、昔話を手さぐりしながら疑う。ここから、戦後の状況と本格的にとりくむ思想をつくりだせるだろうか。

昔話を、現在の要求にこたえるしかたで新しくなにものかを加えて語り直したものを、木下は「民話」と呼ぶ。「民話」は、昔の話を語り直したものだけでなく、現代の出来事を昔話ふうのスタイルで語り直したものをも含む。こうして、われわれの同時代の出来事である一九四四年の尾崎秀実の刑死を『オットーと呼ばれる日本人』に、一九五〇年の菅季治証人の自殺を『蛙昇天』に、一九六四年現在もまだ進行中である米国の沖縄占領を『沖縄』に語り直して、民話劇の末においた。現代史を、新劇ふうに西洋劇の慣用語を用いてでなく、昔話の慣用語を用いて語り直すという新しい方法が、ここで試みられた。もう一つの道すじは、昔話を、それらが語られた歴史状況の再現とともに語り直すという方法であって、この方法をとおして、昔話の中にそれまで聞こえないほどかすかな声としてあった農民のうめきと希望とが、もっと明らかな形であらわれる。この方法は、日本の昔話に対してまだ十分にためされていない。アラルコンの「三角帽子」を日本ふうに語りかえた『赤い陣羽織』で、その実験がなされ、さらに『おんにょろ盛衰記』でその努力が進められる。この線上で、木下は、戦後、マルクス主義史学と深く結びつくことになる。その結びつきかたはいまこの文章で規定した意味での文明開化方式によるマルクス主義への接近とはちがって、慣用語の転生の一つのきっかけをここに求めようとする仕方だった。

戦争の下で木下順二が柳田国男の昔話を読んで民話劇を考えていたのとおなじ頃に、竹山道雄は一高で小泉八雲の『怪談』のドイツ語訳を教えていた。彼は、その頃に日本にいた数すくない反軍国主義者として、一部の学生の信頼をうけていた。その頃の学生だったいいだ・もも（宮本治）が、戦争中においてさえ反軍国主義者だった竹山は当然にマルクス主義に共感を持つと考えて、先生と共に社会主義の運動に向おうという手紙を、『展望』に書いたのを私は覚えている（宮本治「一つの青春――竹山道雄先生への手紙」『展望』一九四八年十二月号）。

しかし、竹山道雄においてはむしろ、一人の保守的な思想家が、日本の軍国主義に対して自分を守るために、小泉八雲の怪談にたよって古い優しい日本に住みつづけていた例をみるべきではないか。こうして戦争下に竹山道雄のつちかった心情は敗戦後に『ビルマの竪琴』という少年むきの物語を生む。そこには仏教の慣用語の転生が見られる。

日本の政治史が大きな集団転向を生み出すごとに、慣用語にもどってそこから新しい知恵をひきだそうという努力がなされた。一九六〇年の安保闘争の敗北以後、私たちはふたたびこのような状況に入る。こういう時に、無駄なくりかえしが大幅におこることはさけられないが、転向史から学んだ知恵がつみかさなってゆく場所もどこかに用意されている。小林杜人や萩原朔太郎や横光利一のような仕方での日本への回帰が、同じ仕方でもう一度ひろくよみがえって来ていると同時に、それらの日本への回帰のつたなさの自覚の上に築かれた木下順二の方法もまたすでに戦争末期から着実に準備されて来ている。私のつとめている同志社大学には自主サークルが二百あまりあり、その中のいくつかの機関誌をしらべているうちに、民話劇研究会という集団がすでに十年間の研究と演劇のつみかさねをしてきたのに行きあたった。他の多くの自主サークルに、大勢が動かぬものとなったことに対する絶望感が目立つのにくらべて、ここには、もっと根もとまで帰ってそこからエネルギーを汲もうという姿勢があって、学生の活動の中では珍しく悠然としている。昔話のおかれた場所からやりなおそうと試みるならば、現在の状況に対してすぐに希望を失って投げてしまうということはありにくい。木下順二の民話を戦後十七年上演しつづけて来た東京の劇団の「ぶどうの会」の解散（声明）は惜しいが、同志社だけでなく全国の他の大学にもきっとあるにちがいない数多くの民話劇研究会、あるいは民話劇団の努力が持ちこたえられれば、すでに木下たちによってきりひらかれた有望な方向が見失われることはない。ここには、日本の転向の歴史のうちに用意された二重底、三重底が活用され、そのために状況の毎日毎日の変化によってたやすく踏み破られない精神構造が生まれている。このように慣用語の持つ意味のあいまいさの構造の中に、深く転向史の遺産を吹き込めることが、今後の目標の一つだ。

わたしたちは、それによって、自分たちの思想を言いあらわす共通の言語（これは私の考える意味での「哲学の言語」）を持っていない。それをあみあげるのに、あと数百年かかるのかもしれない。こまかい部分をあみあげるのによほどの年月がかかるだろうし、たくさんの人の手が必要だろう。しかし、編んでゆく方法と全体の骨格の見とおしは、早くたてるほうがいい。

勅語を中心の柱とする一つの共通言語は、もともとこれで日本人の発想をおおいつくせるものではないし、敗戦後は表の言語としてさえ保ちにくいものとなった。谷川雁は『原点が存在する』の中で、農民の日常の言語が、日本国中で各層に分かれた人びとすべてを結びつける共通の基底言語だという説をのべている。都会の近代的市民は、うらがえしされた農民であり、労働者は二、三代前に故郷を追いだされた農民であって、一度ある仕方で自分の心の底にある農民の言語にうったえられると、電流のように、ショックは一時に労働者層と市民層をめぐる、と言う。

町の労働組合が、賞与の中から任意の金額をさいて、長期療養で賞与をもらえない組合員におくった時、その組合員のくれた返事が、新日本窒素労働組合機関誌一九五五年九月十日号から引用されている。そのお金で、かねがねたべさせてやりたいと思った西瓜を買って来てやる。すると家庭内で、こどもやおとなをふくめておこる大論争。冷やして食べるほうがうまいという説と、食べたいと思う今すぐに食べるほうがうまいという説と。「種子はしまっておけ、来年くらいはうまくつくって食べさせてやるから」と、老いた父が言う。この言葉には、自然のふくらみがある。労働者の組織が人間的な感情を吸いあげた時、農民の想像意欲を触発してゆく過程が見えるという。このニュースは、谷川に、もう一つのことを思い出させた。

「僕に強く刻みつけられた記憶がある。僕の町の最初の長期ストライキ――職員と工員の身分差を撤廃せよという半世紀の間くすぶっていた不満が燃えあがったとき、周辺の農民はなんの要請もなしに連日隊列を組んで労組本部へ甘薯の山を贈った。三千の労働者の大部分は地元農民の息子であり、兄弟であり、いとこだから、彼等はただ血族としての親しさをそのまま集団的に表わしたにすぎない。それはいわば一種の火事見舞だった。だがこれまで日本の争議でこのように淡々として絶対の農民の支持を受けたものがあったろうか。農民特有のあのはにかんだ笑いを浮べながら（それは君が遠くから合図を送るときの笑いだ）、赤旗を荷車に立て、なんらの抵抗感もないなごやかさで続々と通り過ぎる列を眺めたとき、僕はほとんど呆然とした。」

「農民と労働者は一つの家系に属しているのだという認識が工場から部落へ電撃のように走っていったとき、古い部落の仕組みが動いたところに鍵があった。

誰でも知っている。戦後の民主運動の潮をはね返し、とび散らせてきたものはただひとつ『部落』であったということを。――僕が新聞社の争議で（占領軍の干渉があったとはいえ）最後の瞬間に敗れたのは、輪転機や発送の労働者が郊外の特定の部落から集中していたことを知らず、部落における切崩しに会ったためだった

——それはふつう考えられているように単に古い伝統を守っているだけではない。農事からかまどの改善に至るまで自己の中心部を侵されないかぎり多くのもの珍しさをとり入れながら、或る一点すなわち部落の質的変化を来すような一点では狂暴なまでに自己を守ってきた。その核心にとりつくことに失敗するならば、すべてはドン・キホーテの夢想と化すという点に田舎の生活のむつかしさがある。」（谷川雁「農村と詩」一九五七年、『原点が存在する』所収）

ここで思い出すのは、中野重治が『むらぎも』に書いたひとつの場面である。農村出身の東大生である主人公がおなじ左翼学生仲間で都会のブルジョア層出身の友人たちにまじって、福本和夫らしき人物の講演をきくところだ。そこで同志としておなじ意味の言葉をかわしているうちに、主人公は急に腹だたしくなり、おれはほんとうはこんなハイカラな術語に塗りこめられた弁証法的唯物論なんか信じてはいない、おれは草むらの中にするするとかくれてゆく青大将や、空を横切ってやってきて樹をひきさく雷神を信じているのだぞ、おれは汎神論を信じているのだ、と、叫びだしたくなる。これは、東大新人会ふうの社会科学用語をつかっての話にお互いの心情が通っていないことを確認する場面である。谷川雁ふうに言えば、都会の近代主義もひっくりかえして見ればおなじ農本主義者だということになる。そしてそのことは昭和に入ってからの十五年間の戦争にまきこまれてみると、はっきりそうだとわかるのだが、大正の末のこの大学生は、都会人の近代的スタイルにひどく腹をたてている。

谷川雁の言うように、農民の言語が日本の思想にとっての基底言語となるべきものだろう。それは、農村が今後の十年に十分の一となり、日本の人口中のわずかの部分をしめるにすぎないものになるという予測にもかかわらず、そう言えそうだ。日本の生活そのものはあと二十年のうちにアメリカ化するであろうが、それに並行して、アメリカの学問の部分請負をするようになる日本の学術語が、二十年後においても日本の思想の言語になりうるとは思われない。われわれが持ち得る思想の言語は、長い年月にわたって使いこなされてきた慣用語を通してでなければ生まれないであろう。組合機関紙にあった「種子はしまっておけ」というような言いまわしが、これまでよりも広く、いろいろのちがった脈絡の中で、新しい意味を持って使われる時に、いまここでわれわれの考えるような思想の言語が用意される。農民の生産様式、日常生活、心情、伝説を言いあらわすさまざまの言葉が、新しい意味を持つものに変えられるであろう。その新しい思想の言語は、抽象的ないくつかの軸概念の系列に沿うて構成されるというふうにはならないだろう。それぞれの土地、それぞれの樹や作物、それぞれの人物にからめて、その意味をやや広くとらえなおして見るという仕方で、新しい言いかえが起きるだろう。日本では抽象語の発達がいちじるしく遅れているにもかかわらず、まったく具体的かつ個別的ななにか一個のものに託して、その一個の例を越えるある種類のことを表現するという仕方で、抽象的意味を具体的なものに託して表現するかたちで、抽象類似作用がおこなわれてきた。「猪八戒」から「猪八戒のような人物」に至るまでにはひとつの飛躍があるし、武田泰淳のようにフルシチョフを猪八戒的人物として表現しようとする場合、ここにはさらに大きな飛躍がある。日本人が花に託し、景色に託していろいろのことを言いあらわして来た習慣のつみかさねの中には、これからの慣用語の転生を、今後数百年の社会状況の変化にあわせて設計し、再設計するだけの弾力がある。自分の土地を離れられない農民が、自分の見渡しうる土地の中にあるさまざまなひとつひとつのものを、なにものかに見立てながら世界の問題を解釈し、批判しうるような、そういう思想の言語をつくることをめざしたい。

日本の思想の言語には、日本の外の世界からいろいろの言葉がおしよせてくるだろう。これらのすべてを不消化のままでくみ入れることはできない。小泉八雲が説いたような「赤裸々の詩」に一度翻訳した上で、その翻訳を通ったものだけをわれわれの言語の中にくみ入れてゆくこと、さらに進んで、十字架伝説についてかくれきりしたんがしたように、われわれの今日の要求の中でそれを新しい意味に変えてゆくことが必要だ。また一方では、日本の思想の言語の側から日本の外に働きかける仕事が、これからはなされるであろう。そういう仕事にとぼしかったこれまでの時代においてさえも、フェノロサは日本の文字の使いかたからヒントを得てイマジズムの詩論のいとぐちをつくり、モラエスはポルトガル渡来のかるたが日本で新しい意味にかえられてひとつの独自の思想体系をつくったことをポルトガルに紹介し、小泉八雲はヨーロッパ文明の抽象的理念に対する傾倒からくるさまざまの不幸をやわらげ得るものとして、日本の怪談に託された個別的物活論を欧米人に教えた。これらの人びとが日本の伝統からエネルギーをひき出した仕方から学ぶことを、昭和時代の日本主義の破産のあとをたどりなおす仕事と結びつけてすすめてゆきたい。

〔後記〕この文章を書くさいに、成城大学柳田文庫の資料を見せていただき、大藤時彦・鎌田久子両氏に多くを教えられた。感謝する。

小泉八雲論は、はじめに京都大学人文科学研究所文学研究班で発表した。その時の討論に多くを負うている。

漫才との出会い

日本の外にいて日本のことを考えていると、生まれそだった国がさらに美しく、よく思えてくる。

内村鑑三が『代表的日本人』(一八九四年初版)という英文の著書を書いたのも、彼が、明治のはじめ、米国に留学したころ、心の支えとして自分の中にそだてた日本文化の理想像に由来する。西郷隆盛、上杉鷹山、二宮尊徳、中江藤樹、日蓮。内村がとりあげたこれらの人びとはすぐれた人びとではあるけれども、私が今、日本の文化を考える時に思いうかべる名前ではない。欧米の歴史上のさまざまな偉大な人物とくらべられるような個人を、あえて思いうかべて、欧米の思想の重さをはねかえそうという動機が、内村の青年時代から半世紀以上も後の今の日本人である、自分の中に生きていないからだろう。

偉大な個人が日本にいないというのではなく、田中正造とか宮沢賢治とか、もっとさかのぼると後藤寿庵などを、私は立派な人と思うけれども、そういう人びとの活動のねうちも、同時代の人たちとの結びつきにあり、そういう考え方を欧米史上の偉大な個人にも適用してゆきたいと思うようになった。

ロンドンのヴィクトリア-アルバート美術館を見た時、そこにある世界諸国の道具類の中で私をひきつけたのは、地階にある日本の根付けの蒐集だった。

明治の留学生だった高村光太郎は、おなじ根付けを見て、劣等感に悩んだらしい。こんな根付けなどに精魂をかたむける日本の彫刻師をはずかしく思い、自分は彼らからはなれてヨーロッパ近代の芸術家に伍して作品をつくってゆきたいと心にちかった。そのようにしてロダンやロマン・ロランに傾倒した高村光太郎が、日中戦争の半ばまで来て急に日本の軍国主義にくみして、国民をはげます詩を書きはじめたことは、ここに復習する必要はない。

私は、ヴィクトリア-アルバート美術館の根付けを見て、高村光太郎とは反対の方向に心がむかうのを感じた。蝦蟇《がま》仙人、法螺《ほら》貝《がい》の中で酒をのむ弁慶、籠《かご》の上の椎茸、河童、赤ん坊を胸にだくおかめ、蓮根の切口の上にうずくまる亀などの根付けは、誰の腰にぶらさげられたものかはわからないが、みずからの理想を小さい形にこめ、権力の網の目にとりこまれない自由の天地を保っている。道を歩いている人の腰にさげておかれるようなささやかな理想が、私にとっては魅力のあるものだ。

こういう考え方は、急に私をおとずれたものではなく、何かせのびして考えようとするたびに、うしろからしのびよってきて、何度も私をつきとばした。

その何度目かの時に、その考え方を私の中にもたらしたのは漫才だった。

私が東京から京都に移ってきたのは一九四九年の四月で、ひとりで下宿していたので、そのころすでに七十歳をこしていた下宿のおばあさんと一緒に寄席にいって、はじめて漫才を見た。それまで漫才というものを知らなかったわけではなく、ラジオやレコードできいたことはあったが、実演を見るのははじめてだった。

その時の自分の気持に、漫才がぴったり合った。それからは、おばあさんの案内なしでも行くようになり、日曜日などは、昼から夜の終りまで、ずっとすわっていることなども一度ならずあった。一日中すわってきいていると、おなじ漫才の組が四回転くらいするので、客の中におなじ人間が今度もまたいるのに気づいて、漫才師が妙な表情をすることもあった。

どんなところが私をひきつけたかと言うと、それは、失敗にたいする態度だったと思う。

私がかよった漫才の小屋は京都の場末にあり、そこに出てくる漫才師はあまりうまくなかった。私たちのまわりにいる、いくらかはなしのうまい人たちとおなじくらいの話術だったと言える。それがなにか、いつものくらしの中にいるという感じをあたえた。そういうところが、いやおうなしに何人かのスターにめぐりあう映画だとか、名題《なだい》役者の出てくる歌舞伎劇と、ちがうふんいきをつくり、それが漫才独自のものだった。漫才師が何度も出てくるうちに、話の種がつきて、自分の思い出話をいくつかまぜてゆくうちに、出てくる商売がいろいろあって、この人たちが、かつては他の商売に志して失敗して漫才師になったということがわかった。

今ではどうかわからない。三十年前にはそんなふうだった。

人生のミスキャストというか、そのミスキャストされたなかに体をねじるようにおいて、そこから世の中を見てゆく、という姿勢があった。

それに、漫才のすじがきというものは、ないといってもよいようなものだけれども、かりにすじがきがあるとすれば、片方がえらそうに知ったかぶりをして次々と知識をひけらかし、やがてそれがばれて、いや、おたがいに、あまり何も知らぬものとして、気楽につきあいましょうというようなことで終る、といったようなものが多かった。

そのころにとったメモを久しぶりにあけてみると——たとえば、英語の知ったかぶり。

女　犬は？
男　ドッグ。
女　猫は？
男　キャット。
女　よう知ってはるねえ。では馬は？
男　ホース。

女　牛は？
男　ニーク。

ここでばれてしまって、あたしらは、知ったかぶりなどしないほうがいいというおち。

この紋切型のおちは、そのころはまだ米軍占領下だったから、日本人として英語を知っているものが上等だという考え方があって、英語を知ることをとおして自分の上昇がはかられていたころだから、くりかえし出てきた。

もう一つ、これも何度もきいた型。

女　楽屋であんたのこと、あほや、あほや言うてましたで。
男　そんなこと、きみ、だまってきいていたんか？
女　そりゃ、あてかて、あんたの相方《あいかた》やから、あんたのことを悪う言われたら気色わるい。だから言うてやりましたんや。
男　ふん、ふん。
女　あての相方は、あほとちがう。
男　そうやがな。
女　ちいと、たらんだけや。（男はがっくり）

二度つづけてきくと、さすがに笑えはしなかったけれども、三組くらいへだてて、もう一度、ちがう組からきくと、また笑えるから妙だった。

自分を自分でくすぐっても笑えないものだが、他人にくすぐられると、笑いだすのとおなじように、おなじ軽口をうまく言われると、ほとんどからだの反射のように、何度でも笑えるのだった。ちがう顔だち、ちがう人がおなじ軽口を言うことで、もう一度、あざやかさがあらわれるのかもしれない。

公の世界では許されないような言いまちがいが、ここでは笑われながら許されて、ゆっくりゆっくり何度もの言いなおしをへて、ころびながら目的を達する。たとえば、

男A　ここにあらわれました女性はお金持の未亡人で、しかも水もしたたる絶世の美人。それが首には上等の毛ェのくびまきをまいて、毛ェのくびまきをまいて、……毛ェの……（と、つまって）、おい、うどんの上等の、なんや？

男B　飛行機や。（と、言ってからかう）

男A　飛行機のくびまきをまいて……あ、もっと安いのや？

男B　何がはいっているのや？

男A　あげや、あげや。

男B　ああ、きつねや。

男A　そや、そや、首には、きつねのくびまきをまいて……。

こんなふうに、言いまちがいをくりかえして、くりひろげられてゆく自由な世界が、うらやましかった。

何度もきいているうちに、前の組の使ったねたを、今度は別の組が使う。そうすると、そのあとから出てくる前の組は、もうそのねたは使わない、というふうで、自在に変化してゆく。自分の今日やるねたをとられた、というふうな苦情は、別にないらしかった。そのうしろには、漫才師の共同利用できる紋切型の倉庫があり、そこから各自が思うままに何でもとりだして使えるようになっているらしかった。

この紋切型の目録を、つくってみたらどうなるか、などと、私は考えてみたが、そのおおまかな輪郭だけしかつくれなかった。たしかにここには、統計的に研究できる領域がひらけている。漫才は、タテの伝統のつながりという時間軸にそうての深さと、ヨコの現在の社会とのつながりという空間軸にそうての広さとをあわせもっており、それぞれの軸によって伝統の再解釈と演目の実証的統計的研究という二つの次元での研究を可能にする。しかし、私が漫才小屋にひきよせられているのは、そういう学問上の理由よりも、自分の気分のためだった。

前に吉田健一の小説で読んだことだが、主人公がこどもの頃の東京の感じにかえりたいと思うと、大阪に行くというところがあった。おそらく、作者自身の感想だったろう。東京そだちのものにとって、東京は、自分の知っている東京の感じをことごとにはぐらかされる町で、ここでは他国者だという気分を一日に何度となく、味わうことになる。

私が生まれてそだった大正から昭和はじめの東京は、道を荷馬車がとおり、いたるところに馬糞がおちていた。そういうところがよかったというのではないが、ともかく今の東京の道とはちがう。道で虚無僧《こむそう》にあうこともめずらしくなかった。米櫃《こめびつ》をおおうわらおけのような深編笠をかぶって顔をかくし、一軒一軒の家の前に立って尺八を吹く、その姿を、学校のゆきかえり、とくにかえりに、ぼんやりと見ていた。

まんざい（『人倫訓蒙図彙』）

道のゆききに目にする、いろいろのたのしいものがあった。そのかわりになるものは、今もあるのだろうか。
正月には猿まわしや獅子舞《ししまい》もきたし、太夫《たゆう》・才蔵《さいぞう》が衣服をととのえてやってきた。太夫は烏帽子《えぼし》・素袍《すおう》、才蔵は頭巾《ずきん》にたっつけばかまで、それも水色とか茶とか、そんなあざやかな色が使われていた。それでも家々をまわってくると、ほこりにまみれてもうかなりくたびれた感じになっていた。烏帽子というのは、もう、そのころ普通に見ることはなかったが、それでも「亭主の好きな赤烏帽子」などという、これも正月にとる「いろはかるた」の絵のほうの札でなじんでいた。太夫のほうが、何かわからぬ口上をのべ、それは歌のようでもあり、ただ調子のついたおはなしのようでもあった。才蔵は、それに合の手をいれて、たずさえている鼓《つづみ》をうった。一家の繁栄を祈る儀式であり、それをことわると一年の縁起がわるそうで、家中のものが出て門前でむかえた。

虚無僧にしても、獅子舞にしても、万歳《まんざい》にしても、どこから来るのか知らなかったが、それは急テンポで変わってゆく都会の風俗が、昔の日本とのつながりを回復する、一年に一度のまじないのようなものだった。

そんなふうに、自分の日常の景色の一部としてあった万歳が、なにかよくわからない暗渠《あんきょ》をとおってラジオ放送に漫才としてあらわれた。そのちがいについて考えるということもなく、万歳から漫才へのつながりのほうを主に見ていた。二人が組になって、口上をのべたり、あいづちをうったりして、話を進めるという形では、たしかにおなじところがあり、片方が主役で片方が脇役という形で、二人セットで一つの話を流すという役割のきめかたにおいても、おなじだ。太夫と才蔵との役割をうけもつところから、役をとおしての、何年にもわたる感情の流れがそこに表現されてゆく。その役柄の記憶と、二人が組になって思想をくりひろげてゆく表現の形式とが、こどもの頃からの自分の体験の一部となっており、それが、戦後に漫才小屋に通うようになってから私の中によみがえった。

昔の東京で見かけた万歳も、一年中、太夫と才蔵として全国をまわっていたわけではないだろう。正月だけ、家々をまわって歩く太夫・才蔵として、彼らには、年がら年中その職にいる映画俳優や流行歌手とちがって、それぞれが自分の別の生活をせおっていた。こどもの頃の私にも、彼らが農家の風習をもつ人びとであることがわかった。そういう、別のくらしを自分の表現の中にあわせもつという点で、小屋の漫才師とよく似たところがあった。

漫才師たちは、舞台で話すきれぎれの身上話によると、「私は、今は漫才師ですが、もとは歌舞伎役者で……」というふうに、床屋、セールスマン、アナウンサー、そして女の場合には芸者、など、いろいろのもっと高い（と自分自身の思っている）職業から脱落したもので、それぞれの履歴の中で仕入れた断片的技巧を、漫才という今の職業にもちこんでいる。漫才はそういうさまざまの職業の断片をつづりあわせた表現形式で、その故に他の専門職よりも自由な仕方で、あれになりこれになりして、現代の日本社会を身ぶり手ぶりでなぞって再現・批評して見せる。そのパロディー（もじり）が批評の方法となっている。

ここに、漫才のもっている独特の自由があり、そんなふうにしないと、旧職業をふみつぶして変わってゆく日本の現代はとらえにくい。

同時に、さまざまの脱落者のたまりであるということから、小屋に来ている客との交流に、劇場などでは感じられないこころやすさがかもしだされている。このふんいきが、漫才のもっている理想形態、というよりも、漫才がその理想をもる独特の容器となっている。脱落者の位置にいてはじめて、日本の社会の行事をひっぺがして見せる資格が生じる。マスコミの舞台にあがる人びとでは、そのひっぺがえしをする資格がそなわっていると感じられないので、何となく、とってつけたようなところが出てくる。たとえば、有名な映画女優が物価の高いのを非難して、「そんな高い野菜、私には買えないわ」などという時、聴いているものはしらけた気分を味わうのだが。漫才の小屋は、日本社会のまんなかにおかれた一つの大きな穴で、吹きよせられてきてそこにあつまった人びとが、穴の中から、大日本をながめるというしくみになっている。

はじめから二人一組になっていて、二人の間に何かの思想を生むという形があざやかだった。すじのはこびについて、どの程度の約束が出場前にあったかはわからないが、次に出る組は、前の組のやりかたを袖のほうで見ていて、それと重複しないように注意するくらいで、ほとんど出たとこ勝負でのりだしてゆく。あとは、自分たちの共同のプールの中の、紋切型の目録からその場の展開にあわせて、適当なうけこたえをつかみどりしてつなげてゆく。だから、おなじ組が、前の時とまったくおなじ仕方で話をおさめてゆくとはかぎらない。そこには、ゆすぶりのはばの中に、偶然の入りこむゆとりがあった。毎日二人がおなじことをやっているからこそ、そのゆすぶりのはばをいかすことが、二人組にとっての刺激になっていたのだろう。

こうして漫才は、紋切型の芸術でありながらも即興性の芸術である。

私の好んで見た漫才師の芸は、ラジオやレコードにのった有名な漫才の下手な模倣であったのかもしれない。そうすれば、私は、くずれにくずれたところから漫才を見はじめたことになる。しかし、エンタツ・アチャコ、雁玉・十郎のようなみがきあげられた漫才から見はじめなかったことは、私にとって一つの幸運だった。そうでなければ、これほどの衝撃を、自分の考え方に対して与えられることはなかったと思う。

自分に射こまれた矢について、私はその時、はっきりそれをつかんで書きあらわすことはできなかったが、後になって、ハナ・アーレントの「イサク・ディネーセン」という評論を読んで、思いあたるところがあった。

イサク・ディネーセン（本名、カレン・ブリクセン）は、一八八五年に生まれ一九六三年に死んだデンマークの女性で、長くアフリカに住んで文章を書いた。彼女は若いころ自分のいとこにあたるデンマークの男爵と結婚して、共同生活に失敗し、そのことについては作品にふれたことがない。だがその若いころの失敗についての感想とおぼしきものが述べられてはいる。それは、物語があらわれるのを辛抱づよく待つかわりに、あらかじめ考えておいたとおりの型にあわせて自分の人生に干渉してゆく「罪」。なるほど、人生における「罪」というものを、このようにとらえているのか。おれのおかしていたのはこの罪なのだな、と私は思いあたった。その共感は、自分の生き方、思想、学問の流儀に対して、漫才小屋で一撃をうけた時の感じに近かった。

それは、むずかしく言う必要のないことかもしれない。すべて自発的な行動のあるところ、いきいきと人が自分の人生を生きているところ、しばられない表現のあるところには、どこにでもあることなのだろうが、ともかく私にとっては、漫才、それも、すぐれた漫才の型がくずれてほとんどシロウト同然になったレヴェルでそれに出会った時に、この自覚がおとずれた。

しかし、いいことばかりではない。この小屋でくりかえし漫才を見ているうちに、私は偏見のたばにぶつかった。私は自分の容貌に自信をもっていないので、それについて言及されることを好まないし、間接の防禦の方法として、他人の容貌についてけなしたりおとしめたりすることを好まない。ところが漫才では、相手の顔の造作について、あらさがしをしておとしめることの連続である。

ノートで見ると、①女はおしりが大きい、②男の鼻が低い、③男の頭が禿《は》げている、このへんが罪がなくて、統計上、一番多く出てくる。それを言って相手をへこますと、お客がかならず笑う。相手が不器量だということを、手をかえ品をかえ、何度も何度もせめたてて、ふんだりけったりして、それが決して客をあきさせないのだった。

『鞍馬天狗』の進化

1

近代の日本文学が、どんな仕方で権力に対して来たかを考える道すじで、大衆文学の問題にゆきあたる。

大衆文学というとき、私たちは、近代のマス・コミュニケーション技術によってはこばれる大衆むきの文学を考えるので、明治以前の戯作者の作品の系譜は、大衆文学の前史にぞくするものとするほうがよいようだ。明治に入ってから大衆文学成立のきっかけとして考えることのできる一連の事件がある。一八七五年（明治八年）「平仮名絵入新聞」に主筆前田香雪が当時の犯罪記事に潤色して、殺人犯物語を連載。これが、小説が新聞と結びついたはじめの例で、この流れにそうて、おなじく殺人実話に題材を得て一八七九年（明治十二年）には仮名垣魯文が、『高橋阿伝夜刃譚』を書き、毒婦物の原型をつくった。魯文は、カナガキを主張し、フリガナを思いついて、これらを用いて小説を書いたが、これは明治に入ってからの義務教育の普及、大衆のよみかき能力の激増とマッチして、小説の大衆化をさらにすすめた。口ではなすのをそのまま速記術によって記してうりだしたのは三遊亭円朝であり、一八八五年（明治十八年）の『塩原多助一代記』、一八八五年の『安中草三』は、二葉亭や山田美妙以上に、小説を大衆の毎日のはなしことばに近づけた。作品の形式から考えて見るならば、円朝を日本の大衆小説の始祖と考えてよいように思われる。さらに一九一三年（大正二年）、野間清治のはじめた大衆むき雑誌「講談倶楽部」を相手どって講釈師たちがボイコットをはじめたので、野間が新進の小説家たちにたのんで講談風の小説をかいてもらったという事件がある。作品の製作方式、流通の方式から考えるならば、大衆小説というジャンルを日本文化の中に今日の位置に固定させたのは、野間清治であり、円朝以来存在していた大衆小説の作風が、野間清治によって大衆小説にふさわしい発表形態をあたえられて、社会におくり出されたのである。

大衆小説成立の上で記念すべきこれらの事件は、新聞とか速記術とか大衆雑誌という通信様式とむすびついているだけでなく、明治以前の大衆芸術（とくに人情話、落語、講談）の諸様式が、西洋渡来の近代小説の中に流れこんで行って、「大衆小説」という新旧混合の様式を成立させた事情をつたえる。「大衆小説」だけでなく、近代日本における他の大衆芸術のジャンル（浪花節、流行歌、漫才、チャンバラ映画など）においても、混合、折衷の事情はおなじである。「純文学」その他の純粋芸術の諸分野では、西洋の同時代の作品が輸入されたそのままの形で美術学校、音楽学校、文科大学など各種学校の試験管内で純粋培養されたが、「大衆小説」その他の大衆芸術の諸分野では、時々の大衆の支持を得られるていどでしか新しいものを混入できず、古いものから新しいものへのゆるやかな移り方と、古いものと新しいものとの折衷がそれぞれのジャンルでそれぞれ独自な仕方で成立した。

徳川時代の戯作者の気風は、純文学とくらべるとはっきりちがいがわかるほど、大衆文学の中に入って来ている。この意味では、大衆文学は、純文学よりも大きな連続性をもって、日本文学史の中に位置している。その気風は、徳川時代の政府にたいしてもなるべくはなれているように努力した努力の延長として、明治の新政府にたいしては、前のと二重の意味で、権力からはなれた存在として陣をとることとなった。それは、封建時代にも時の権力のコースからそれ、明治以後の新政府の権力にたいしてもひいてもらったコースからそれ、権力というものを信用せず、それを監視する視点である。今は少数者であるがやがては多数者となって権力をにぎり正義をおこなおうという社会運動家の気風からも、区別されるものである。このような気風が、三遊亭円朝、仮名垣魯文、村上浪六、岡本綺堂といったような徳川時代の戯作にもっとも血縁の深い大衆小説の系列にある。円朝にすこしおくれ、浪六よりすこし早く、一八八七年（明治二十年）に『裁判小説——人耶鬼耶』をひっさげて登場する黒岩涙香の活動も、重要である。この時代には、徳冨蘆花の『黒潮』、『不如帰』、木下尚江の『火の柱』、『良人の自白』などがあって、社会改造の確信にうらうちされた別種の大衆小説の流れをつくる。これは戯作者精神とはちがう説教師精神に支えられ、その意味で一種の権力意志に支えられていたとも言えるが、幸徳らの大逆事件のでっちあげとそれに続く社会主義者への弾圧は、ふたたび大衆小説をもとの徳川時代以来の戯作者精神の軌道にもどして「大衆文芸」とみずからなのる一連の作品を生む契機となる。中里介山の『大菩薩峠』にはじまり、白井喬二『盤嶽の一生』、吉川英治『鳴門秘帖』、佐々木味津三『旗本退屈男』、林不忘『丹下左膳』、大仏次郎『赤穂浪士』に至る大正・昭和時代の大衆文芸の運動は、大逆事件のでっちあげにたいする不満と恐怖を潜流としながら、作品としてあらわれた部分をもって見れば社会主義運動からの転向の形をとり、ここに、三重の意味での権力からの離脱が成立する。(1)

こうしてはっきりとうかびあがって来た日本の「大衆小説」という様式は、権力のコースにたいして密着して走りたいという衝動を、徳川の旧体制にたいしても、現存の天皇制政府にたいしても、来るべき未来の社会主義政府にたいしてももたない。一八七五年から一九三五年(昭和十年)までの大衆文学は、このような特徴をもっていた。だが、一九三五年の政府の国体明徴宣言にはじまる翼賛運動時代は「大衆小説」をもまきこんでしまう。一九三五―四五年の大衆小説は、全体として、権力のコースにぴったりあったものであった。だが、このことをみとめた上でもなお、権力批判の視点が一九三五年までは日本の大衆小説の中に成立していたことを忘れてはならない。

一九四五年以後の大衆小説は、権力側に身をよせて生きて来た十年間の体験からゆっくりさめてゆき、さめてゆくプロセスのなかから多くの作品を生んだ。獅子文六の『てんやわんや』『やっさもっさ』『自由学校』『おばあさん』。石川達三の『望みなきに非ず』、『風にそよぐ葦』。石坂洋次郎の『青い山脈』『丘は花ざかり』。これらは、同時代の非大衆的文学における永井荷風、志賀直哉、広津和郎などのブルジョア作家、さらに宮本百合子、徳永直などのプロレタリア作家の戦後期に発表した作品に見られるような、今はもう自分たちは正しい立場が何であるかをゆるぎなくつかんでいるという気風とはちがって、翼賛時代の宿酔からゆっくりとさめてゆくしかたを示している。そしてこの思想上のスタイルが、日本の読者大衆にとっては、ぴったりするものであり、戦後の新聞小説の作家として安定した声価を得たものが右の三人に大仏次郎をくわえた四人につきると言われるのも理由のあることである。この事情は、明治時代の大衆小説成立の事情ときわめてよく似ている。純文学ならびにプロレタリア文学は、十五年戦争の敗北と同時に、（転向作家、非転向作家の区別なく）それみたことかとばかりに、一気にそれまでの風潮とかけはなれたところにある新しい正しい立場にたって書きはじめたが、大衆小説は、新しい風潮にとびついてそれと一枚になりきるということはなかった。むしろ正しい立場を知らず、それを手さぐりするというふうである。こうして、戦争時代の逸脱をへて、おくればせではあるが、翼賛時代の権力にたいしても批判をくわえ、権力から四重にはなれた作風が、大衆小説の中に成立する。

長谷川如是閑はかつて、まげもの小説の復活を政治的反動と直ちにむすびつけて非難した。「政治的反動と芸術の逆転」（『中央公論』一九二六年八月）という文章である。この文章は、その後の三十年間に他の批評家のくりかえして来た大衆文学批評への原型となった。だが、まげもの小説のように前の時代に託して人生をえがく方法は、目の前の状況についてのみ描く風俗小説の方法にくらべて、現実批判のエネルギーをより多くふくむこともできるのだ。小説の中で過去をさしている意味は、同時に、未来をさすものでもあり得る。目前の状況が、いつまでも今のままで停滞しているものでないこと、すくなくとも、これだけは、どんなまげもの小説も教えてくれるのである。あとは、どの方向にむかって停滞をつきやぶる意欲が働くかが、まげもの小説の反動性・進歩性のテストになる。

前にのべたように、一重、二重、三重、四重の意味で権力から離れた立場をとることは、そのままでは、どんな立場からの権力批判であるかを限定しない。いくつもの立場が、ここに成立しうるわけだが、とくに現在ひろく読まれているものの中から、農本主義の代表としての吉川英治の作品、市民主義の代表としての大仏次郎の作品をとりあげることができよう。吉川英治の作品は、他のどの作品にもまして昭和時代の国民文学としての役割を果して来た。彼の作品『宮本武蔵』や『親鸞』は、ファシズムの時勢に便乗したのではなく、ファシズムの時代をつくる力として働いた[2]という指摘がなされている。これに反して、大仏次郎の作品においては、市民的精神がまげものの形をかりて、日本の国家のわくのなかではめずらしく純粋かつ一貫した仕方で成立している。おなじまげものの形を借りながら、昭和初期における吉川英治の作品が農本主義、ファシズムの立場からの時の権力批判であったのに対して、大仏次郎の作品は、市民主義、リベラリズムの立場からの時の権力批判であった。

吉川英治の『宮本武蔵』『太閤記』『親鸞』は、農村の中堅的位置の人々、戦前ならば高等小学校のみの学歴であとは青年団運動、軍隊、職場での努力をとおして段々に責任ある位置に上ってゆくタイプの人々に好んで読まれている。修養ということをまじめに考えて、毎日工夫を重ね、努力しながら、自分の人格、教養、実力をたかめてゆく。このような個人的な努力のはてに国家を、現在の方向にそうて、しかしもっと真面目な仕方で現在の方向に進むように、つくりかえる。この考え方は、農本主義につらなり、五・一五や二・二六の青年将校のめざした、かなりのていどまで復古的、村落共同体的な、国家社会主義につらなっていた。一九三八年（昭和十三年）から一九四〇年にかけての（第一回の機構改革までの）初期翼賛運動は、吉川英治の作品の基調をなす思想と一致していた。翼賛運動をささえた生活感情は、今も、日本の農村にのこっている。反都会的、反ブルジョア的、反近代的、反権力者的であることがこの生活感情を特徴づけるもので、それは反社会主義的ではないのだが、現在までのところでは、総評、社会党、共産党などは、この生活感情にたいするはたらきかけに成功していない。

大仏次郎の作品は、吉川英治の作品をぴったりしたものと感じる層からは、ハイカラであると感じられ、絵空事と感じられ、迫力がないと感じられる。かれらは、大仏の作品の中に、的確に、自分たちとは別の階級の生活感情をかぎとる。むしろ、吉川の作品がくわをいれて来た農村共同体の生活感情に、新しい仕方でくわを入れ、新しい収穫を計画しているものは、吉川と反対の政治的立場にたつタカクラ・テルの作品『狼』『大原幽学』『ハコネ用水』であり、吉川―タカクラの線上に、日本の大衆文学の一つの流れがある。

だが、吉川―タカクラの流れとはかなりちがった方角をめざす大仏の作品にも、考えておかなくてはならぬ何かがある。大仏の作品が吉川の作品ほど大きな読者層をもたないのは、日本の社会生活の上で、市民的な生活様式が傍流であることによるのではないか。市民的な文学あるいはブルジョア文学を、二葉亭から志賀直哉の線におき、労働者文学あるいはプロレタリア文学を宮島資夫―徳永直の線におく考え方がある。これは通説と言ってよい。だが、二葉亭―直哉の系列にある文学は、ブルジョア精神、市民的精神をよく表現したものと言うことができるだろうか。私はむしろ、大正中期から昭和にかけての大衆文学の系列、菊池寛、佐々木邦、獅子文六、石坂洋次郎、大仏次郎の作品に、より十分なブルジョア精神、市民精神の表現を見る。

二葉亭の作品には、権力のコースからはみでた余計者、打ちひしがれた者の影がある。漱石を例外として考えれば、そのあとに続く自然主義の作品は、ふたたび打ちひしがれた小市民の生活をなかばなげくようになかばあきらめるように描く。ブルジョア文学の一つの頂点を示すものとして引用されることの多い志賀直哉の作品をとって見ても、ここに描き出されている主人公の精神は、ブルジョア精神というよりは封建的家長の精神である。たとえば、一九三四年にかかれた『日曜日』という短篇は、市民性とちがう類型に志賀をおかなくてはならぬ理由をよく示しているように思うので、引用したい。六人の子供をつれて遊びに出る話なのだが、この中に出てくる妻も六人の子供たちもはじめからおわりまで父親の気分の動きに気をつかっている。出かける前の一節をひいてみよう。


　男の子は直吉一人で、あとは五人、皆《みんな》女の子だ。いつも比較的我儘が通るところから、直吉はなお魚捕りを切《しき》りに主張し、その主張を通そうと腹で思っている。「お前の為めに出かけるのじゃないからね」私は九つになる子供にわざとこんな厭がらせを云って不快《いや》な顔をさせた。直吉は眼を大きく開《ひら》き、口を堅く結び、一寸堪《こら》えている。続けて意地悪いことを云うと、涙が出るのだ。

「法華寺《ほっけじ》の横から大鍋《おおなべ》小《こ》鍋《なべ》の方へ行く路に小鮒の沢山いるところがあるが、どぶだからな」

　傍《そば》でにや〳〵しながら私の顔を見ていた一番上の留女子《るめこ》が、

「どぶでもええがな。なあ、ええが」と直吉を慰め「どぶでもええって」と今度は私の方を向いて笑っている。（『日曜日』）

それから、妻、子供六人、友人、女中、運転手、助手の大所帯をひきつれて郊外に出かけ、ぐうぜんにも川ですっぽんをとらえる。家長はすっぽんをいけどりにして満足して家にかえる。

帰途《かえり》、酒屋に立寄り、婆さんにすっぽんを見せた。亀はいるが、すっぽんは此川でも珍らしいと、大変喜んでくれた。二三人見に出て来た男の一人が笑いながら、「かいみに養殖している人がありま。其所から逃げた奴だっしゃろ」と云った。野生のつもりでいたので、これは少し興ざめだった。

留女子が私を気の毒に思うらしく「いわんでもええのに」と腹立たしげに呟《つぶや》いていた。（同前）

子供がこんなにも父に気をつかうのは平素の訓練の状態を推定させる。一家の精神がすべて、家長にむかって集中している構図は、どう考えて見ても、ブルジョア的な家族関係ではない。志賀直哉のもつよいものは、すぐれた封建的人間のもつよさである。これが、ブルジョア的なものとしてこれまでの文学史家によってまちがって理解されて来たのだ。天皇にたいする深い心服もまた、この作者にとってきわめてしぜんなものである。

また、ここには、市民的精神がふつうにもつ、外の社会へのひろがりが見られない。初期の作品『大津順吉』、中期の作品『暗夜行路』、後期の作品『蝕まれた友情』に、まったく同一の友人、肉親のタイプがあらわれる。志賀直哉の文学に多くの読者をたしませるのは、実にこれら同一人物たちとの期待されたとおりの再会なのである。志賀を愛読した大正以来の文学青年たちは、代々、志賀の肉親や友人たちの像を、実名とむびつけて心にきざみつけたにちがいない。自分の家族に準ずる大家族として、志賀直哉の肉親および友人を感じたと思う。このような興味のもちかたからすると、『二十代一面』のように志賀の友人がオール・スター・キャストで出てくる写生文、『鵠沼』のように志賀の家族がオール・スター・キャストで出てくる写生文なども、そこにファミリー・アルバムの原型を見ることができるので、読者にとっては特別に愛着のもてるものだ。

戦前も戦後も、岡本一平から高橋磧一にいたるまで大衆文学にたいする批評は、大衆文学のかわりばえのなさ、発展のなさをつく。なるほど、吉川英治の作品、大仏次郎の作品は、すじがきからいって、よく似た構造になっている。だが、純文学の神様の位置におかれた志賀直哉の作品は、その素材の固定性によって、結果的にはかわりばえのなさ、発展のなさを示している。そして、その間に大衆文学のほうは、形式上のからくりはかわりばえがなくとも、そこにもりこまれた主題と素材において、純文学の作家にたちまさるヴァラエティーを示していた。この事情を、大仏次郎の『鞍馬天狗』に例をとって、説明してみたい。

（1）中谷博「大衆小説の歴史」、「思想の科学」一九四八年八月、一九四九年五月。
（2）竹内好「吉川英治論」、「思想の科学」一九五四年十月による。吉川については他に次のものがある。武田清子「二つの生活圏」、「思想の科学」一九四八年二月。高橋磌一「吉川英治の秘密」、「日本評論」一九五〇年一月。桑原武夫・樋口謹一・梅棹忠夫・多田道太郎・鶴見俊輔「宮本武蔵は読者にどう受けとられるか――大衆小説研究の一つの試み」、「思想」一九五一年八月。桑原武夫・樋口謹一・藤岡喜愛・多田道太郎・鶴見俊輔「小説『宮本武蔵』における観念構造」、「思想」一九五三年一月。

2

『鞍馬天狗』は、はじめから今と同じ形式をもっていた。だが、思想傾向はかなりちがったものだった。

一九二四年（大正十三年）、作者二十七歳のときに雑誌「ポケット」に書かれた『鞍馬天狗』第一篇「鬼面の老女」を見よう。

尊皇攘夷派の公卿小野宗春の遺児宗房は、叔父の宗行に財産をだましとられて、天涯孤独無一文となる。歩いてゆくうちに、とつぜん二人組にきりつけられるが、佐幕派の一味とまちがわれてのことと判明。二人組の頭目は、名をなのる。

「如何にもと申すより、拙者よりの失礼をお詫《わ》び申す。ただこの上無礼を重ねるようじゃが、お差支なくば、時局に対して其許《そこもと》が佐幕党かまたは京方か、これを承《うけたまわ》り度《た》い……」

「申すまでもない。拙者は父祖代々、天下は天子の天下と心得ている。」

「嬉しや。其許の如き剣士が御味方にあろうとは、鞍馬天狗不明にして今日まで知らなんだ！」（中央公論社版、第一巻、一四頁）

ここではじめて鞍馬天狗が登場したわけだ。鞍馬天狗は小野宗房をさそって、宗房の父の亡霊が出るといううわさのある化物屋敷に案内する。そこに鬼の面をかぶってあらわれた老女は、とらえて見れば、佐幕派の巨頭小野宗行（宗房の叔父）の召使であって、この化物屋敷が佐幕派の秘密謀議の場所となっていたことがわかった。だが、このとき、どこからともなく矢がとんできて、老女は絶命。矢も射たものをさがして、くみふせると、意外やそれは宗行の娘（宗房のいとこにあたる）、白菊姫であった。白菊姫は、今の老女の口から、佐幕派の陰謀の中心となっているのが父であることのもれたのをきいて、父のしていることは悪いことと知りつつも父を助けようとして老女を殺したと告白。（悪いと知っている父を助けようとして、使用人を殺すなどというのは、ずいぶんひどいことだと私は、思う。使用人は別に自己の利益を追求して佐幕派に投じているわけではないのだ。使用人のほうは悪くはないのだから生かしておいて、むしろ自分の父のほうだけを進んで殺すほうがよいと思うのだが、この可憐な女主人公がそう思わないばかりか、男主人公の小野宗房も鞍馬天狗もそう思わない。）

宗房は、ただ白菊姫のけなげなことに感じ入るばかり、言葉もなく佇《たたず》んでいたが、俄《にわ》かにある考えが頭に閃《ひらめ》いたので、初めて口を開いた。

「白菊姫、六尺有髯《ゆうぜん》の男子も及ばぬ御勇気の程、ただ感服と申すより他はない。老女が生命をおとしたはもとより積悪の報い、また父上のことは、御身の孝心にめで、拙者刀にかけて口外致すまい。この上は、急いでこの場を立ち去られよ。朋友《ほうゆう》には拙者よしなに話し置き申そう。」

「待たれい。」

突然背後に憤怒を混えた鋭い声が起った。さては鞍馬天狗、先刻から始終を聞いていたと見える。刀に掛けてもと姫に誓ったからには、その義の為には天狗の生命を……と宗房咄嗟に考えた時、鞍馬天狗が言葉をついだ。

「仔細《しさい》承った。拙者一人涙ないような取扱いは不服で御座る。姫君が父を思う孝心、聞いて感ぜぬものは武士ではない。必ず口外致さぬ拙者が心底、こうじゃ。」

暗いなかに金打《きんちょう》の音がした。

姫は更に感謝の涙に咽んだのである。（第一巻、三〇頁）

この第一話では、天皇の意志のとおりに黒船排撃のために働くのが唯一の正義としてうけいれられており、その正義もまた自己の家族的血縁関係によっては制約をうけるのが当然と考えられ、むしろ家族の利害を守ることは正義に反しても賞讃にあたいすると考えられている。最高の倫理的行為は家長に対する服従、第二の倫理的行為は天皇の命令服従という思想である。これら二つの信条は、その後の鞍馬天狗が実は全力をつくして反対する対象に転じるものなのだが、このような思想内容をぬきにして考えれば、匿名の超人剣士が登場し、社会正義のために神出鬼没の戦いをするという形式は、この第一話においてすでに完成している。

初期の鞍馬天狗は、どうしてこんな天皇中心的、家族中心的な権威主義思想をもっていたのか。その理由は、まげもの作家として出発した当時の大仏次郎がこのような思想をもっていたことに求められるべきではなく、当時の大仏次郎がまげもの小説というジャンルを本格的なものとして理解していなかったことに求めらるべきであろう。

大仏次郎は、一八九七年（明治三十年）生れ。父は和歌山県出身だが横浜の郵船会社につとめていたので、西欧的な空気にふれて育ち、東京府立一中、一高仏法、東大政治学科を経て、外務省条約局に勤務、かたわらロマン・ロランの作品『ピエールとリュース』『クレランボー』『戦いをこえて』を訳出。外務省からもらう俸給以上に洋書代がかさむので、博文館発行の「新趣味」に外国新文学の紹介を試みた。ところが博文館は一九二三年（大正十二年）の大震災で焼け、「新趣味」は廃刊。「新趣味」編集長の鈴木徳太郎は「ポケット」という通俗雑誌の編集長となり、「まげものでもできたら御相談にのりましょう」という話だった。そこで、注文にあわせてためしに書いたまげもの第一作が「隼の源次」、第二作が、先に引用した「鬼面の老女」(鞍馬天狗第一作)である。

ここでは、ロマン・ロランを訳す読書人と、その洋書代かせぎにまげものを書く大衆作家とのあいだの、ほぼ完全な分裂があるわけだ。一九二四年大仏次郎が外務省をやめて大衆作家としての仕事を本格的にとりあげるようになると、この分裂は徐々に克服されようとする。次の段階にぞくするものとして、一九二五年作の「御用盗異聞」を見よう。

薩摩藩の益満休之助らが、幕府の信用をくつがえそうとして、盗賊をかりたてて強盗、放火へとさそう。この計画の中にまきこまれながら、鞍馬天狗が、目的のためには手段をえらばぬ薩摩派の勤皇党のしかたにぎもんをもつ過程がえがかれている。幕府びいきの芸者糸次にむかって、天狗は次のように自分の信念を語る。

「拙者とて徳川氏を理由なく憎んでは居らぬ。幕府を倒そうとしたのも、つまる所は、日本の国日本の人のため、一天万乗の君の御代を作ろう為じゃ。この江戸とても日本の内、江戸の人間じゃとて日本の国民じゃ。むげに憎んだり呪ったりしてよいものでない。鞍馬天狗、この刀にかけて誓おう。国の為という理由なくて、この刀に血ぬること、必ずすまい!」(第二巻、一五二頁)

なるべく人を殺すことはさけようという原理は、これから巻を追うてきびしく守られてゆく。もう一つの原理、すべては日本国家のためにという原理は、数年後にさらにラディカルな修正を経て厳格な意味でインターナショナルな原理によっておきかえられることとなる。

一九三一年(昭和六年)作の『江戸日記』には、根岸丹後守という商才にたけた官僚がかげにおり、東京大阪の商人に政府内の情報を売っては巨富をつみ、この金力をもとでとして、政府の外に大勢の青年を養っている。これらの青年は、剣道にはげみ政治の腐敗をなげいて毎日をすごし、根岸丹後守が政府の腐敗をいきどおって改革運動にのりだしたのだとまちがって信じており、青年らしい正義感から丹後守の意のままに、暗殺団を組織している。丹後守はこの暗殺団に新しく事件を起させては、その情報を前もって商人に売ってさらに金を作り、かげの権力を強化する。丹後守の陰謀によって政府の要職から追われようとしている勝安房と春日井右京、まじめに公務にはげむためにかえっていろいろとふにおちぬことに出会う下級官吏の八丁堀同心の鹿塩東蔵、丹後守の一味に加入するようにさそわれながらふみきる気になれぬ盗賊野ぶすま、反政府党の青年たち、これら革命派の青年たちに心をよせる女性が、劇の進行途上で交錯し、力をあわせて、丹後守を討つ。鞍馬天狗は、このような異なった要素を結合させる無党無派の組織者として働く。丹後守とその配下の青年層において描かれているのは、一九三一年—

三八年の時期における形成途上の日本ファシズムであり、これをうちやぶる力として、リベラルな重臣・官僚層が大きな役割を果すことに、この時期にはかなりの期待をもっていたように見える。とにかく昭和に入ってからの作品においては、重臣、下級官僚、勤皇派（革命派）、賊、女性、民衆の眼が、鞍馬天狗の視点に参加しており、天狗はこれらの眼の間をぬうてあるく行動のつみかさねをとおして、諸悪の根元に接近するのである。この構図は、戦後の『おぼろ駕籠』（一九五〇年）、『四十八人目の男』（一九五一年）、『浅妻舟』（一九五六年）、『ゆうれい船』（一九五六年）に至るまで、動かない。諸悪の根元が何であるかは、たとえば少年物としてかかれた作品にあっては、まったく無目的に悪のための悪を計画する集団であったり（第八巻「山嶽党奇談」）、人殺しの好きな生れつきの精神異常者であったり（第三巻「小鳥を飼う武士」、第七巻「鞍馬の火祭」）、同志の中から出る裏切り者であったり（第十一巻「宗十郎頭巾」）もするが、より多くの場合、諸悪の根元は支配体制の中枢に求められる。支配体制の中枢部にはつねに、寡頭政治（オリガーキー）の体制をかためようという野心によってつき動かされる者がたえず新しく生れ、この種のオリガーキーをたえずつきくずす力として、それぞれの時代において独自な鞍馬天狗の活動が要求されるのだ。

一九三一年以後、軍部を中心とするファシズムが芽生えてくるのにたいして、もっともはやく敏感に、その運動傾向を把握した作家の一人は大仏次郎ではないだろうか。大仏次郎は、東大政治学科の学生であったころ休みがちで、吉野作造の講義しかきいたことがなかったと言う。吉野作造は、大正デモクラシーの穏健なる部分の代表者であり、衆議院中心の政党内閣をつくろうと考え、天皇の大権をたてとしてこの動きをさまたげる枢密院、貴族院、および軍部を改革しようと考えた。とくに政府にたいして軍部の独立を保証する総帥大権は根こそぎにさるべきものと主張した。やはり大学生当時、大仏は、大正デモクラシーのより急進的なる部分の代表者である有島武郎に近づき、有島家でひらかれたホイットマンの『草の葉』の講読に一年ほど出席した。ここで、有島たちのグループをとおして無政府主義、社会主義との親近性をもつこととなる。大学卒業後に大仏の訳したロマン・ロランの著作には『クレランボー』と『戦いをこえて』が入っているが、これらは第一次世界大戦下の反戦運動から生れたものである。このような経歴を考えるとき、『赤穂浪士』（一九二七年）に一九二五年の治安維持法成立後のしめぎにかけられた日本社会のうめきがきこえるように感じ、『由比正雪』（一九二九年）に一九二七年の金融恐慌をへて激化する革命運動にたいする親近感と一九二八年にあらたに設置された特高警察にたいする反感を読みとるとしても、読みすぎではないと思う。『由比正雪』は、一九二九年に「東京日日新聞」に連載された長篇であるが、これは、発表の前年（一九二八年）におこった三・一五の共産党大検挙（検挙者一千名）、日共書記長渡辺政之輔の自殺と二重うつしになって読者の心にやきつけられたと思われる。特高警察のもとじめ——警視総監兼内務大臣である松平伊豆守が決して人情におぼれず計算を貫徹する権力者として描かれているのに対して、革命家である由比正雪、丸橋忠弥、金井半兵衛は、本質的には無欲な、計算ずくでない、衝動的な人物の群として描かれている。伊豆守の暗いふんいきに対して、現在の事業には失敗していながら正雪、忠弥、半兵衛のまわりには明るいふんいきの流れていることが、この長篇に独特の魅力をあたえている。

一九二八年、関東軍の工作による張作霖爆殺は、中国革命派のしわざとして日本国内では発表されたが、その背後には日本軍首脳部の参画した複雑な陰謀のあることを推察させた。関東軍の秘密工作が進められるのと並行して、大仏次郎は、軍にたいする批判を、今度は時代小説の形をかりてでなく、外国の史実の研究という形で進め、一九二九年に『ドレフュス事件』(「改造」)を発表。この年の秋、久米正雄とともに招かれて満洲を旅行したが、その二年後の一九三一年関東軍の工作によって満洲国が設立される。久米はこのあたりから段々に右傾してゆくが、この年、大仏は二つ目の外国史実物『詩人』を書いており、これは二十年近く後にカミュの戯曲『正義の人々』(一九四九年)が取材したと同じ帝政ロシア時代のテロリスト、サヴィンコフたちによるセルゲイ大公暗殺事件を扱っており、史実評価の視点もほとんど同一である。戦前には鞍馬天狗を軽蔑してとおって来て、戦後にはカミュを手ばなしでもちあげるタイプの日本の自由主義者を、私は信用できない。同じ年の三月、陸軍は陸相宇垣一成大将を首班とする内閣をつくる目的でクーデターを計画し(三月事件)、これは未遂になったが、次の陸相南次郎大将は師団長会議の席上、軍人が政治に干渉するのは当然であると訓示し、軍部の政治のりいれは公然の事実となった。大仏は、『ドレフュス事件』『詩人』に続く外国史実物の第三作『ブウランジェ将軍の悲劇』の準備にかかる。

この小説は、国民的人気を背景に軍部がフランスの政治の中心にのりだし、フランス国民の生活のうちに深く根をおろしている議会政治によってやがてうちやぶられるという一八八六年から一八八七年にかけてのヨーロッパ政治史の一コマを描く。

「俺れは軍人だ。敵を怖れはせぬ。誰れが敵に廻ろうが一向平気だ。」

将軍は副官にこの意見を漏らした。

孤立ではない。国民の全部が自分を支持してくれている。その時、議会が何者だろうか。腐敗を極めた政治屋の集団なのである。一番卑劣な人間の集りなのである。七月十一日の議会で殆ど全部が将軍を弾劾したと聞いても将軍は驚かなかった。

（『ブウランジェ将軍の悲劇』創元文庫、六一頁）

この事情はまさに、一九三三年（昭和八年）から一九三八年（昭和十三年）へかけての日本の政治にあてはまる。作者自身は、執筆当時をふりかえって次のように執筆の動機を説明している。

この小篇は、昭和十年から十一年にかけて「改造」に連載せられた。『ドレフュス事件』に続く仕事であったが、準備の為に、発表はかなり遅れた。双方ともに国家に於ける軍の位置を明瞭にしたい目的で、過去に於て仏蘭西が経験して通った苦しみを日本の読者に知らせ度いと企てた仕事であった。時代は陸相荒木大将が乗出して来たところである。なくなった大森義太郎君が、さる座談会で中野正剛と同席したら、あれは荒木のことを書いているんだと話しているのを聞いたが可怖《こわ》いのは何も来ませんかと私を冷やかした。もう二年か三年、後だったらこの原稿は、恐らく公表出来なかったことであろう。（同前、二三五頁）

二、三年後になら書けなかったろうというのは、一九三七年七月には日中戦争がはじめられ、九月には国家総動員運動がはじまり、これから全体主義体制の成立になしくずしに入って行ったからである。ヨーロッパ政治史に関する史実調査の中から、政治の力学的条件を把握した作者は、一方においては、その後の日本の政治がヨーロッパ風の自由主義成立の条件を満たさぬことを失望をもって見るとともに、他方においては、目前に成立しつつある超国家主義の政治体制にたいして過ぎてゆくものとして見てこれを見てゆく姿勢をかえることがなかった。目前のものを過ぎゆくものとしてこれを批判する精神が、大衆にむかってその思想を表現するのに適切な様式として時代小説を再発見したのである。戦争時代の作品をあまさず読んだ上でないと言いきることはできないのだが、『雪崩』（一九三六年）、『逢魔の辻』（一九三七年）、『薔薇の騎士』（一九三八年）、『氷の階段』（一九四〇年）、『阿片戦争』（一九四二年）、『乞食大将』（一九四四年）と、私の記憶にのこる作品の系列をたどって見ても、超国家主義にたいする傍観者的態度をもってつらぬいたものと考えられる。太平洋戦争開始後にかかれた『阿片戦争』が、シンガポールに英国の植民地をきずいたラッフルズをとりあげながら、ほとんど親英精神によって淡彩で描いていることは、今読みかえして見て、おどろく。戦争がもっと進んでから書かれた『乞食大将』が、後藤又兵衛の姿をかりて理想化された武人を描き、この理想的武人が禄をはなれざるを得ぬ事情を描くことによって、目前の軍人階級を批判していることにも社会時評としての意味を認めることができる。当時、東条大将の内閣を批判し戦争の拡大に反対した石原莞爾中将は、師団長の役をとかれ、郷里の山形にかえって又兵衛に似た監視つきの浪人生活をしていた。上記の二作の中、『阿片戦争』は一九四二年の毎日新聞、『乞食大将』は一九四四年の朝日新聞に連載されている。時代小説の姿を借りた自由主義者がいわば白昼を闊歩して行ったのである。時代物の姿を借りるならば、妥協のない思想が公然と戦時下にもとおり得たということの一つの例証であった。このおなじ時代に公然と作品を発表していた作家たちは、プロレタリア派も、モダニズム派も、ほとんどすべて超国家主義の系統の中にまきこまれてしまっていたが、この事情は敗戦直後の進歩思想全盛時代には、関係者の共同の利害のために伏せられてしまっていた。

この時期にまのあたり見た日本の自由主義の弱さは、ドレフュス事件やブウランジェ事件にさいして軍国主義をくいとめたフランスの自由主義のたしかさと比較対照され、作者のそれまでの現代日本の見方に改訂をくわえさせた。一九三五年（昭和十年）の時点においては、ドレフュス事件をも処理できる能力、ブウランジェ将軍をも葬ることのできる能力は、もはや日本においては僅かばかり生きのこった幕末・明治初期の初代ブルジョアにしかなく、権力の中心部にある若手実業家、若手官僚、若手政治家は、おなじブルジョアとしての位置をしめながら、もはや自由を守る熱意をもたなかった。吉野作造の軍部批判、美濃部達吉の憲法解説を学習することによって高文（高等文官試験）をとり、就職試験に合格しながら、吉野の反対した軍部が政治に進出するのにたいして何事もなしえずにゆずり、むしろこれと進んで結託し、美濃部が右翼勢力に打倒されたときもこれをかばうことのない日本の知識人、自由主義者にたいする絶望が、『ブウランジェ将軍の悲劇』の翌年にかかれた『雪崩』（一九三六年）にすでに見えている。初代ブルジョアは、貧しい家から好んでもらった嫁を自由の名の下に離縁しようとしている息子・二代目ブルジョアにむかって次のように言う。

「ところが、お前の理窟と云うのは、いつもその辺を歩いているんだぞ。俺れは理窟を信じない。理窟なんて附けようと思ったら、どんなものにでも附く。お前は頭がいい。物を知っている。しかし、その全部が、ぺらぺらの紙だ。紙片でお前の頭が一杯になっている。何か自分の無法な行動を正しく見せかけようとすると、お前は、その紙のような知識を出して来て理窟をつける。俺れが悪いと見るのは、その心事だ。これは、正直にきたない行為をするよりも遥かに人間として卑しいことだよ。下層の人間の理由もない単純な行動の方が、同じ悪にしても、もっと美しいのだ。お前は、自分のすることを、いつも後から正当らしく説明して行くのじゃないか。それが卑怯だと俺れは云うのだ。」（『雪崩』角川文庫、三〇九頁）

一九三五年二月に天皇機関説についての火の手が貴族院から上りはじめ、三月には衆議院が美濃部博士擁護の立場をすてて国体明徴を決議した。ちょうどこの時期に書かれた大仏次郎のエッセイ『土耳古人の手紙』は、『ドレフュス事件』『詩人』『ブウランジェ将軍の悲劇』によって予言して来た危機の到来を前にしてほぼ最終的な診断を当時の日本にくだしている。

もっとも日本のインテリゲンチュアである僕らは、自分で何分かの努力をして（市民的権利を）獲得したのでない、二月も六月もない、バリケエドの経験もない。貰ったから子供のように好い気に成って悦んでいたので、奪《と》られると成っても文句をいう方法を知らない。市民権といっても名ばかりのものだったのである。日本に輿論に反抗した反社会的の文芸作品など現れた例がない。右翼の天下には右翼だ。どちらの成長の為にも不幸だったのだが、リベラリズムに生活的根拠が薄弱だった証拠と見做し得るだろう。闘争の経験すらないリベラリズムだから、縁日の植木より根がもろく非現実的なのである。歴史の鉄則だけは、それとは無関係にどん〳〵動いて舞台を廻して来たわけである。（『日附のある文章』創元社、一六七頁）

ここにあるだけの冷静な社会診断が、当時の純文学の代表者、志賀直哉（『早春』）、横光利一（『欧洲紀行』『旅愁』）、萩原朔太郎（『日本への回帰』）にはとうてい求められなかったことを、われわれはおぼえていたほうがよい。しかも当時、純文学の復興がとなえられ、純文学の代表者の側から、大衆文芸の批判の火の手があがったのはおろかであった。大衆文芸の流行のために、純文学の地歩を失なってゆくのだという説も行なわれた。これにたいして、大仏は、次のようにこたえる。

純文芸の生存が危機に瀕しているのは、大衆文芸の存在する故ではない。日本のブールジョワジイが自由主義を見放すに至った時代に純文芸の復興の声が聞えたのこそ、人が意外とは感じないのだろうか？ 復興しなければならぬというのなら、サボナロオラの説教である。復興したと現実に感じたのなら、封建日本の雰囲気の中に、安息の寝台を見つけたのである。僕は文壇の私小説に対する信仰の根強さを、この国に残る封建的な空気を前提とせずには、どうも理解出来ないのである。リベラリズムがもっと堅固な訓練を受けたものだったら小説はもっと小説らしい広い視

野を持つか、またはジイドの曲折を身につけたろう。(同前、一六九―一七〇頁、傍点鶴見)

このように診断された昭和十年代の日本の社会状況にたいして、どのような戦術をもって対して行くか。この戦術を、大仏は、土耳古人の方法として規定している。近代ヨーロッパ正統の文化に直接に自分をさらし、しかも、ヨーロッパの近代文化の正統そのものになり得ず砂漠の風土の上にたつ自分の宿命を自覚し、トルコ人として生きるという方法である。ヨーロッパ人でもなく、日本人でもなく、その双方にたいして異邦人であるトルコ人として自分の位置をさだめていることは、重要なことに思われる。その後も大仏は『土耳古人の対話』(一九四八年七月)という文章を書いているし、その時から現在に至るまでの鞍馬天狗は、在日トルコ人として存在を続けると言ってよい。

敗戦後(一九四七年)に書かれた『鞍馬天狗』を見よう。鞍馬天狗は、洋学校の先生みたいな姿ですたすたと外国人居留地ちかくを歩いている。同居している三人の若者にきいてみると、

「僕らは三人とも直参の家の者だ。しかし、先生に心服して附いているんだ。勉強しろと仰有《おつしや》るから勉強している。」

「すると……先生は何かの学者で?」

「いいや！」

と三人は一緒に若々しく笑った。否定とも肯定ともつかず明るい空気だけが動いた。

「御自分では江戸第一の釣師だと仰有る。大川に棲む魚の癖を知っていることでは、この辺の船頭もかなわないと御自慢になるのだ。」

「御浪人なんだよ。それだけだと云われるのだから……もとは御公儀の敵に廻っていて、今は新政府に難くせをつける役だってさ。強い者が嫌いに生れついていらしったんだって、これだけは御自分で仰有ったことだから、間違いないんだろう。」

（第十巻「新東京絵図」一九―二〇頁）

現在の鞍馬天狗の親友は大臣参議になった維新の志士たちではなく、旧幕臣勝海舟とこれも旧幕臣江原素六（後の麻布中学校長）である。旧幕臣のほうが権力からはなれて、今の時世のもっと先のほうを見とおす力をもっていると考える。彼は、旧幕臣の中にまだ権力に固執してすねたくらしかたをしている不平分子がいるのをときふせて、酪農事業をはじめるようにほんそうする。

「些《いささ》か牛のことを調べて見た。築地河岸に住んでいたので、居留地の八百屋の店を覗《のぞ》いても、昔はなかった新奇な野菜物がいろいろと渡来して来るのを見て面白かったが、ミルク、バター、チイズなんて、牛のようなぼんやりした獣から出るとは、まったくの新知識だったね。調べている内に、牛飼いがやって見たくなった。藪蚊連、承知するかどうか知らぬが……何でも伊豆の三島か沼津あたりで、もとの直参で江原素六などと云う人たちが、早くから牛を飼っているような話を、勝安房さんから聞いておったから、先例がないのじゃないし、お歴々の仕事として決して遠慮することはなかろうと思ってな。牛が揃ってから、さあ、こいつだと、勧めて見るつもりだったのだ。」（同前、一六二頁）

天狗はもはや刀をぬきたがらない。「刀、刀！　弁口でなく、腰の物であいさつしよう。」「いやだね」と顔をしかめて、「拙者はいやだな」（同前、一六五頁）「喋らせると、拙者は舌が上手に動く方だ。……舌もこれで得物《えもの》さ。」（同前、一二九頁）

実業と弁舌をあらたなる武器として、鞍馬天狗は、ブルジョアとして再生したのである。もともと、天狗がどこから金をもらっていたかは同志の者もよくは知らず、敵側からもあやしまれていたのだったが、敗戦後の鞍馬天狗はこうして、ブルジョアとしての正当の職業につくことによって、活動の基礎をもつこととなった。戦後の現代物に出てくる鞍馬天狗らしき人物は、『旅路』（一九五二年）の瀬木義高が大学教授であるような例外はあるが、『帰郷』（一九四八年）の守屋恭吾、『新樹』（一九四八年）の坂西老人、『冬の紳士』（一九五一年）の屋形祐司、『風船』（一九五五年）の村上春樹は、いずれも実業家である。

ここでブルジョアとしての鞍馬天狗の特徴を数えあげて見ることも、無駄ではあるまい。

第一の特徴は、鞍馬天狗が自立していることである。自立の手段は、剣客としての実力、体力、あらゆることにつぶしのきく労働力、人間関係をたくみにまとめあげる組織能力（この能力にたいして天狗の後援者たちは天狗に寄付しているのだ）、弁舌、金もうけの能力、酪農業など経営できる技術者としての能力。

第二の特徴は、自分の実力によってたっているものが当然にそなえるようになる公平な精神。これは、快活な態度で、どんなにきびしい条件を課せられた競争にもたえる、スポーツマンらしいフェア・プレーの精神である。敵側にまわった新撰組の近藤勇、彰義隊の天野八郎、旗本の橋場清七との対決を見よ。実力ある敵手にたいしては、讃嘆の心をもって明るく戦う。相手が不利な条件におかれた時には、決してとどめをささない。自分自身は、どんなに不利な条件においこまれた時にも、ゲームのルールを決してやぶらぬ。あらかじめ公けに約束した競争のルールをおたがいに固く守ることによって到達し得る公平さ。このルールによってたたかわれているのが、生死をかけているのにしても、やはり一種のゲームなのだというつきはなした態度。ここに、ブルジョア精神が、封建主義、共産主義にまして、敵対者との話し合いの道を用意するよりどころがある。

第三の特徴は、インパースナルな人間関係をつくることへの好み、さらにその能力である。鞍馬天狗には家がない。血縁のものがあっても、何かの仕方でへだてられている。道であう人で、何か自分のしたしめる人、自分を必要としている人、そういう人と、わけへだてのないつきあいをする。自分の家庭内でだけ心をゆるしてのびのびとして本音を吐き、ひとたび家の外に出るとつねによそゆきでいる人と反対に、鞍馬天狗は毎日歩く道すじでつねに十分に生きている。池田成彬の自伝に出ている話だが、三井で池田の同僚の藤山雷太が家族だけが重役になるような会社をつくって一家のあとあとまでもの安定を計ろうとし、池田一族と一緒にこの会社をやらないかと相談をかけて来たが、池田は、自分の子供たちにそのような不労所得を約束する生活を好まず、藤山の申し出をことわった。藤山の方式の中に、現実の日本の半封建的資本主義を指導するブルジョア精神の典型が見られ、これがやがて日商会頭、今日の外務大臣藤山愛一郎を生むのであるが、池田のほうには、ブルジョア精神の理想型があり、これは鞍馬天狗に通じる。

第四の特徴は、自由であることを自分の個人生活における最高の価値としていることだ。鞍馬天狗には、その進化の歴史の最初のヒトコマ（第一巻—ここでは情婦をもっている）をのぞいては、禁欲精神があり、これは戦後の『冬の紳士』その他においても同様である。だが、それは目的としての禁欲主義ではなく、手段としてのそれであり、むしろ、自分の自由なうごきを拘束するものとして愛情関係をさけている。『鞍馬天狗』が、大正・昭和期の多くの大衆小説にくらべて、儒教精神、そのうらがえしの戯作者風のタイハイ精神のいずれにも傾かず、ユニークな道すじを保って来た理由の一つは、ここにある。自由であることが、私的、具体的にどれほどたのしいものであるかが、連作を成りたたせているモティーフであり、自由という具体的価値を追求する上で当然に支払うべき代価がこれらの連作にプロットをあたえる。切られること、敵をつくること、裏切りにあうことは、天狗にとっては、自由のあたいとして、当然にたのしげにうけいれられる。鞍馬天狗のつねにもっている快活さは、自由を、日本の権力者・知識人ふうに抽象的にとらえるのでなく、具体的につねに今ここに自分のつくりつつある状況として感じていることから来る。

第五の特徴は、階級離脱(1)ということである。ブルジョアの階級状況を正当化するためのブルジョア精神としてならば、大仏の作品は、ブルジョア精神を根柢とするものと言えない。ブルジョアの階級状況の内側から生まれ、その刻印をもちながら、ブルジョアらしい理想を追求することによってしぜんにブルジョアの階級状況を越える方向を指示している、ブルジョア精神の当然の帰結として、このように階級をこえる方向があることは、認められてよいように思う。もっとも、ここから人民資本主義とか、管理者革命の思想も出てくるのだが、鞍馬天狗の思想はその方向にむかわず、むしろ、自由の追求上、ブルジョア階級とのつながりが障害になってくるので捨てる。

この階級離脱の思想は、非常に早くから、たとえば『逢魔の辻』(一九三七年)にはっきりとあらわれている。(2)ここでは、封建制度下での武士階級からの離脱としてあらわれているが、おなじことが『冬の紳士』(一九五一年)では、資本主義制度の下での経営者の階級から離脱することによって自由を獲得するという主題としてあらわれる。離脱は、家族にたいして財産一切をわたすことを意味し、以後は不労所得によってくらさない決心を意味する。自分の働きによって得た収入よりもかなり低く、自分の生活水準をおさえてゆき、その間の落差が自由な行動の物質的条件となる。鞍馬天狗の生活様式を、現代的に翻訳すれば、こんなふうなことになると思う。

（1）『帰郷』（一九四八年）には、民族離脱の思想がある。このようにシャープにでなくとも、インターナショナルな視点は、鞍馬天狗ものをつらぬいて流れている。

（2）この小説は、昏迷時代の塩尻公明に大きな影響をあたえたことが書かれている。「結局金五郎（『逢魔の辻』の主人公）が身を以て自分に示してくれたことは、自分がこの長き年月を通じて徐々に悟りつつあった平凡にして而も偉大な真実、即ち恋愛よりも更に美しい感情があるということである。恋愛も、親子の愛も、友情も、この感情を基底とするときに初めて不滅の美しさを獲得するのである。」（塩尻公明「一枚のテーブルクロスのなせしこと」『天分と愛情の問題』社会思想研究会版、一二一頁）

ここでは『鞍馬天狗』を、ブルジョア精神の市民的側面の純粋な表現としてうけとって来た。鞍馬天狗の氏名不詳、出所不明の性格も、純粋なブルジョア市民精神が現代日本史の脈絡の中では非現実としてしか存在しない事情の当然のあらわれと考えられる。五年ほど前、神戸のいずみ会という中年の主婦の読書会で、大衆小説を数冊とりあげて議論したとき、大仏の作品が、吉川英治の作品にくらべて、迫力がない点を指摘された。大仏の作品は、『鞍馬天狗』をも含めて、吉川の作品ほどに日本の現実の中に根をもっていない。むしろ、日本の現実を批判する空想的な一視点として、鞍馬天狗を設定したものと考えるほうが、につかわしい。後期の作品では、鞍馬天狗的人物よりも、鞍馬天狗と一緒に動く副主人公たちのほうがいきいきとして来ており、鞍馬天狗とおなじように自由かつ快活に生きてゆく少年少女、編集者、自由労働者、科学者が登場するが、これらのほうが、リアリティーをもっている。私のこのエッセイでは鞍馬天狗を中心としたので、大仏の作品に登場する女性についてはのべなかったが、映画館で好きな少年のくびすじにぶどうの種をほうって注意をひく大工の娘お種（『幻灯』一九四七年）、自分の信頼をきずつけた愛人が必要とする三十万円を工面してわたしたうえで、わかれてゆくタイピスト岡本妙子（『旅路』一九四七年）などは、鞍馬天狗よりももっと今日の日本に現実にありうる形で、自由な生き方の問題を追求している。また『宗方姉妹』（一九四九年）では、満洲がえりのブルジョア家族が体面にとらわれて過去の束縛をたちきれないでいるのと対照的に、もっとも自由な生き方を示すのが戦場からかえって来た運送屋の手伝いの青年であることも、注目にあたいする。この作者は、労働階級とか女性一般とかに期待をよせるという形でなく、自主的に生きる個人がブルジョア層よりも労働階級、女性の間にあらわれることに今ではより多くの期待をよせているように見える。鞍馬天狗における超人主義は後退し、そうかといって源氏鶏太風の凡人主義、あるいは辻潤、太宰治風の低人主義にゆくというのでもなく、市井の人々の間に鞍馬天狗のような爽快な気性の人を求めるという方向、快人主義というか、が優勢になって来ている。現代日本の状況とあわせて考えて見て、非現実的な作風と言えない。大仏の作品は、新しい組織をつくって権力を奪取する方向を説かないが、どんな時代にも権力の腐敗をふせぐ役割を果すような市民精神のありかたを描いている。これは現代日本の革命思想がともすれば吉川英治―タカクラ・テルの線上の農本主義の影響をうけて、集団にたいする個の埋没のよろこびと義務とを説くあまり、味方側の集団にたいする批判精神を放棄し、急進分子の集団内部での権力の腐敗を批判できなくする傾向があることを考えると、今なお重要な意味をもっている。

文章には二つの理想がある

はじめての文体の魅力

これまでに私が読んで、感心した文章をいくつか挙げて、なぜそういうものを挙げたかについてお話しします。

しゃべり言葉が生きている

初めは幸田文氏の「啐啄《そったく》」です。

三十何年も前の懐かしい想い出である。非常によい天気の日で、父と私は庭のまんなかに立って、どういうわけだったのか、二人とも仰向いて天を見ていた。突然に父が云った。「おまえ、ほら、男と女のあのこと知ってるだろ。」

「え？」

「どれだけ知ってるかい。」父は仰向いたなり笑っているようだった。

はっとした。羞《はず》かしさが胸に来たが、羞かしさに負けてうなだれてしまうような、優しいおとなしい子でない私だった。

「知らない！」

都合のいい常用語が世の中には沢山ある。「知らない」の通じる意味は広いのである。学校の先生は「知らない」は「知らない」だけにしか教えないけれど、こどもはいつかちゃんとそういう、こすいことばというものの威力を心得ている。私は明らかにごまかそうとしたのである。

「ばかを云え、そんなやつがあるもんか。鳥を見たって犬を見たって、どれでもしているじゃないか。第一おまえ、このあいだ菜の花の男と女を習ってたじゃないか！」

図星なのである。花の受精は理科で習った。しかしそれは動物、ことに人間の性欲とを一直線につなげることができるほどに覚《さ》めてはいなかった。鳥も犬もよく知っている。菜の花を無色とすれば犬は単彩である。それとても大部分は姿態の滑稽感が一等さきに眼を誘い、なにか異常感もかんじはするが、それがはっきり人間とは結びつかない。雄と雌、人外のことという考のほうが勝っていた。人間にもそれに似た特殊のことがあると、ちらちら小耳には挟むが、現今の住宅難による雑居のようなすさまじい世の中ではなかったから、眼からさとらされる恐ろしい経験はしていなかった。知っていると云えば、それだけでもすでに知っているのであり、知らないとはうそである。父の何気なく云いだしたことばはマッチであった。しゅっという発火のショックにちょっとたじろぎはしたが、光はあるかたちを私にはっきり見せた。啐啄《そったく》同時であったのだろう。「正直な気もちでしっかり見るんだ。これんばかりもうそや間違いがあっちゃいけない」と云い、「きょうからおまえに云いつけておく。おしゃべりがろくな仕事をしたためしはない。黙ってひとりでそこいら中に気をつけて見ろ」と云われた。

私の家は小梅の花柳街に近く、玉の井の娼家も遠くなかった。縁日の夜などござをかかえた女の影を、路地によく見かける。したがって道にゴム製品の落ちているのは珍しくないし、その製造工場もあって、友だちの母親やねえさんで、そこの工《て》女に通《かよ》っているものもあった。私もそれを分けて貰って遊んでいると、いきなり手頸《くび》をひっぱたかれ、襟《えり》がみをつるされて湯殿へひったてられ、強制的に手を洗わされ、さて大眼玉を食った。しっかり見なかったといって叱られたのであるが、およそ不可解だった。「わからなけりゃ叱られたことを忘れずにいろ」と云われたのだけはおぼえた。

幸田文という人は、中年になるまで文章を書こうと思わなかった。しゃべり言葉の中で生きていた人です。自分が普通にしゃべる言葉が、文章の中に生かされている。そういう文体です。

わかりやすい文体

次の文章は、森崎和江氏の『からゆきさん』から取りました。

わたしはからゆきさんがこのような風土のなかで育ったことを心にとめておきたいのである。ここにはりくつぬきの、幅ひろい性愛がある。それは数人の異性との性愛を不純とみることのない、むしろ、性が人間としてのやさしさやあたたかさの源であることを、確認しあうような素朴なすがたがある。

それは同じ村の人びとのあいだのことだからこそ、手がたい生活の一面として、おおらかに、傷つきあうことすくなく、伝えられてきている。村の少女たちはこのなかではぐくまれた感情以外には、性についての感じ方、考え方をしらなかったろう。たとえば武士階層がつたえて、やがて中産階級が生活規範とした家父長的な性道徳や貞操観念は、かれらには無縁のものであったろう。

村から外へ出るときも、娘たちは娘宿ではぐくまれた感情を心にたたえた娘のままであったにちがいない。人間をやさしく抱擁するという感じかたを持つ子らは、人を疑う力にとぼしく、たのまれればふところへ抱きこむことを、生きることだと考えたことだろう。シベリアで日本の少女は子守りとしてたいそうよろこばれた。ロシアの幼児らがしたってはなれなかった。こんな記事をわたしは読みながら、子守りも女中も娼妓もひとしく奉公といい、それらの間にことさらの差別をしなかったふるさとを思った。これらの生活感情にさわっていないと、たとえば姉妹だけで娼楼を営んでいたり、ふるさとから娼楼へ妹たちを呼びよせたりする娘たちの、その血汐は感じとれない。

私はずいぶん早くから森崎和江氏の投書をずっと見てきたが、初めはものすごく難解な言葉を書いていた。それは森崎氏がいっしょに住んでいた谷川雁氏の影響なんです。谷川氏がそういう文章を書くときには、自分でつくった文章なので、難解ではあるけれどもある種の迫力がある。けれども、森崎氏が谷川氏の文体にひきずられて書いた文章は、なんとも説得力のないものだった。その時代が数年つづいたと思います。

その後、谷川氏が東京に出てきて、別に住むようになり、森崎氏は九州の炭坑町に住みつづけて聞き書きをずっと取った。そして『からゆきさん』の聞き書きが、彼女の文体を新しくしたのです。その文章は谷川雁氏の影響から抜け出て、いまのような文体になっていった。私は『からゆきさん』はひじょうにいい文章だと思います。それは、さまざまの人の聞き書きをくぐってきた上でできた文章です。

誠実な文体

その次は、蛭川幸茂という人の『落伍教師』です。

学校には組毎に出席簿が作られていて、毎時間欠席を調べて記入することになっていた。俺は人相を覚えるため、必ず名と顔を見比べた。人の名を覚えることに妙を得ていた俺は、半月もすると名簿はいらなくなった。そして毎時間、口から自然に出て来る名を器械的に呼びながら、顔をズーッと見渡した。

高等学校生は、サボル事に大変興味を持つ習性があった。そして、他人に返事を依頼することが盛に行われた。これを代返といった。名簿を見て読んでいると、この代返が分らないので、出席数と実在数が合わなくなる。これを気にして、何回も呼び直す神経質の教師もあった。俺は名簿など見ていないから、代返はすぐ分る。併し俺は、代返を見破るためにこんな事をしていたのではない。人相を観察することによって、各人の内にひそむ特質を知りたかったのである。従って、代返すればそれは出席と見なした。代返にも誠意を認めたのである。この様な態度は、ある一派の同僚には嫌われた。生徒におもねるというのだ。俺はおもねったのではない。併し、出欠席といった小さな事を取上げて、問題とすることが嫌いだったのである。併し、俺がこれをつけないと、記録の整理上困ると思うので、欠席するつもりの者だけを欠席につけておいた。従って遅刻は記録せず、時間の終りまでに来た者には、欠席のしるしを消してやった。併し人は増長し易いものである。この特権を利用して、数学より前の時間の欠席を、ついでに消そうとする者も現れた。けじめは中々つけにくいものだ。尚、遅刻を記録しない俺が、名前を時間の初めに呼んだのには、理由があった。それは、毎時間口のまわりをよくする為のウォームアップを必要としたからである。

蛭川幸茂という人は、学生時代から陸上競技をずっとやっていて、松本高校の数学教師になってからも、陸上競技のコーチを続けていた。ですから、公開する文章なんて書いたことがない。戦後になって、松本高校がつぶされたときに、高校と心中して辞めてしまった。そのときになって、高校がつぶされるから高校というものについて書きたいと考えて、文章を書きはじめる。

それまで文章なんて書こうと思っていなかった人ですから、普通のしゃべり言葉で書いている。それが文体の中で生きています。「俺は」という言葉を使っているところがおもしろい。三十年ほど前に、日下部文雄という国語学者が、日本の哲学者はいかん、日本の哲学者が、「おれとはいったい何か」と書きはじめれば認めると言ったので、私は感心したことがあります。私はなかなか「おれ」とは書けません。

こういうふうに、ふだんは文章を書いていない人が文章を書くときに、かえってほんとうに誠実な文体のできる場合があります。

ここには挙げませんが、増田小夜さんの『芸者』も、そういう意味で記念すべき本です。この本については、私は何回か書いています。この人は字を知らなかった。本を書いているなかで文章をおぼえて、どんどん書いていったのです。そういう文章には迫力がある。たいへんな名文です。蛭川氏にもそれと似たところがあります。

幸田文と森崎和江と蛭川幸茂の三氏を挙げたのは、そういうはじめての文体のもっている誠実さと、わかりやすさの範例としてです。これらは、何年か物を書いてきたものにとっても模範とすべき文章です。緊迫力があります。

適度な簡潔さが基準

私の文章を二つ挙げます。初めのは「もうろく、その他」という題で書きました。

演説は苦手だ。演説そのものが悪いというのではないが、わたしには、むずかしい。

大学につとめているあいだは、大学そのものがふくれあがってしまっていて、そこでしている講義というものが演説なので、大学の外から同じことをたのまれると、それをことわるわけにはゆかぬように感じてきた。しかし、大学をやめたので、その後は、演説と講演はしないという流儀でくらしはじめて、らくになった。

演説がいやだと感じるのは、話をしている相手の気持を感じとって、無言のまま対話してゆく力がわたしにかけているためだろうと思う。数千人の人を相手に一方的に話をしていて、しかも対話しているという状況をつくりだせる人の演説ならば、わたしは、自分でも、ききにゆきたい。だが、わたしにその力がないことが、戦後の二十六年間でよくわかった。

レコードをかけているように自分の話をかけて、一方的に相手にきかせる人がいる。明治以後の日本の社会は、天皇制の位階序列でえらさの順がきまっていたので、片方がレコードとなって相手にきかせるというのが、難なくできるようなしくみになっていた。戦後も、そのしくみはうけつがれていて、演壇の上にたつことが多くなるにつれて、その人の話は、レコードに似てくる。ある位置以上にあがった老人がひとところにあつまると、いくつものプレーヤーで古レコードを同時にまわしているような情景になる。そんな時、誰かが神経痛とか血圧とか、自分の病気の話をすると、いっせいに古レコードがとまり、その時だけ、ひとつの対話の焦点ができる。古レコードのように見えて、実は、いくらかはきいていたのだ。

自分が古レコード化する道からそれる方法はないものか。それが、この十年ほど、いつもわたしの頭のなかにある問題だ。

もうろくは、さけられない。しかし、もうろくの仕方について、いくらかの選択の自由があると信じている。

相手の話をきく能力をたもてる間は、それほど、もうろくしていないと言えるだろう。そのためには、相手の話をきくことが自分が生きてゆくうえに必要だという条件に自分をおいているのがいい。だが、それだけではなく、相手の話をきこうという姿勢が自分のなかになくては――。

ここまでくると、話は、もうろく以前のことにかかわる。

人の話をきく能力は、若い人ならかならずあるというものでもない。

「……をのりこえる」という言いまわしをよくきく。これは近ごろできた言いまわしではなく、戦前からよくきくものだが、日本の近代文化の構造に由来するのではないか。「追いつけ、追いこせ」という日本の国家が欧米諸国にたいしてとった態度のミニュチュアであると思う。

「茂吉をのりこえる」、「朔太郎をのりこえる」、その他いろいろのりこえるものがあるが、そういう目標のたてかたに、何か欠けるところがあるような気がする。

伊藤博文・山県有朋のように軽輩から身をおこして馬上天下をとり、ピラミッドのうえにすわる――この理想が、思想の領域・文化の領域にまではいりこんで、若い時からのもうろくをすすめている。

思想は、武闘に似た局面をもっているけれども、思想形成の場面は武闘だけではつくれないものだとわたしは思う。

わりにうまく書けた場合

これは、自分が書いた文章のうちでは、わりあいにうまく書けたと思っています。なんとなくうまくいった、自分の立場を過不足なく、あまり曲げないでだせたという感じです。これは人生に対する感覚であり、私の政治思想でもある。しかし、この程度のものが書けるのは、自分の実感からいうと百に一つです。だいたい九十九はだめだと思っています。

次に挙げるのは、本の帯です。横山隆一の『百馬鹿』が奇想天外社から豪華本として出版されて、私のところに送られてきた。その帯の文章が、どこかで見た文章だなと思ってしらべてみたら、私の文章からとったものだった。

自分はいかなる馬鹿であるか、
自分はいかなる馬鹿になるか、
いかなる馬鹿として自分を見るかが、
多様な人生観のわかれめとなる。

これは本の帯として、きいていると思います。自分にもこんな文章が書けたかと思って、とてもうれしかった。しかし、いつもこのレベルのものが書けるわけではありません。これは例外的です。推薦文はいままでいくつも書きましたが、ピタッときまっているのはこれ一つぐらいです。

「もうろく、その他」も、いままで三十三年公けのものに出してきて、これ一つというものです。そんな程度でしかありません。

沈黙と見合う文章

文章の理想は二つに分かれるように私には思えます。

はじめのはなしのときに、竹内好の「屈辱の事件」という文章を引きました。竹内好の文章訓練法のひとつは、漢文の訳は日本語に直すときには一・五倍以上であってはならないということです。こういうルールを守ろうとすると、ものすごい苦しみなんだそうです。竹内さんが亡くなってからも、竹内さんの弟子たちは竹内さんの規則を守って訳をやっているそうです。

竹内さんは漢文教育に反対した人なんです。漢文教育は必要ない。なぜ反対かというと、漢文のように読むことは、日本語で別の意味にしているにもかかわらず、もとの漢文の意味をそのまま読んでいるという錯覚をもたせる。中国人の心と日本人の心とは、これほど離れているのに同じであるかのような錯覚をもたせるからいけない、という判断なんです。

だけども、一・五倍という原則を守っていけば、翻訳はできるようになるというのが竹内さんの考え方であるようで、それは漢文教育に反対しながら、漢文の精神をいまの日本語の文章のなかにうけついでいる一つの流儀だと思います。漢文の特色はその簡潔さにある。竹内さんがよく引いた言葉に「疑疑亦信也」というのがあります。これは『荀子』にある言葉で、竹内さんは、これを漢文読みにするのはいけないといわれるんだが、私は中国語ができないので漢文流に読みますと、「疑いを疑うもまた信なり」となる。たとえば社会主義なんていうのは古い、高度成長でやっていかなきゃいけないというと、そうかなあという疑いが生じる。その疑いをまた疑うという疑い方があるでしょう。そういうのは思想じゃないとか、信念じゃないとかいうけれども、それもまた信念なんだ、疑いを疑う、そこに立ちどまるのもまた、一つの行き方だ。それは時代時代に、いろんな大きな説を繰り返し唱えますからね。それに対する疑いをもつ。その疑いをまた疑う。そこに思想の一つの形がある。それも一つの思想の形なんだというのが、私の解釈なんです。

これと対になっているのは「黙して当たるもまた信なり」。何も言わないで黙って事に当たるのもまた一つの信念だという。これは簡潔だけれども一つの思想をあらわしていますね。

私が『論語』のなかで好きなのは「過を観《み》てすなわち仁を知る」。人が過ちをするでしょう。失敗がある。そのときに、その切り口のなかからその人の志が見える。その人は、何かいいことをしようと思ってやったけれども失敗した。だいたいの人間の行為は失敗なんだ。だけど、その失敗の切り口のところをじっと見ていれば、何かこういうことをしようと思ってやったんだという他人の気持が見えてくる。そういうふうでありたいということなんですが、いまの私のように翻訳すればそれは一・五倍以上だから、竹内流にいえば落第ですね。

この漢文流というのは奈良時代以来千年にわたって、日本の文体のなかにあるので、漢文をやめるとしても、この簡潔さはなんとかして手放したくない。なぜかというと、簡潔な物言いは黙っていることと見合うからなんです。

あまりたくさん文章を書き、本を書いていると、こんなことをやっていていいのかしらと思う。それは私の実感です。そこで、言葉を惜しんで書く。ある沈黙の状態を、自分のなかではっきりつくるために書くことにする。そうすると沈黙も文章を書くのも、ほとんど同じ重さになってつり合いがとれる。竹内さんの文章は沈黙と同じ重さをもっています。

暮らしと見合う文章

それは文章の理想の一つですが、それだけではない。もう一つあります。それは暮らしがだらしなく、毎日いろんなことをやりながら雑然と動いている、それが自然に反映するような文章もなかなかいいと思う。

沈黙と見合う文章でなくて、暮らしと見合う文章というか、暮らしのなかに溶けこんで、どこまでが暮らしなのか、どこまでが言葉なのかわからないような文章があるでしょう。小田実の文章がそうだと思います。あれは一種の名文だと思う。ペラペラ漫才みたいにしゃべりつづけるわけです。これはあれだけ精力的にやるエネルギーがあって、暮らしと一枚になっている。あれは一つの流儀ですね。

だから、文章には二つの理想がある。

疑いを疑うもまた信なりで、何度も何度も疑っていくと、不器用になる。だから、リズムにたやすく身をまかせない、リズムを破り、破調にとどまる。それが必要な場合もある。私がよく引く本で、ウイリアム・ストランクという人が書いた『文体の要素』という本があります。この要点を一口でいえば不必要な言葉は削れ、ということです。これは竹内さんの理想とも同じですね。

不必要な言葉を全部削ったらそれでいいのかという問題なんですが、その規則を堅く守れば、リズムも失われて、生きることもできなくなる。やはりそうではなくて、そこで動く文体にとっては簡潔さがいいからといっても、適度の簡潔さというところがある。適度の簡潔さというのがわれわれの基準になるだろう。適度の簡潔さというのは、沈黙と見合う文章、暮らしに溶けていく文章、この二つの理想の前に立つものです。

バーレスクとストリップティーズ

一九四七年、東京新宿の帝都座五階劇場に、日本最初のストリップ・ショウがあらわれた。演じる人も見る人も、それが日本の神話とつながりのある演技とは感じなかった。舞台の中央に巨大な西洋絵画の額縁《がくぶち》があり、その額縁の中に裸体の娘が二人、立っている。動くことは禁じられていた。その意味では、明治はじめから大正にかけて、教会で少年少女がキリスト教神話の一場面を見せる「活人画《かつじんが》」の流れをひく。「活人画」が宣教師のもたらした西洋わたりの様式であったとおなじく、「額縁《がくぶち》ショー」と呼ばれたこの日本最初のストリップ・ショウも、黒田清輝の『朝妝《ちょうしょう》』図（一八九三年）にはじまる、日本における展覧会用油絵の裸婦を実物でなぞった西洋風の様式だった。演出者は、戦前の『ファウスト』の訳者秦豊吉で、プログラムには「名画アルバム」と題されていたが、口づたえに評判がつたわるにつれて「額縁ショー」と言いかえられて今日の伝説となった。

このようにしてはじまったストリップ・ショウは、やがて新宿から浅草までの芝居小屋を席巻し、それまで浅草大衆演劇の花形だった大江美智子や不二洋子の女剣劇を追いやった。女剣劇の新人浅香光代は、浅草で女剣劇をもりかえすのにはどうしたらよいかを思案したすえ、「ストリップ剣劇」を工夫して、戦後の大衆文化に新風をおくった。「活人画」という様式は、ヨーロッパでは十八世紀から十九世紀にかけてはやった。これは当時、映画も幻燈もないばかりか、美術館も大衆文化の中に入ってこなかったから、自分たちの仲間が歴史上の人物になりかわって仲間に見せる座興が、ひろがったのだろう。活人画は、十九世紀なかばのイギリスにミュージック・ホールができてから、余興としてさらにさかんになり、はじめはキリスト教への遠慮からからだの動きをとめられていたが、やがてダンスとむすびついて徐々に大胆になり、ストリップ・ショウとしてさかえ、大陸にひろがった。一九二〇年代のアメリカで「ストリップティーズ」という新しい呼び名を得たのは、着ているものを一枚一枚ぬいでゆく（ストリップ）間あいとリズムで、観客をじらす（ティーズ）芸になったからである。敗戦直後の日本にあらわれた活人画は、日本では一年ほどのあいだに欧米の二百年を飛びこえて、ストリップティーズにかわった。

ストリップティーズは、音楽にあわせて性交を拡大公開する舞踏である。女だけの演技で、性交の一コマ一コマの動きが脚光をあびて数百人（主に男）の眼にさらされ、時に中断されて、逆まわしにされ、もとにもどってまた進み、その一段階ごとに、踊り手のまとっていたものがぬぎすてられ、最後には、音楽のクライマクスとともに、バタフライひとつのこして全裸の姿で終る。

この様式は、おそらく、十九世紀のアメリカ人の夢で、一九二〇年代、一九三〇年代には、現実には、男女の自由な性交はそれほどきびしく抑圧されてはいなかったから、一九二〇年代以後はむしろ様式としてたのしまれていたのかもしれない。それほど熱狂した観客がいたとは思えない。

一九三七年に私が米国に行ったころ、私をおどろかせたのは、大学の男子用便所のらくがきがほとんど全部、男色にかかわるものであることだった。男女の性交についての禁止は、当時の日本にくらべてあきらかにゆるかった。

はじめて全寮制の学校に入ったころ、出会った相手が突然に

「ミヤサン、ミヤサン」

という歌をうたいだしたのにも、おどろいた。その学校では毎年、文化祭でギルバート・アンド・サリヴァンの軽演劇を舞台にのせることになっており、百人の生徒の半数がその練習にくわわり、あとの半数が見るほうにまわる。前年には『ミカド』をとりあげたそうで、全校生徒が（私のような新入生をのぞいて）「ミヤサン、ミヤサン」を知っていたのは、あたりまえのことだった。日本人と見ると、すぐに「ミヤサン、ミヤサン」が口をついて出てくるほどに、全生徒の日常にくみこまれていたのだろう。

それまで私はギルバート・アンド・サリヴァンの軽演劇を見たことがない。『ミカ

ド』のことなど何も知らなかった。

夏休みになってニューヨークに出た時、『ミカド』をやっていないかとさがすと、隅のほうで『ホット・ミカド』という広告が見えた。『ホット・ミカド』は、私にとって『ミカド』とのはじめての出会いで、もともとギルバート・アンド・サリヴァンの『ミカド』は、一八八五年ごろのイギリスの政治家を茶化してたのしむ趣向として、日本の衣裳を借りたものだったが、今はジャズにのって黒人の群舞のすじがきにされてみると、それはさらに日本史からはなれたものになっていた。ほとんどが黒人の観客であり、これは白人のための黒人の余興ではなかった。

アレン・ウォル『黒人音楽劇』（ルイジアナ州立大学出版部、一九八九年）によると、一九二九年の大恐慌は、米国全土の舞台人口を大幅にへらした。政府は、失業救済対策WPAの一部として中央舞台計画（F・T・P）を起案して、約一万人におよぶ失業中の俳優・演出家たちを舞台に呼びもどそうとした。黒人演劇もその対象となり、ジャズをもりこんだミュージカルが工夫された。一九三九年の『スウィング・ミカド』は、大統領夫人エレノア・ルーズヴェルトが見に行くなどというはげましを得て、かなりの興行収入をあげた。しかし、服装は南太平洋のフィージー島のものにかえられてはいたものの、すじがきは、もともとのギルバート・アンド・サリヴァン作、ドイリー・カート劇団上演のイギリス風からそれほどはなれたものではなく、スウィング・ミュージックとして五つほどの歌がジャズ風にかえられていただけだった。そこにあらわれたのが『ホット・ミカド』である。

マイク・トッド作の『ホット・ミカド』は、政府の失業救済対策とかかわりなく独立に計画されたので、失業俳優だけを使うという制約がなく、ビル・ロビンソンのような最高の俳優をキャストにくわえることができた。さらに、原作者サリヴァンの作曲からはなれて、黒人のリズムにのった自由な音楽をつくった。歌の言葉もかわっていて、三選をねらうルーズヴェルトにかけて、

もしも私が三選に出るとすりゃ、
副大統領《ヴァイス・ミカド》は、ジョウ・ルイスにきまりだ。

というような文句も見える。もとの『ミカド』がイギリスの当時の政治家へのあてこすりだったことを考えれば、『ホット・ミカド』が当時のアメリカの政治家にむかって黒人の拳闘選手を副天皇にしろとうたっているところは、原作の精神をうけついでいる。

日本の天皇制はこのように、イギリスからアメリカへ、白人から黒人へと、リレーされることによって、メタファーとしての力を増してゆく。

天皇制は、『ホット・ミカド』においてバーレスクとしてとらえられていた。バーレスクは、天皇制を信じている人の内部に入ることなしに、あくまでも、外部から見た身ぶりとして演じられる。現実においてすばやくなされる行動はゆっくりと、現実にあっ

てはゆっくりとおこなわれるものはすばやく、かえられていた。バーレスクは誇張に富み、からっとしていて、残酷である。

バーレスクの作者は、そのいけにえとしてえらぶもののたましいの内部に入ろうとしない。そのかわりに、当人の行動の外面だけをとりあげてなぞることに表現をとどめ、その外面的行動がどのような「論理的結論」にむかうかをたどって、「不条理への還元」の実態を示す。

（ケネス・バーク『歴史への態度』初出・一九三七年、ビーコン社版・一九六一年）

性交を、ながい時間かけてひきのばし、しばらくとめて、また逆まわしするストリップティーズは、バーレスクとも呼ばれていた。これは男女混合で、女性差別から自由である。『ホット・ミカド』もまた、おなじバーレスクの様式に属し、ここでは性交のバーレスクだけでなく、米国をふくめてどこにでもなりたち得る天皇制のバーレスクを観客に見せていた。私がドイリー・カート劇団の『ミカド』を見たのは、四十年以上もあとのことだったが、天皇制のレントゲン写真としては、『ホット・ミカド』のほうがすぐれていた。

ケネス・バークにかかると、フランス大革命のような大衆の気分のあげしおの時には、バーレスクがはやるのだそうで、「人権宣言」は、権利のうらに義務があることをかくして権利だけをならべたバーレスクの文書であるという。

日本には歌舞伎のようなバーレスクの型があり、大道芸としても、座敷芸としても、バーレスクの技法が明治以前からつづいている。悠玄亭玉介『たいこもち玉介一代』（草思社、一九八六年）を見ると、写真入りで、ひとりで演じる寸劇がある。なかでも屏風を使ってひとりで二役を演じる男同士の性交と男女の性交と二つ出ている。この芸について彼の感想をきくと、

しかし、若いころはこんなネタをやっても、青臭くて、気障《きざ》で鼻持ちならねえと思うよ。だけどもう八十にもなるとさ、言いたいことも言える歳だしさ。もう年輪も経てるからね。自分で言っちゃあおかしいけど、多少カドがとれてサビがついてきたし。この年配だとね、どんなこと言ったって嫌味《いやみ》にならない。ね、かりにおたく方、三十代でもってヘンなこと言ったら、嫌味ンなっちゃうだろ。あたしが言うぶんにはさ、もう、もうしょうがねえ。

息子も役に立たねえっての分かってんだから。言うだけなんだから。

（『たいこもち玉介一代』）


こういうふうに、資料のつぎはぎをしてゆく私の書き方が、バーレスクに近いのだが、自分の見聞にひきよせると、一九四九年に関西に移ってきてから、私は漫才にひかれて、

休みの日には朝から、夜はねるまで、おなじ寄席にいすわって漫才を見て記録をつくった。七、八組の漫才がつづいて交替する時に、手品などではなく、ストリップ・ショウがあって、それが一つのコースの終りだった。寸劇がひとつあって、そのあとに、全員(と言っても、五、六人の女性)が出てきて、「黄色いボタン」の曲にあわせておどるという、きまった型のものだった。京都の西陣京極にある劇場で、五、六人の女性の個性はわかった。つよくはたらきかけてくる姿勢はなかった。生涯でこの五、六人ほどに何度も見たストリッパーはいなかったから、今もなつかしいおもかげはのこっている。本で読んだ「ジプシー・ローズ」のような、くずれてゆくものの放つ光というのとはちがう、おだやかな、つつましい魅力だった。

『季刊芸能東西・ストリップ大特集』(一九七七年七月遠花火号、新しい芸能研究室発行)を見ると、日本のストリップの技法の歴史があり、その主役となったスターとして、伊吹マリ、メリー松原、ヒロセ元美、ジプシー・ローズ、奈良あけみ、春川ますみ、吾妻京子、藤原みどり、小川久美、メリー真珠、マリア・マリ、ハニー・ロイ、清水谷田鶴子の列伝が出ているが、実物を私は見ていない。

しかし、見ていなくても、あざやかな印象をのこす人はいる。

『まいど……日本の放浪芸——一条さゆり・桐かおるの世界』(日本ビクター、一九七七年)というレコードにのこる小沢昭一の実況放送によってである。

一条さゆり(一九二九—一九七)は、昭和四年六月十日、埼玉県にうまれ、新潟県柏崎市にそだった。両親と死別。東京五反田の施設でそだつ。中学卒業後、独立。子守、デパートの店員、バタ屋、ホステスをつとめ、結婚した男にだまされてはじめてストリップ劇場でおどる。最近のマナイタ、天狗などさまざまの技法があらわれたなかで、一条さゆりの加えたものは、ろうそくを裸身にたらして身もだえする芸であるという。ストリッパーはバタフライで局部をかくしているが、四国の劇場でそれをおとした人がいて、それが評判になり、やがて故意にその演技をするものが正規のストリッパーにひとり加わるようになって、はじめは特別出演の意味で特出（トクシュツ）と呼ばれ、後には特出（トクダシ）と呼ばれるようになった。一条さゆりは両方の意味で特出のひとりとして知られた。二十年間ストリッパーとしてくらした後、七二年五月大阪吉野ミュージックで引退興行をした。「一時の安らぎと娯楽を求めてくる大衆の心を捉えたストリッパーとしての半生は公然猥褻《わいせつ》罪で七ヵ月の懲役刑を受けその終止符を打つ」。（小野誠之「一条さゆり」、『現代人物事典』朝日新聞社、一九七七年）

彼女の罪状は、引退興行で、陰部を見せたことにある。法廷での弁護側証人として中国文学者駒田信二が述べた一条さゆりの印象をひく。（一九七二年八月二十二日大阪地方裁判所）

弁護人（速水太郎）　証人の経歴を簡単におっしゃっていただきましょう。

駒田　昭和一五年に東京帝国大学、現在の東大の文学部中国文学科を卒業しました。

そうして、文部省に嘱託としてはいりまして、翌年旧制の松江高等学校の教師になって、途中で兵隊として戦争にいきましたけれども、そのまま終戦を迎え、戦争からかえってやはりもとへ復職しまして、その学校が島根大学に改組されまして、昭和二九年まで島根大学におりました。

島根大学を、昭和二九年三月にやめまして、それから職業として作家になりました。そして、その間教師として東京都立大学、立教大学、明治大学その他の大学で講師をしております。現在は、東京大学の講師をしております。

一条さゆりについてきかれて、

駒田　最初あいましたのは、ただ一人のストリッパーとして会っただけなんですけれども、いろいろ話をきいておりますうちに、彼女がひじょうに逆境に生まれたなかで、そして、ひじょうにたいへんな屈辱とか悲惨な目にあいながら、非常に正直に一生懸命に、まともに一生懸命に生きてきた、その真剣な生き方に感動したわけです。

なぜ感動したかといいますと、私など一応社会的地位を築いておりますけれども、これまで生きてきた間に自分自身をふり返ってみて、自分自身をもそれから世の中をもしばしばごまかして生きてきたわけです。ところが、彼女の場合においてはひじょうに正直な性格で、世の中をごまかして生きていない。われわれのふつうの人の生き方とちがった非常に正直な生き方、しかも逆境の中でそれに耐えて、ただひたすら一生懸命に生きてきた、そういうところに一種の感動をおぼえたわけです。

弁護人　人間的であれば法律に違反するようなことはしないのが人間的じゃないんですか、そこはどうなんでしょうか。

駒田　いいえ、まあ、人間的というのは、例えば私なんかも大学の教師になったり、作家としてあるいは評論家として一応世間にみとめられるようになるという過程については、人間的に正直でないことによってなりえているような気がするわけです。自分自身を省みて、しば〳〵たとえば自分の学力をごまかしたり、或は、犯罪まではいかないわけですけれども、そういうふうなことをすり抜けることによって、うまく私が立身したというわけではないですけど、立身してきたと思うんです。彼女の場合には、それができないというところに本当の人間性があるんじゃないかと思います。むしろ、だから、彼女なんかと話しているときに、こちらの方が、ごまかしていきている自分の方が、恥しいような感じさえ受けます。

弁護人　しかし、先生がこの人を人間的である、あるいは正直な女性であるといわれますが、その結果こうなった、裁判を受けるようになったというんですか、それが人間的だというのでしょうか。

駒田　裁判を受けるようになったということ、それは、私は彼女のしたことが裁判を受けるようなことではないと思うんですから、あなたのいわれるように思わないわけです。

（第二回公判調書。大阪地方裁判所第二三刑事部、裁判官大野孝英、検察官杉本善三郎、弁護人速水太郎、証人駒田信二。『季刊芸能東西』一九七六年一月炭冬号）

被告事件名は、公然わいせつとあり、被告一条さゆりの違反した法律は、刑法一七五条。

猥褻ノ文書、図画其他ノ物ヲ頒布若クハ販売シ又ハ公然之ヲ陳列シタル者ハ二年以下ノ懲役又ハ五千円以下ノ罰金若クハ科料ニ処ス販売ノ目的ヲ以テ之ヲ所持シタル者亦同シ

法学者中義勝および沢登俊雄の意見書は、今日の海外の判例を見わたして、本件のごとき「被害者のない性犯罪」は本罪の対象とすべきではなく、「見ることを欲しない観衆」や未成年者に対しておこなった場合にだけ罰するようにすべきであると主張したが、その考え方は裁判所のいれるところとはならず、一九七五年一月十八日最高裁判所第二小法廷は裁判官全員一致の意見で、一条さゆりの七ヵ月懲役刑を確定した。

小沢昭一のレコードには、和歌山刑務所をたずねた時のこと、刑務所を出てからスナック経営のあいまに、木更津のヌード・ショウに自分自身はぬがずに出演した時の実況も入っている。彼女は和服を着てあらわれ、「女ひとりで漕いだ舟」をうたった。ストリップ歴二十年の一条さゆりの刑期あけを祝ってあつまったひいき客たちのなかには、年配の男が多い。その男たちに、劇場の外に出て酒と（酒をのまない人には）ジュースと甘いものを買ってきてふるまっている。その客とのやりとりが、心こまやかで、この人は、よっぱらってただわめくだけの老人をふくめて、ストリップを見にくる客を愛しているということがつたわってくる。法学者は、日本の法律が、陰毛が見えるかどうかにこだわって写真、書物、おどりを罰することを、今の海外諸国の法律とくらべて不当としているが、一条さゆり自身は、法による刑罰を仕方がないものと受けとめている。そういう法の当否をこえて、ここには、まぎれようもなく、一個の心のひろい人がいることを、私は感じた。自分を狼の群れにわかちあたえるという自暴自棄の姿勢ではなく、彼女の言葉を借りれば、「私はだるまさんのように生きたい」ということになるが、裸を見せることがなくなっても、自分を人とわかちたいという気組みがせりふにあらわれている。

Ⅱ

ことばが息づくとき

言葉のお守り的使用法について

一　言葉のつかいかた

言葉のつかいかたは、主張的と表現的との二種類に大きくわけることができる。主張するために言葉をつかうとは、「丸ビルは東京にある」とか、「1に1をたすと2になる」のように、実験か論理かのいずれかによってその真偽をたしかめうることをのべる場合である。表現としてつかうとは、主張としてつかう場合以外の言葉のつかいかたを大きくひっくるめたものである。「むこうにゆけ」とか、「○○はいい」とかのように、この言葉をつかう人のある状態の結果としてのべられ、その言葉をつかうことをとおして、よびかけられる相手かたになにかの影響をおよぼす役目を果す。主張としてつかわれる文章を主張的命題とよび、表現としてつかわれる文章を準表現的命題とよぶ。ただし、実質的には準表現的命題としての働きをするもので、かたちだけは主張的命題らしいものが多くある。「米英は鬼畜だ」のような命題がそれである。この命題は、それを言った人が米英をきらって攻撃しようとする状態を表現したものだから、主張的命題のように見えても、実は主張的命題ではないので、こういうものをニセ主張的命題とよぶ。

さらに、言葉は、その意味がわりあいによくわかっていてつかわれる時と、わりあいによくわからずにつかわれる時とがある。ニセ主張的命題の場合には、意味がはっきりしないままにつかわれることが特に多い。「米英は鬼畜だ」というニセ主張的命題を例にとると、この命題の意味は、論理とか実験とかによってたしかめることのできることがらの主張ではなくて、アメリカとイギリスをにくみきらう心理状態と、その心理状態をかもしだす社会動向を表現することにある。ところが、このニセ主張的命題は、太平洋戦争の中で、多くの人々によって「1に1をたすと2になる」という主張的命題とおなじ性格のものとしてあつかわれていた。このことは、この命題がニセ主張的命題としてもつ意味が自覚されていなかったことを示している。

これからとりあげる言葉のお守り的使用法とは、言葉のニセ主張的使用法の一種類であり、意味がよくわからずに言葉をつかう習慣の一種類である。言葉のお守り的使用法とは、人がその住んでいる社会の権力者によって正統と認められている価値体系を代表する言葉を、特に自分の社会的・政治的立場をまもるために、自分の上にかぶせたり、自分のする仕事の上にかぶせたりすることをいう。このような言葉のつかいかたがさかんにおこなわれているということは、ある種の社会条件の成立を条件としている。もし大衆が言葉の意味を具体的にとらえる習慣をもつならば、だれか煽動する者があらわれて大衆の利益に反する行動の上になにかの正統的な価値を代表する言葉をかぶせるとしても、その言葉そのものにまどわされることはすくないであろう。言葉のお守り的使用法のさかんなことは、その社会における言葉のよみとりの能力がひくいことと切りはなすことができない。

お守り的にもちいられる言葉の例としては、「国体」「日本的」「皇道」などがある。言葉がお守り的にもちいられる場合の例としては、政府の声明、政党の名前と綱領、国民歌謡などがある。軍隊、学校、公共団体でのべられる訓示やあいさつの中には、かならずこれらの言葉が入っている。社会的背景がかわると、お守り的につかわれる言葉もかわるもので、米国においては「キリスト教的」「精神的」「民主主義的」などが、しばしばお守り的にもちいられている。

言葉のお守り的使用法をあきらかにするために、これとよく似た言語習慣から区別しよう。子供の名前をつけたり、店の名前をつけたりする時に、やがてよいことがあるようにと祈る意味で、「富夫」とか「幸子」とか「松屋」とか名づけることがある。こういう名前のつけかたのうしろには、(a) 景気のよい名前にはよい景気をもたらす力があるという、言葉に対する原始的な、そして子供らしい信念がのこっているということと、(b) どうせ名前をつけるなら、よい景気を連想させる名前をつけるほうが感じがよいという美的趣味が働くことがある。こういう縁起本位の言葉のつかいかたは、お守り的つかいかたとちがう独自の法則にしたがっている。縁起のよい言葉をえらんでつかう習慣には、これらの言葉はただ縁起のために借りてきただけのもので、なにごとを主張するものでもない、すなわち認識と無関係な表現であるという自覚がともなっている。それとはちがって、お守り的使用法の場合には、これらのお守り言葉がただ縁起やていさいのために採用されたとか、ただ自分の政治的・社会的立場をまもるためだけに採用されたとかいう自覚がなく、それが認識とは独立した表現としての働きをつよくもつものだという意識が、それを言う人の側でも、よびかけられる人の側でも、はっきりしない。このはっきりしない言語意識のゆえに、お守り的使用法は、つぎにのべるような害をもたらした。お守り的につかわれるさまざまな言葉を、人々がただのかざりとして、ただの象徴として、眉につばをつけてあつかうならば、これらの言葉にまどわされてしらずしらずのうちに戦争になめらかにすべりこむことは、もっとむずかしかったであろう。

言葉のお守り的使用法は、言葉の煽動的使用法の一種である。雄弁とか政治的パンフレットとかも、言葉の煽動的使用法の中に入るが、それよりももっと短い、特に人の眼をとらえるような文句をつかって人をゆりうごかす場合の一種が、言葉のお守り的使用法である。

太平洋戦争時代には、毎日大量のキャッチ・フレーズが国民にむかってくり出され、こうして戦争に対する熱狂的献身と、米英に対する熱狂的憎悪とがかもし出され、いまから考えてみると異常な行動形態に国民をみちびいた。そのようなキャッチ・フレーズの煽動的使用法は、日本だけでなく、欧米諸国においても、煽動者、政治家、詩人、雑誌記者のつかいなれているものだ。言葉のお守り的使用法は、その中のよりせまい一種類として、ただキャッチ・フレーズの煽動的使用法が一般的にもつものとくらべて、もっと特殊な性質をもつものとしてとらえられてよい。キャッチ・フレーズの場合でもそうだが、お守り言葉の場合にも、その言葉の意味の流動的性格に気をつけることが必要だ。「翼賛」というお守り言葉を例にとると、この言葉は、明治時代に憲法発布の告文によってお守り言葉としてのききめをもつようになってから、大正時代に政党政治のさかんな時に、各政党がその立場をまもるためにつかわれた場合にも、大衆はその意味を吟味せずにうけいれたし、昭和に入って日中戦争の中でナチスばりの一党政治体制をつくろうとする運動にかぶせてつかわれた時にも、民衆は、もともとおなじ言葉なので、その意味を特に吟味せずにまたうけいれた。このおなじお守り言葉は、時代によって、まったくちがった政治傾向を意味していたのであった。お守り的につかわれる言葉は、だれでもが自分で勝手に自分の人格、事業、思想に正統的価値体系に合っているという合格の判こをおして社会に推薦するというだけの機能しかもたないのだろうか。そうとすると、あらゆるお守り言葉はおなじ意味しかもたないことになる。そうではない。お守り言葉もまた、それぞれお互いからことなる意味をもっている。しかし、一個のお守り言葉がそれ自身としてもっている特有の意味は、そのお守り言葉が歴史上のどのような集団によってどのようなことを推薦するためにつかわれたかを分析することによって、はじめてあきらかになるので、そういう歴史的状況分析ぬきで個々のお守り言葉の意味をお互いから見わけることはむずかしい。どんなふうにつかわれてきたかをしらべた上でなければ言葉の意味はわからないとか、おなじ言葉でも、ちがう時代とちがう状況の下ではちがう意味をもつとかいうことは、ほかのあらゆる種類の言葉についてもあてはまることだ。しかし、お守り的でなくつかわれる言葉、たとえば「げんのしょうこ」とか「海水」のように主張的につかわれる言葉の場合には、その意味は時代を通じて、また同時代内であっても、ちがう状況においても、わりあいに共通である。どんな人によって、どんな目的につかわれているかをいちおうはずして考えてみても、その意味をとらえる上で実際にはなんの不便も生じない。ところが、「にっぽん」というようなお守り言葉の場合には、字引きにたよってこの言葉のさししめすことがらだけを考えているのでは、その言葉がお守り的につかわれる際に生じる意味をとらえることができない。どういう状況の下で、どういう人が、どのような目的のためにこの言葉をつかうかを見なくては、その言葉の特有の意味をとらえることができない。「大日本帝国」だとか、日中戦争のころの国民歌謡「そびゆる富士の姿こそ／金甌無欠《きんおうむけつ》ゆるぎなき／わが日本の誇りなれ」だとか、「太郎よお前はよい子供／お前が大きくなる頃は／日本も大きくなっている」だとか、要するに儀式めいた時、元気な時、侵略思想をひろげようとする時には、日本という漢字は「にっぽん」と発音される。だから日本が五・一五事件や二・二六事件のような暗殺さわぎをへて「非常時」に入り、大戦争に深入りするにしたがって、「にっぽん」が「にほん」をしのいでつかわれるようになったのもあたりまえだといえよう。

二　日本の現代史から

(1)　言葉のお守り的使用法を、歴史を追って段階的にたどって、その性格を説明したい。近代日本の起源である幕末維新にさかのぼって考えるべきなのだが、自分がいまつかいこなすことのできる資料の都合上、昭和十年代のことのみを述べる。材料が戦争と関係をもつために、しかばねにむちうつような不愉快な印象をあたえるかもしれないが、この論文の意図はほかにあることを諒承されたい。太平洋戦争がはじまるはるか前から、日本では言葉をお守りのようにつかう習慣がさかんだった。「国体」「日本的」「皇道」などの一連の言葉は、お守りとおなじように、これさえ身につけておけば自分に害をくわえようとする人々から自分をまもることができるし、この社会で自分にふりかかりやすい災難からまぬかれることができるという安心感を、この言葉をつかう人々に与えた。お守り言葉を身につけることにともなう義務は、昭和初期にいたるまではきわめてゆるやかで、おなじしるしのお守りを身につける人々が、かなりちがう思想や行動プログラムをいだくことをさまたげなかった。勅語や告文や憲法はお守り言葉のひな型をつぎつぎに供給した。共産主義者をのぞく人々の大多数はこれらのお守り言葉をうけいれて、自分の訓示や演説に応用した。戦争時代に入るまでは、これらのお守り言葉は、思想の自由、政党政治、金もうけ主義、享楽主義などと両立しないものとは考えられていなかった。いろいろな傾向の人々が自分勝手な計画を実行するに際して、その成功を祈る意味で、魔よけとして、あるいはその事業の上に、あるいはその思想の上に、この言葉をかぶせた。

(2) お守り言葉を身につける自由は、満洲事変をさかいにしてしだいにせばめられ、好戦的思想をもつ者だけがこれをおびる資格ありと見なされるようになった。一九三五年に天皇機関説の主唱者美濃部達吉博士にくわえられた攻撃は、そのかわりめをよくあらわしている。美濃部博士は右翼の攻撃に対して弁明をこころみたが、もともとお守り言葉による攻撃は人々の心を情緒をとおしてうごかすのだから、これに対して理屈で自己弁護をこころみても無駄である。理屈による弁明をきいて諒承する人々なら、はじめからお守り言葉による煽動にうごかされはしない。この事件の結果、それまで自由にお守り言葉を身につけていた美濃部博士ならびにおなじようにおだやかな自由主義傾向の人々は、この頃から、その前の時代の共産主義者の仲間入りをすることをよぎなくされ、お守り言葉で自分をまもることを禁じられた。

お守り言葉の独占の傾向はさらに強くなってゆく。しかし、単一の党派によってお守り言葉が完全に独占されるという極限点は、ついに達せられることなしに終った。ある範囲の中でいくらかのちがいをもつ諸党派が、最後までお守り争奪戦に参加することをゆるされた。中野正剛らの東方会、松本徳明らの大日本同志会、影山正治らの大東塾などが、権力の座にある東条英機らとことなる思想を代表していたし、石原莞爾らの東亜連盟も敗戦前後に活動するだけの領域をたもつことができた。

お守りの独占は、お守りの効力を増大させた。理論的にすじが通らないと考えられる思想でも、その論理的帰結を考えてみればきわめて残虐な思想であっても「八紘一宇」とか「肇国の精神」のふれこみがあれば承服せざるを得ないという時代がきた。外人捕虜に同情を示した上流婦人が新聞紙上で攻撃されたり、哲学者斎藤晌が「人道主義は第五列（敵国のスパイ）だ」という説を発表したり、敵兵が上陸してきたら病人や幼児は刺し殺しておいて全員が戦って死ななければならないという思想が、サイパン、沖縄のおちたあとでひろくおこなわれた。この調子でいったらどんなことがこれらのお守り言葉の内容として登場するかわからないという危険な状況があった。

お守りの効力の増大は、前の時代よりもせばめられたお守り使用有資格者に、それまでよりも活潑かつひんぱんにお守り言葉を利用させるようになった。太平洋戦争下の新聞、雑誌、年鑑を見ると、お守り言葉は太平洋戦争以前よりもずっと多くつかわれている。太平洋戦争以前には「茶道協会」とか「茶道綾風会」とか称していた団体も、いまは「皇道茶道会」と改称された。愛犬家の親睦団体が「蓄犬報国会」と名前をかえて、食糧不足の社会状況の下でもなおかつ犬を飼う権利をまもろうとした。
(3)　敗戦時の変動も、おなじお守り言葉のもつ意味のふりはばを活用してなされた。下村宏情報局総裁は、ソ連参戦直後の一九四五年八月十日午後四時三十分の談話において「一億国民にありても、国体の護持のためには、あらゆる困難を克服してゆくことを期待する」とのべて、その後に来る国策転換への伏線を敷いた。新聞は「一億断じて護らん、国体護持の一線」（八月十一日、東京新聞）、「国体を護持、民族の名誉保持へ」（八月十二日、毎日新聞）、「私心去り国体護持へ」（八月十四日、毎日新聞）などを連日見出しにかかげて敗戦にいたらしめた。「国体護持」の言葉が新聞の見出しに出はじめた八月十日には、大衆はこれが具体的になにをさすか正確につかめなかったにちがいない。「肇国の精神」とか「報国」とか、戦争中にもちいられた言葉と同系列に属するものであることを心中で判断し、この「国体護持」というお守り言葉の中からよりはげしい戦争努力へのはげましを読みとっただろう。八月十五日の特別放送は、敗戦の大詔とともに、「国体護持」とか「大御心に帰一」とかのお守り言葉にみちた訓示を報道した。この放送をきいた日本全国の小学生と中学生のあいだには、これらのお守り言葉をちりばめられた放送を戦争をつづけるための放送ときいた者が多くあった。政府は、戦中から戦後にかけて、おなじ系列のお守り言葉をつかってみずからの政策を正当化し、その言葉のさし示す内容を敗戦の危機に際してすりかえたのであった。国民は、言葉がおなじであり、かわらないということにだまされて、言葉のさし示すことがらの変化に対するすみやかな反応をさまたげられた。太平洋戦争以前の時代のお守り言葉のつかいかたについてもおなじことがいえる。昭和初期以来日本を侵略への道におしすすめた軍国主義勢力は、「国体」とか「肇国」とか「八紘一宇」とかのお守り言葉を国民に示すだけで、アメリカ、イギリス、中国、ソ連、オランダといつどんなかたちで戦い、どのくらいの犠牲をはらうかというような具体的内容はあきらかにしなかった。日本の政治における太平洋戦争前の地すべりはゆるやかにおこなわれ、太平洋戦争中の地すべりもゆるやかにおこなわれたのと対照的に、敗戦時の地すべりは急激におこなわれた。しかし、これらの政治上の変化がおなじ系列のお守り言葉によってぼかされたことにおいてはおなじである。

(4)　敗戦が戦前、戦中とおなじお守り言葉を通じてもたらされたにもかかわらず、この機会に、お守り言葉は、それまでこれをほとんど独占していた人々の手からほかの人々の手にうつり、やがてあたらしい配分責任者によってお守り言葉の自由市場制度が大正時代とおなじくらいまでに復活された。したがって一九四五年九月から十二月の期間には、戦争犯罪者として獄につながれ、自由のきかない人をのぞき、そのほかの人ならばたいてい各自が任意の目的のためにお守りをつかえるようになり、新聞や雑誌の上で活潑にこの自由の権利をつかった。

「八紘一宇」「肇国の精神」などは、戦争の好きな人の旗印として戦争中にあまりはでにもちいられたため、舞台の回転とともに流行からはずされた。これらにかわって、アメリカから輸入された「民主」「自由」「デモクラシー」などの別系列の言葉がお守り言葉としてさかんにつかわれるようになった。敗戦後に一時に生まれでた沢山の文化団体が、その顔ぶれと思想傾向のなんであるかと無関係に、これらアメリカ起源の言葉を雑誌の名前としてとりいれたり、団体の趣意書の中にもりこんだことからおしはかると、これらの言葉はあきらかに新時代に適した魔よけ言葉としてもちいられたものだろう。戦前から戦中にかけて侵略を歓迎したかのようにみえる評論家たちが、「民主」「自由」「平和」をうたったことを見ると、彼らがその間の変化にはずかしさを感じない根拠は、彼らがこれらの言葉をお守りとしてつかうことを考え、言葉がかわったとしても内容にはかわりがなくてよいのだという認識に達したものと判断される。マッカーサーが去り、アメリカ流行時代が去る時、彼らはまた履きものをかえるようにあっさりと、その魔よけふだを再度新調するであろうか。

昔からの日本製のお守りは、アメリカ製のものにおされぎみだけれども、敗戦後もひきつづいて売れている。政府の高級官僚および政治家が声明や宣言の中にしばしばこれをもちいているし、全国の小学校生徒と中学校生徒が道徳上の思想をこれらのお守り言葉をとおしてすすめるように訓練されている。「議会新聞」一九四六年二月二日によって敗戦後出現した政党四十三団体をしらべてみると、勅語に起源をもつこれまでのお守り言葉を政党名にふくむものは23／43であり、「自由」「民主……」などのアメリカ系お守り言葉をふくむものは16／43である。日米お守り言葉の売れゆきの比は、日系23に対して米系16というところである。日系お守り言葉と米系お守り言葉の両方をとりこんだものが7／43である。その中には、言葉の力で病気をなおしたり日本を復興させることをねらう生長の家の主宰者谷口雅春らの「日本民生党」だとか、上野駅付近の露店商人から徴収する場所代によって組織されたという「日本民主同盟」などが入っているのは興味がある。勅語に起源をもつ言葉ならびにアメリカ軍の指令に起源をもつ言葉をお守り言葉と考えて整理すると、お守り言葉を党名にふくむものは四十三団体中三十二あり、のこりの十一団体がお守り言葉を党名のうちに採用していない。「自由新聞」一九四六年三月二日の政党表についてみると、「皇国産業皇民党」のように同系列のお守り言葉をだぶらせて、言葉のお守り的効用を増大させようとしているものがあり、この言語使用法の特殊な性格を示している。「八紘一宇」とか「大日本」とかいうお守り言葉は、軍国主義の隆盛期とあまり密接に結びついてしまったので、敗戦後の党名や綱領の中には多く見えない。それでも「大日本国家社会党」の党名や「日本勤労大衆党」の綱領の中などにちらほら見える。敗戦直後のお守り言葉の分布状況を、戦争中のお守り言葉の分布状況とくらべてみよう。昭和十八年版の『日本文化団体年鑑』によれば、この頃の政治思想団体は三十九ある。そのうち、勅語に起源をもつお守り言葉を団体名の中にふくむものは、14／39である。そのお守り言葉も「日本」「大日本」「皇道」「皇国」「翼賛」「奉賛」などを主としており、アメリカ系お守り言葉はもちろんひとつもない。お守り言葉を団体名にふくまないものも25／39あるが、それらの採用している言葉には、お守り言葉に対立するような共通の一系列はない。

(5)　このような敗戦直後の状態は、一九四六年はじめの米軍司令部の禁止命令をきっかけにまたかわった。戦争中の翼賛選挙で推薦候補だった前代議士は「民主」のお守り言葉をひっさげて選挙戦に出馬することを禁じられた。出版界でも戦犯追及の傾向があらわれた。あらゆるお守り言葉に対して敗戦後に設置された自由市場制度が制限されて、ふたたびお守り言葉の配分範囲がせばまる傾向がみえる。同時にこれらお守り言葉の意味内容も、敗戦直後からみると相当の変化を示しつつある。

お守り言葉の意味がこのようにして今までにも何度か切りかえられてきたことは、すでにのべた。このような意味転換を支配する原理はなんであろうか。言葉のお守り的使用がさかんな状況は、合理的思索のおとろえを示すものだから、こういう状況のもとでおこなわれるお守り言葉の意味の変化は、人々の思索の結果として自立的におこなわれるものではなく、思索以外のもの——力によってもたらされる場合が多い。日本系のお守り言葉が明治・大正期におけるように、伝統的風俗への愛惜と、現存する社会制度の正当化を意味することから、昭和に入ってからのように一党政治、官僚的統制経済、軍事的侵略、ならびに自由主義教授追放を意味するようになったのは、軍部の圧力によるものだったし、敗戦時に再転して大正時代におけるような平和的財閥官僚政府の設置を意味するようになったのは、米軍の圧力と財閥官僚の勢力によるものだった。アメリカ系のお守り言葉が、敗戦直後におけるように軍部支配以前の財閥官僚政府を再建することを意味するところから、敗戦後四、五カ月で財閥官僚政治反対の傾向をより多く意味する方向にうつっているのも、何回かの指令をとおして発揮された米軍の力による。

戦時色がぬぐい去られたと考えられる敗戦後の状況においても、言葉のお守り的使用はなおさかんである。政治家が意見を具体化して説明することなしに、お守り言葉をほどよくちりばめた演説や作文で人にうったえようとし、民衆が内容を冷静に検討することなしに、お守り言葉のつかいかたのたくみさに順応してゆく習慣がつづくかぎり、何年かの後にまた戦時とおなじようにうやむやな政治が復活する可能性がのこっている。言葉のお守り的使用法を軸として日本の政治が再開されるならば、国民はまた、いつ、不本意なところに、しらずしらずのうちにつれこまれるかわからない。このことは、日本的系列の言葉を採用しようと、アメリカ的系列の言葉を採用しようと、ソヴィエト的系列の言葉を採用しようと、似た事であり、「国体」の名のもとにも、「唯物」の名のもとにも、非常に悲惨なことがおこなわれ得る。専制制度下に訓練された国民は、お守り言葉の系列をなにかの手段で一変させたとしても、言葉をお守り的につかう習慣とその害からはにわかにはまぬがれがたい。

三　日本の条件

言葉のお守り的使用が日本の政治史上に大きな役割をつとめたことは前節でのべた。お守り言葉がこれほど大きな役割を直接政治の上にはたすことは、現代の文明諸国ではめずらしいことだ。どうして日本では言葉のお守り的使用がこんなにさかんなのか。その理由を思いつくままにならべてみる。

(1)　封建性。日本人は欧米諸国民とちがって、封建制度をぬけだしてからわずか八十年しかたっていないし、その八十年も封建的習慣にみちた専制的社会にくらしてきた。こういう状況のもとでは権力に便乗する習慣が強く育ち、これが言葉のお守り的使用の育つ基礎になる。

(2) 貧困。民衆の生活程度がひくく、十分な教育をうけるゆとりがなかった。特に欧米諸国と比較して、文化施設が大都会に集中したため、大都会以外の地方の文化水準がひくかった。大都会の一部で少数の学者が欧米輸入あるいは古代日本と中国風のむずかしい言葉をあやつって政治上の原理、倫理上の原理を考えているのとおなじ時に、全国の国民は言葉のお守り的使用法をとおしてその政治的・道徳的思想をすすめることに慣らされるといううちぐはぐな状況があった。

(3) ふるいことに価値の規準を求める習慣。明治以前の封建制度の下においても、明治以後の天皇制の下においても、政府の要求した倫理思想はふるい文献に価値判断の最終規準を求めることだった。お守り言葉は、こういう社会において特に権威をもつ。この点で中世のヨーロッパとか、初期植民時代のアメリカとか、敗戦までの日本だとかは、言葉のお守り的使用法に適する社会的背景だった。

(4) 天皇制。明治以後のお守り言葉の大部分は天皇制に結びついていた。皇室に対する日本人の感情と行動とが、日本における言葉のお守り的使用をささえてきたといえる。明治以来の勅語をしらべてみると、「翼賛」(明治十七年)、「国体」(明治二十三年)、「国民精神」(大正十二年)、「惟神」(昭和三年)など、お守り言葉の原型はいちおうこれらの勅語に求めることができる。それらの勅語のよりどころとなった、それ以前の古典にさかのぼることもできるが。このように勅語をとおしてつぎつぎに与えられるお守り言葉を、人民の政治的・道徳的思索の最高観念とするのが、教育にあらわれた天皇制の要求である。

(5)　漢字。子供のころから漢字まじりのむずかしい文句をはっきりわからないままに復唱したり承認したりする習慣が植えつけられ、むずかしい漢字言葉の標語に対して尊敬と服従の感情がつくられた。日本人は同時代の欧米人にくらべるとめずらしい原始的なおそれの感情を言葉に対してもっている。このことが言葉のお守り的使用法にひとつの基礎を与えた。表意文字を多くふくむこのむずかしい国語を自分の目的にあわせて自由につかいこなすためには、これまでの国語教育ではたりなかった。敗戦までの小学校の生徒は、特に政治や社会道徳にかかわる言葉の意味を、ものごとと行動に結びつけて理解しようとせずに、漢字言葉のつくりだす情緒としてとらえている場合が多い。政府の文書や新聞雑誌が、儀式上の理由や美学上の理由から、漢字言葉を日常語より尊いものとして使うために、これらが大衆から離れてゆく理由があり、ここにお守り言葉がつけこんで大きな力を発揮する大きなすきまができた。

(6)　島国であるという条件。島国として孤立しているという地理的条件のために、日本には外からの影響がすぐさま伝わってくることがなかった。そのために世界の文化の流れからはずれては、また外来文化の急激な侵入にあうという状況にくりかえし出あった。こういう状況のもとでは、政策の百八十度の転換を指導する強力なスローガンが必要とされた。日本の現代史で、副次的な役割を演じた外国起源のお守り言葉は、このような状況の要求から生まれた。

前節では言葉のお守り的使用法が現代の日本の政治上につとめた役割をざっとたどった。しかし、その各時期に流行した代表的お守り言葉の意味をお互いから判別する試みはしなかった。「国体」「翼賛」「皇道」などのお守り言葉の意味の陰影をとらえるには、それぞれの言葉が各時代でどんな役割を果したかをしらべねばならず、大仕事である。これらの言葉は『辞苑』や『広辞林』をしらべれば出てくるが、字引きによってはそれぞれの特有の意味をとらえることはできない。もしここにひとりの外国人がいて、字引きだけにたよって言葉の意味をしらべながら、日本政治史の資料——歴代内閣の声明、政治結社の宣言、政治運動の綱領などを読むとしたら、その人にはこれらの資料の意味がほとんどおなじように見え、それぞれの意味を他から見わけることができないだろう。このことは敗戦までの日本の現代史が、おなじ時代の欧米諸国の現代史とちがう点である。日本の政治史文献ののっぺらぼう性の例として、昭和十八年版の『日本文化団体年鑑』から二つのちがう結社の趣意書をひいてみる。Aは「大日本一新会」という。この団体は、社会改造のこころざしをもつ右翼分子の合流によって一九三一年（昭和六年）につくられた大日本生産党の後身である。旧生産党員の中からは、財閥政治反対をとなえて井上準之助や団琢磨などを暗殺した人々や、おなじく支配層を暗殺しようとして事前にとらえられた神兵隊事件にかかわる人々を出している。この系統の人々の一部は、敗戦に際して絶望のあまり自刃するほどの非便乗性と純情を示した。一部は地方の生産機構改善の方向にむかっているという。Bは「皇道振興会」という。この団体は貴族院議員・男爵菊池武夫、明大教授でプラグマティズムの哲学者大島豊などの精神主義的多弁家を役員のうちにふくむ。伝統風俗鼓吹のための会である。社会改革の意図をもたず、閑院宮の書を売りひろめたり、小学生の伊勢神宮参拝をあっせんしたり、戦死者の供養をしたりした。メンバーの階級的性格から見ても、その事業の性格から見ても、この団体はAとはことなる性格を代表するものだった。にもかかわらず、AとBとの両団体の綱領は、おなじようなお守り言葉によってちりばめられているために、お互いから区別できないほどよく似ている。

団体Aの綱領

一、皇国体の本義に信順し、挺身以て神国日本の顕現を期す。
一、一君万民、祭政一致の皇政復古を期す。
一、皇道経済を完整し、万民共栄の実現を期す。
一、一切の反国体思想を殲滅し皇道文化の昂揚を期す。
一、無敵国防を完備し全世界の皇化一新を期す。

団体Bの綱領

一、惟神の大道に則り皇道精神を振興し忠君愛国の至誠を尽さんことを期す。

二、皇祖肇国の神勅を奉戴し皇道経済の確立を強調し以って国防を充実し国力の伸展国民生活の安定を期す。

三、国威国権の宣揚を図り自主独往の外交政策を確立し日満支の提携による大亜細亜の盟主実現を期す。

AとBとを読んだだけではどちらが大日本一新会でどちらが皇道振興会か見当がつかない。この年鑑に収録されている政治思想団体三十九のうち三十までが、その綱領に「皇道」「肇国」「八紘一宇」「翼賛」などのお守り言葉をほとんどオール・スター・キャストで使っている。それならば、おなじ系列のお守り言葉のそれぞれは個性を持たないかというと、そうでもない。「翼賛する」とは「神道をまもる」ことであり、それは「八紘一宇の理想にのっとる」ということにもなり、それが「皇道にしたがう」ことになるというふうに、これらのお守り言葉を適切につかいこなした文章はシンタックスのレヴェルにおいて互いに変型可能であり、同義的と見られるが、それぞれの意味をその使われた歴史的状況に戻して考えてみるならば、ちがう時代にはちがうお守り言葉がより高い頻度をもってもちいられるので、それぞれのお守り言葉のもつ独自の陰影があき

らかになる。（一五三頁別表参照）

ここでマリノウスキーの論文「未開人の言語における意味の問題」が参考になる。未開人は自分の言おうとすることをこまかくつめたく分析してのべることをしない。彼らの言うことは、辞典を片手に単語を追って訳してみたのではとらえることができない。マリノウスキーは未開人の生活状況をくわしく自分で見て、彼らの言葉が彼らの社会生活のどんなところに置かれているかをしらべた上でのみ、その言葉の意味を諒解することができると説く。言説の意味の理解が、その言説のあらわれた状況の理解を前提とすることは、理論的にはすべての社会の言説について言えることで、科学論文でさえも例外ではないが、未開人の場合にはこのことが特に強調されなければならない。言うべきことをあきらかに言葉にする習慣がないので、言葉の意味のより多くが、その言説の前後関係である状況の中にかくされる。日本の現代史においてもおなじような側面がある。われわれは言おうとすることをはっきりと言葉にする習慣がうすいために、また特に公式の席上では自分の意図をお守り言葉にかくして言う習慣がさかんであるために、その言説の解釈には言説の前後関係たる状況に多くの注意を払わなければならない。お守り言葉のちりばめられた宣言や声明の意味は、その前後関係をなす状況を体験している日本人にとってもとらえにくい場合がある。なぜならば、われわれは、なまじ字引き上の意味をそれらの言葉について知っているために、シンタックスのレヴェルでお守り言葉を解釈することに満足してしまい、けっこうなことであると考えるにとどまり、その前後関係をなす状況の吟味をおこなわないからである。お守り言葉がもちいられるそれぞれの場合に、それをつかう人の過去と社会的基盤とその行動傾向について正確な情報を得ることは困難なので、そういう困難を避けて、字引きにあるとおりの意味だけで人の言説を判断してしまうことは、自然のなりゆきだった。

四　対策

言葉のお守り的使用法をどうするか考えるまえに、この習慣の功罪をはかりにかけてみなくてはならない。罪のほうは、すでにのべたように、実証的な考えかたを政治にみちびきいれることのさまたげになることだ。

その功の中で有力なものは、この習慣が国民的感情をつくり出し、また保ってゆくことをたすける点であろう。しかし、世界の人の幸福を目標とするという普遍的道徳の立場からみると、いままでの日本のようなしかたで国民感情を保ってゆくことは好ましくない。私たちは、日本人、朝鮮人、中国人、フランス人として、みずからの風俗と文化様式に愛着をもち、これについてひけめを感じないようにしなくては、幸福にくらせない。人間一般よりも、自分のまわりにいて共にくらす人に、より多くのなつかしさを感じることによって、私たちの社会生活はますます愉快になる。この意味での愛国は、人類の共栄をおびやかすものではない。そしてこの意味での国民感情は、言葉のお守り的使用をはなれて生きつづけることができる。生活感情の一部と結びつく国民歌謡をとり

名称	代表する傾向	主唱階級	年代	時流
1．国教	日本古来の思想（神仏儒）の宣伝	明治前の教育を受けた読書人	明治中期	外来思想の普及
2．国風	日本古来の風俗維持，不真面目の一掃	上に準ずる	大正九年以降	成金の出現，風俗の欧化と堕落
3．国体（明徴）（擁護）	外来思想排撃，資本主義官僚政府支持	老将官，貴族，老教育家	昭和八，九年以降	美濃部事件，足利尊氏事件
4．皇道	強権にいたる国家社会主義的社会改造案の実現	少壮将校，農民指導者，青年	昭和五年以降	満洲事変，五・一五，二・二六
5．翼賛 臣道 国民精神	上からのファシズム。一元的政治体制，官僚的統制経済	上級軍人，新官僚便乗政治家	昭和十五年以降	北支事変，新党運動
6．尊王	最高潮に達した戦争努力。玉砕への準備	国家主義的教育下に育った青少年大衆	昭和十九年以降	B29に対する敵愾心，特攻後続隊募集

あげてみよう。一九四四年度発行三友社版の『流行歌謡集』におさめられた愛国歌謡四十九種は、日中戦争以後にできたものばかりだが、そのうち勅語起源のお守り言葉をふくむものは20／49ある。お守り言葉をふくむ愛国歌謡は、「愛国行進曲」「大東亜決戦の歌」「関東軍軍歌」などのようにマンネリズムのいちじるしいものであり、「愛馬行進曲」「麦と兵隊」「露営の歌」のように自然の感情の流露する軍歌にはお守り言葉がない。さかのぼって日清・日露のころから今日に伝えられた古典的な軍歌には、日中戦争以後の軍歌にくらべてお守り言葉のつかわれかたがまれである。このことは、官製でない愛国感情の流露がお守り言葉を必要としないことのひとつの証拠である。

お守り的につかわれる言葉には、国家に関するもの、民族に関するもの、宗教に関するもの、道徳に関するものなど、いろいろある。この中で道徳以外に関するお守り言葉は、小学校・中学校の教育をとおして道徳に結びつけられることによって、お守り的使用法からくる害をゆるめられる可能性がある。たとえば、敗戦前の小学校の修身教科書を見ると、その中には、人のためにつくせとか、人に同情するようにとか、いろいろの道徳上のすすめが書いてあるが、その前と後に、国家に関するお守り言葉を織りこんだ勅語と文章とがついている。二重規準というべきものがここにある。しかも、国家に関するお守り言葉の光があまり強いために、生徒は、ともすると、これらのお守り言葉によって語られるものは絶対のものなので、道徳の見地からそれに批判をくわえる余地がないという印象をうける。これは、民族、宗教、風俗に関するお守り言葉についてもおなどであり、これらの言葉が道徳に関する言葉の光をうばうことから、害がおこる。これらが、人類の幸福を侵害しないという普遍的道徳律の下につくということが人々の頭の中にあるうちは、害はすくないとみてよい。しかし、「正義」とか「善」とかのような道徳に関する言葉が悪事をかくすためにお守り的につかわれる場合はどうか。こういう不幸な事件は、道徳に関する言葉をほんとうに具体的に人々の幸福とてらしあわせてとらえる習慣ができることによってのみさまたげられる。

日本で言葉のお守り的乱用の危険をすくなくするためには、前にふれた社会条件の変革が第一の道すじであり、そのほかの道すじはすべて第二義的なものにすぎない。ただし、言語習慣研究の立場だけからみると、形式的改革と機能的改革の二つの方法がある。形式的改革とは、漢字制限、かな文字化、ローマ字化をとおして、意味のわかりにくい漢字言葉をすこしずつへらしてゆく方法である。たとえば憲法改正に際して、思いきってこれをローマ字にしてしまえば、漢字起源のお守り言葉の意味の流動性はひくくなり、そのお守り的乱用の危険もすくなくなる。しかし、表意文字を使用しないヨーロッパ・アメリカ諸国が大なり小なり同種の言葉の乱用に苦しんでいることからすれば、形式的改革のみでは十分でないことはあきらかだ。形式的改革とあわせて、機能的改革をもすすめる必要がある。たとえば、小学校のはじめに、言葉の意味の説明を、おなじ意味の言葉による機械的おきかえによらないで、ものそのもの、あるいは事件そのものをあきらかに示すことによって練習する。小学校の後のほうでは、政府の声明や政党の綱領がどんなことをもたらすべきかを予測する習慣を育てる。ほかに、形式的改革と機能的改革との二つをないまぜた改革方法もある。そのひとつの例は、基礎日本語の確立による国語教育の改革である。まず、人々が毎日つかいなれていて、意味を自分の経験に結びつけることのできるわずかの単語をえらび、これらをつかうことでどんなことをも言いあらわし、どんなむずかしい文章の内容もそれらにおきかえて理解できるような体系をつくることである。言葉のお守り的悪用からときはなたれた政治は、このような条件をととのえた時にはじめて実現することができるだろう。

付記

書きのこした問題二、三にざっとふれる。

(1) 言葉のお守り的使用を廃止すべきか否かの問題は、私たちの生活から神話的なものを追放すべきか否かの問題とはべつのものとしてとらえられるほうがいい。神話的なものに対する人間の要求をみたすこと、ならびに私たちの生活の中に神話を活用することは、言葉のお守り的使用にたよらないでもできることだからだ。このことは、言葉を縁起的・象徴的にもちいる習慣からお守り的使用法を区別したところで、ちょっとふれた。

(2) ある切迫した状態のもとでは、お守り言葉の効力をとおして社会状況の変革をはかることも正当ではないか。そういう場合には「言語習慣の改良」とか「啓蒙」とかだけをいたずらに説いていることは一種の反動であって、むしろお守り言葉を利用して社会状況の変革をおこなった上で言語習慣の改良にかかるべきだろう。ただし、その場合にも、言語習慣改良の必要はやはりのこされており、これなくしては保障された社会生活を考えることはできない。

(3) 言葉のお守り的使用法に対してどういう対策をとるかによって、現在の日本の政治状況内の諸流派を特徴づけることもできる。現在の権力者である穏和派政治家は、軍国主義的政治家とことなる政見をもつものだが、これまでのお守り言葉の体系をのこしておいて政治をやってゆこうとしている。これらのお守り言葉は軍国主義的政治家のスローガンとしてもつかわれたが、これからは正しくつかってゆこうという意見である。急進的政治家は、これまでのお守り言葉の体系そのものをくずそうとしているが、これらを新しいお守り言葉の系列によっておきかえるだけに終るかもしれない状態にある。

註　お守り言葉の意味をみわけるためのこころみとして、不完全ながら一五三頁のような勅語起源のお守り言葉表をつくってみた。

らくがきと綴り方

「日本のインテリは、天皇陛下なんてほんとうに信じていない。」記号論理学を勉強している友人が、そういった。ぼくも、同感した。太平洋戦争がはじまるまえのことだ。そのころ、ぼくたちは、二人とも、まだ大学にさえ入っていなかったし、日本のインテリについても、その思想の把握の仕方が浅かった。

このはなしがあってから、一年して、太平洋戦争がはじまり、ぼくたちの考えがまちがっていることを、示した。インテリと思っていた人の多くとぼくたち学生の大部分が、(民衆にたいする優越意識をかたく守る以外の点では) 民衆とおなじく、かたく天皇を信じているかのように行動した。

ひとりひとりの怒りや悲しみを持たぬものであるように、生命が、つぎつぎに戦争のなかにたたきこまれ、これが天皇の名においてなされているにもかかわらず、公衆便所に落首さえ見られず、天皇にたいするのろいの声をきくことができない。「一億玉砕」

という世界の歴史にないことさえ、天皇の名をもってすれば、ありうることと思えた。

のろいの言葉についてだが、日本語のなかに天皇・祖先神・神道などについてののろいの言葉がないことは、注目すべきことだ。これは、民衆の思想表白の手段におけるひとつの空席であって、日本思想の性格への手がかりとなる。

のろいの言葉（the language of swearing）は諸国民の言語のなかに、それぞれの特色をもっている。キリスト教国の中では、旧教の国々により豊かにのろいの言葉が発達し、新教の国々にたちまさった。なぜならば、カソリックの国々では、聖者がたくさん指名されるので、その聖者の一々の名をよんで、「ジョージの名にかけて」とか、「パトリックの名にかけて」とかいうふうに汚すことができるからである。イギリス人は、パイプや財布が見つからぬときには、アンソニー聖人の名によってそれをのろい、靴のできのわるいときにはクリスピン聖人の名によってのろい、そして何でも都合のわるいときにはいつもローマ法王をひきあいに出してのろう。ギリシア正教の国であるロシア、ローマ旧教の国であるアイルランドは、のろいの習慣がとくにさかえたところである。ユダヤ教において、「エホバの名をむやみに用いるな」というモーゼのおしえがあった。

キリスト教となってから、イエス・キリストもまた、「神の名によってちかうな」と教えた。これらの教えが、逆にこれらの教えをやぶってやろうという精神の表現の手段としてののろいの言語にたいするイトグチをあたえた。

欧米の労働者の日常生活、学生の生活では、じつにくだらぬことにたいして腹をたてては、その宗教上の権威をひきあいに出してののろいの言葉が用いられる。「おお、神さま」。「イエス・キリストよ」。「メリーさま」。「地獄に行きやがれ」。「悪魔め!」。もっとも豊かにのろいの言葉が用いられるのは、兵隊の日常生活である。第一次・第二次世界大戦後の「戦争小説」は、(同時代に出された「戦争詩」においてジャンル上の約束のなかにのろいの言葉が見られぬのと対照的に)多くののろいの言葉が記載されている。戦争における場合のように、生活が苦しくてたまらなかったり、ひどい労働が課せられたりして、平均量以上のエネルギーを出して必要に応じなければならぬとき、のろいの言葉は自然に出てくるのである。

日本の場合をとると、のろいの言葉は、日本人の大部分にとっての宗教である神道に関連しては、ほとんど空白である。「畜生!」、「南無三宝!」などのように、仏教に関連してはある。坊主をからかい、仏教を茶化す風が、昔から日本の民衆のあいだにつたわっていたことは、中村元『東洋人の思惟方法——日本人の思惟』の中に、多くの引用例をもって書かれている。だが、神道に関連するものに、少ない。李家正文『らくがき史』は、大和朝廷時代以降の日本民衆のらくがきの例を集めたものだが、このなかにも、神道によるものは少ない。

のろいの言葉の大部分は、日本では、生理的排泄物に関するものである。ことに「クソ」を接頭語、接尾語に使用するのろいの言葉が日常生活でゆたかに用いられる。「クソ度胸」というふうな言葉が、男女年齢の区別なく、食卓でさえしばしば用いられることは、欧洲人の想像をこえる。

ロバート・グレーヴズの『ラルス・ポルセナ』の中には、一九一四年の第一次世界大戦直前のイギリスの小ばなしをつたえている。あるオックスフォード大学生が、イギリスの田舎の小さい町に行って、そこの町の人名録をつくってその中から「ボトム」という文字の出てくる名前の人を全部えらんだ。Ramsbottom, Longbottom, Sidebottom, Winterbottom, Higginbottom, Whethambottom, Bottomwallop, Bottomley というふうに。そうしてある日、その人たち全部を、ホテルでの夜食に、うやうやしく招待した。その夜、ボトムの名のつく人は、何故招待されたかわからぬままに、まじめな顔をして正装して続々とホテルに到着した。その町でのすべてのボトムが一堂に会して、何故、自分たちだけが、とくによばれたかを考えはじめたころには、主人役の青年は、急行列車で、この町から遠くはなれたところにむかって逃げていたという。ボトムとは、「シリ」という意味である。

こういう冗談がなりたつということが、イギリスの国がらを示している。「くつした」とか、「胸」ということさえ、食卓では言えぬ言葉となっている。現代アメリカの場合には、イギリスにくらべて、性器および排泄物についてのタブーもうすれているので、今度の大戦後の戦争小説、たとえばメイラー『裸者と死者』には、それらについてのののろいの言葉が多く見られる。しかし、日本のように、それらだけで、ののろいの衝動を解放することはない。

のろいの言葉を用いる条件は、社会心理学的に定めてほしい。今までのところ、そういう文献に接しないので、おおざっぱに推測してみると、自分が外の秩序につよくしばられていることを感じ、それをふりほどこうとして、自己主張をしたいという衝動とむすびついているのであろう。実質的に反社会的行動とむすびつくのろい、また、それを転化させることによってなりたつ道化としての身振り手振りが、これである。また、外の秩序におしつぶされそうになって、平常の手段では自分をささえられなくなった状態、やけの状態になったときの自己主張のためにも用いられる。今日ならば、ビタミン注射をうつとか、ヒロポンやパントポンを打つとかして、内分泌の状態をかえて、平常には用いられないエネルギーを自分の肉体から動員するということ、これは、前世紀までの民衆の生活では、かなりの程度まで、平常使うことをはばかるような言語的シンボルをあえて使うというような工夫によって代行されていたであろう。これが兵隊の生活や、監獄の生活などにおけるのろいの言葉の使用を、部分的に説明する。

日本の場合には、日本人の宗教に関連して、のろいの言葉が使われないのは、なぜだろうか。ユダヤ教やキリスト教のように、神道は、「神の名によってちかうな」と教えなかったというような思想史的な由来にもよるだろう。だが、仏教にもそういう由来がないのに、日本では仏教に関するのろいの言葉が発達した。天皇に関するのろいの言葉では、たとえば、「テンチャン」というようなことを言うと、敗戦までは巡査にひっぱられた例があるが、「テンチャン」というのは、ドイツでの「メッチェン」(Mädchen)というような愛称であって、のろいの言葉としては、その端の座を占めるにすぎぬ。『きけわだつみのこえ』のように、学生たちが自分の本志に反して天皇のための戦争にかり出された場合、アメリカなどならば、天皇に関するのろいの言葉にみちたらくがきをいっぱい書くだろうけれど、その痕跡がない。ぼくが自分で兵隊からきいたのろいの言葉も、学徒兵をふくめて、性器と排泄物と仏教に関するものだけだった。現実には、天皇・祖先神・神道などの名の下になりたつ天皇制によってぎりぎりにしばられていたのであるが、そのいかりのはけぐちは、性器と排泄物と仏教にむけられる。死においやられたときでさえ、「天皇陛下万歳」、「お母さん」と言って死んだ。

天皇制にむかって怒りがむくように、民衆の思想表白の言語が、成長していないということ、それが、この場合に問題となる。また、天皇制が、かつてユダヤ教やキリスト教の神が欧洲の民衆にとって考えられたように、「自分たちの上にたちはだかり、自分たちをおしつぶす他者」としてとらえられず、自分たちをふくめて流れるふんいきのようなものとしてとらえられて来たことにもあると思う。こういうふうにとらえられるかぎり、天皇制にたいする反抗は、のれんにうでおしであって、はっきりしたものとなりえない。

だが、のろいの言葉から、はなれて、もう一度、戦争のときのことにかえろう。戦争の末にあった異常な状態。反抗の声ひとつあげずに、一億と称せられる国民が死地にさらされている。これは、すぐに出て来たものでないし、すぐに消えるものでもない。あういう状態が、おこりえたということは、日本の歴史についても、ぼくらが新しい眼で見ることをしいているし、敗戦後の日本の行きかたについても見張りの眼をゆるめぬことを要求している。ぼくらは、戦争末期の状態をくりかえし思いうかべてみては、それに転じうるものとして、ぼくらの今日の現実を理解しなければ、まただまされる。今の状態では、天皇のもちうる力は、別の皮の下にかくれているから、そのすごさは、想像力を働かさなくては分らない。

しかし、実物教育をうけて来たぼくらは、毎日の出来事の中に、「天皇制的な生活習慣」を見わけることができる。

天皇制は、法律・政治の面でのことがらとして、せまくとらえることでは、氷山の一角をとらえることにしかいたらず、効果的にこれに立ちむかうことが、できない。われわれの人間関係、生活形態、思想にかかわる習慣のタバとして理解することが、必要だと思う。はっきりと自分で考え、承知するという手続きをへずに、重大問題についての決定をうけいれてしまう習慣。社会にもたらす効果によらず、身分によってあつかいをかえる習慣。こういう習慣が、どんなふうに、ぼくたちの日常の行動に実現されるかにたいして、見張りをすることが、ぼくたちの天皇制にたいする反抗の一部分となるべきだ。天皇制にたいする反抗は、それ自身が天皇制的であってはならない。

綴り方を書くということは、この目的のために、役にたつことだと思う。これは、綴り方をかくことなしに見ることのできなかった多くのことを、綴り方をかくひとりひとりが新しく見ることができるようにする。日本のインテリが、ベンサムとかミルとかミルトンとか多くの思想について知りながらも、それらの思想と重大なかかわりをもつ自分の生活の出来事に眼をむけることをしなかったために、思想的誠実をつらぬくことができなかったことを考えると、こういう思想傾向と逆の地点にたつものが、綴り方運動だと思う。

今度、天皇制についての京都の子供たちの書いた作文集をよんで、綴り方運動が日本の思想の中で果して行く役割について、あらためて、その重大さをかんじた。

ここにあつまっている綴り方の多くは、思想として、まとまったつながりをもたない。この本に全文再録されている綴り方は、それぞれきれいにまとまったかたちのものが多いけれど、この本の中に再録されないでいる数多くの綴り方（全体の過半数）が、まとまらない性格をもつ。次のような例から、そのまとまらない性格を察することが、できよう。

天皇について　　　　　　　　中学一年生　男

やはり天皇（は）、今日まであったのだからいまさらなくすといってもできることではない。

やはり今まで日本の人々がそんけいしているのだからいままでのように天皇というものをつづけたほうがよい。

だが一つぎもんがある。

天皇はいまなにをされているのか。

天皇は国民とおなじ人間だから少しくらいは働かれてもよいだろう。

だが天皇は今日まで天皇というものがつづいてきたのだから又天皇がなかったらやはりものたりなくかんじるだろう。天皇は日本の国を代表するような人であろう。まさか悪人ではあるまい。やはり日本にもそういう人があってもよいと思う。

又大統領のようなものをつくったらどくさい政治にならないともかぎらない。そうすると前みたいに戦争がを《（ママ）》こらないともいえない。だから日本人が今までとう《（ママ）》りそ《（ママ）》うけいする人があってもよう《（ママ）》。

だから天皇はつず《（ママ）》けるべきだ。

この作文集全体の特徴としてあらわれている、このまとまりのなさは、重要だ。まとまらなさが、まとまらなさとして、すなおに公けにされていること。これは、戦争前の中学一年生くらいの子供たちの作文に見られなかった性質である。なぜならば、中学一年生くらいに達するまでに、戦前の日本の子供たちならば、すでに数年間にわたって、自分の思想を表現すべきキマリ文句を配給され、これらキマリ文句を規則どおりにつかって自分の思想を公けにする訓練になれている。小学校の一年および二年を除くと、あと四年にわたる修身教科書は、毎年かわらぬキマリ文句をくりかえし子供に配給している。

子供たちにあたえられる修身教科書を説明するのに際して、教師のしるべとなった教師用『初等科修身』は、次のような文章にみちており、どんな教訓をぼくらが子供としてきいてきたかを改めて思い出させる。

皇国の道とは、教育に関する勅語に示し給える「斯ノ道」にほかならないのであるが、「斯ノ道」を学ぶとすれば、まず道の教に即して国民道徳を体得し実践することが、国民科の任務の一重点となる。しかも「斯ノ道」は皇祖皇宗の御遺訓であり、皇祖皇宗の宏遠なる肇国、深厚なる樹徳を始め奉り、国史的事実に基づいての道であるから、こうした国史的事実に即して皇国発展の相を明らかにし、皇国の大生命を感得せしめることによって、皇国の道を学ばしめることが大切であり、ここに国民科教科内容の第二の重点がある。しかも歴史と分つべからざるものはわが国土であり、わが国土国勢を明らかにすることによって、皇国の道を学ぶことが大切である。ここに第三の重点がある。この三重点を通じて学ぶことによって、始めて古今に通じて謬らず中外に施して悖らざる「斯ノ道」が体得されるわけであるが、更になお「斯ノ道」及び「斯ノ道」に基づいて発現する国民性・国民精神・国民文化等は、わが国の言語によって表現され、理会される場合が極めて多いのであるから、国語の習得もまた国民科の重点となる。（『初等科修身』四　教師用、一九四三年、三—四ページ、ゴチック体・鶴見）

こういうキマリ文句の体系は、もとまでさかのぼれば、勅語の系列に原型をもつ。それらが、小学校教育、中学校教育において、くりかえし、子供の耳にそそぎこまれる。これは、上記のような表現にみちた教科書（それは修身にもっとも多いが、地理の教科書や国語の教科書にも及んでいる）の内容分析によっても明らかだし、敗戦までの小学校では一年の主な行事にさいして必ず「勅語奉読」という儀式に子供たち全体がたちあわされ、ただきいているだけでも六年後にはソラで言えるほどになるという学校行事の組織からも明らかである。さらに、敗戦までの高等学校・専門学校の入学試験には、作文の試験があって、その課題の過半数が、「国民としての覚悟」とか「世界における日本」とかいう題で、明らかに、受験生たちがどのくらいキマリ文句の操作に熟練したかをテストする目的をもっていた。上級学校に行けないものには、すぐに軍隊がまっており、そこで「軍人にたまわりたる勅諭」の暗誦が連日なされた。かくて一人前となった日本人は、自分の思想を公けにするさいには、村会ででも、在郷軍人会ででも、こうしたキマリ文句を通して自分の思想を公けにするようになる。模範手紙文集というものにさえ、一時は同じキマリ文句が入りこんだ。農家に行くと、小さな本棚があり、この中にはしばしば、「軍人手紙の書き方」などという本がふくまれていて、じっさいに手紙をかくときのモデルとして用いられているが、それは、明治以後の必要に応じて急造された政府の配給するキマリ文句が、ひとりからひとりへのパースナル・コミュニケーションをさえ規定する因子として入りこんだことを意味する。公けの席でも、酒が出てくると、話し方は別になり、思想表白の言語も別になるが、どんなによっぱらっても、どんなにひどいけんかになっても、天皇や祖先神にたいするのろいの言葉は用いられない。

こういう言語習慣をになう日本人が、ものごころついてから長年にわたる訓練をへて、やがて天皇制的な思想を一律にうけいれるようになることは、理解できる。

こういう事情をふりかえって見たうえで、純粋に敗戦後にそだって来た子供たちによる天皇についての作文集をよむと、ぼくらのころとはっきりちがっていることに、気づくのだ。このちがいは、大切だ。

この作文のタバの中には、混沌としたものがある。天皇を排斥するもの、天皇を支持するもの、天皇を支持するともしないともつかぬもの。そして、天皇を支持するにしても、しないにしても、その理由のつけかたが、ひとりひとりでちがうのだ。

統計にして見れば、

総　数　　　　　　　　　　　一九五

天皇制を支持する　一三三
天皇制を支持しない　三〇
どっちともつかぬ　三二

ということになるけれど、そこにもって行くすじみちは、先の作文にその一例をもつように、特定の権威すじから配給されたキマリ文句によるものでない。

この混沌を大切にしなければならない。こういう混沌状態が、現実にもたらされていることは、敗戦後にアメリカ軍が日本政府にしいた教育再建計画によるもので、このかぎりにおいて、アメリカ軍に感謝してよいと思う。

天皇制にたいして、長つづきする反抗が芽ばえてくるとすれば、それは、こういう混沌をとおってからのことだ。それは、民衆のひとりひとりが自発的に考えたもの、あっちにむかって思想をのばし、こっちにむかって思想をのばした上で、考えあぐねて到達したものとして、成立する。そうでなくて、ある特定の指導者群（大学出の知識人と称するもの）から配給されたキマリ文句にたよって、反抗にたつとすれば、その反抗は自発性をかく故に、一時的なつよさしか持たないであろう。

混沌の状態とは、その状態において決断がとられず、行動が留保されている状態ではない。決断を留保したり、行動を留保したりして、ひたすら思索をつむという習慣は、思想を思想として考えているだけでくらしをたてることのできる人々にだけ、可能なことで、民衆のもちうる傾向ではない。混沌の状態とは、思想のなかに、まとまったすじみちがまだできない状態である。古い正統的考え方が失われ、新しい正統的考え方がうちだされていないという、中間的な状態である。

そういう混沌の状態にたいして、ぼくたちははがゆく感じる。日本人は、辛抱がない。混沌の中から自発的に健全にのびてくる思想を愛することがなく、外気からはなれた特別の暗室で思想を発芽させ、あおじろいひょろひょろの思想をいくつも促成栽培することで、満足している。明治・大正・昭和を通じて、このせっかちな態度のために、日本の土に根をおろして育った強い思想は、成立しなかった。

太平洋戦争での敗戦を経験したあとも、知識人は、やはり、おなじような気短さをあらわして、ほんとうの思想の芽を育てることに努力しなかったと思う。自分たち知識人が、新しくカードを切りなおし、民衆に配給するということから、日本の思想にとっての新しい日が、いっせいにひらけると思った。

ぼくたちの仲間で、あの人はどのくらい左かということを話題にしたりすることが多いが、そこには、「左ならば左なだけよい」というふうな、アメリカ版の「大きければ大きいほどよい」を少しずらした種類の迷信がはたらいていることがある。それでは、なるべく左の線上に、（どんな方法ででもよいから）なるべく多くの日本人をならべるように努力するゲームに、知識人が参加しているようで、こんなふうに数量によりかかる考え方はもろい。

問題は、左か右かにあるだけでなく、どのくらい強く、どのくらいはっきりと、左翼思想を把握しているか、あるいはどのくらい強く、どのくらいはっきりと、右翼思想を把握しているかにも、かかっている。近代日本にとって、強く明らかな思想が育たなかったことをふりかえるならば、今のわれわれの任務は、第一に、強く明らかな思想を育てることにあると思う。この問題をほっておいて、左とか右とかいう思想のレッテルの問題に集中するところに、敗戦によっても正されにくいぼくら知識人の弱さがある。

後進国では、このレッテルの問題が知識人の関心のマトとなるのは、理解できるが、これは、健全なものではない。後進国だから、いそがなければ、文明国においつけないといって、第一の問題ととりくむことをさけているのでは、しっかりした土台石をおかないでおいて、ビルディングの高さばかり気にしていることになる。こんなふうな手つづきでたてられたビルディングは、一定の高さにするごとに、くずれるだろう。

ぼくたちは、生活綴り方運動のように、民衆の中から育った思想運動をもっているのである。このさししめす方向こそ、日本の知識人全体にとって、思想のありかたについての反省のしるべとなるものだ。敗戦後の教育方針の中断を背にして、今の日本の子供たちの書いている綴り方集は、そこにあるすなおな混沌状態によって、かえって、ぼくたちに希望をいだかせる。

追記　のろいの言葉と綴り方という二つのコミュニケーション様式を手がかりとし

て、民衆の思想について考えた。この二つの様式だけが重大なのではないし、コミュニケーションだけが重大なのでもない。しかし、民衆の思想について考えること、これをおくれたものたちのもつ別の思想としてでなく、ぼくたちが日常よりかかっており行動の原理としているその思想として問題にすることが必要だということ、これは、必要なだけ強調されているといえない。

かるた

序詞

私たちひとりびとりとが、心に、かるたをもっている。読み札の文句が聞こえると、それに当てはまる形だとか風景だとかが、浮び上ってくる。

こういう絵札を、プラトンも、アリストテレスも、それぞれ幾そろえかもっていたに違いない。なぜならば、初めて概念を作るときには、快にもあれ、不快にもあれ、感動の力を借りなくてはならず、その感動はかならず幾つもの特殊な前後関係の刻印をうけているから。それらを、それらの具体性において取りもどすことは、小さいながらも、明日の哲学の一つの課題には、なると思う。

私たちがいま、「概念」といういやな名で呼ぶものの底に、折り重なっている絵札の系列。そのなかの幾枚かを、ここに再現してみようとした。

＊　＊

朝、目をさますときに、右を向いて寝ているか、左を向いて寝ているか。ほっと目があくとき、どんな形で、自分は居るか。

このことが気にかかって、明日の朝はぜひ突きとめてやろうと思う。しかし、朝起きる時分になると、いつも忘れてしまっていて、床をはなれてから五時間くらいたったあとで、ようやく思いだす。

簡単なことなのだし、すこし努めて検査するならば、直ぐにもできそうに思える。けれども、毎朝忘れてしまっている。

昼になって気がついてから、その朝目をさましたときにどっちを向いていたかを思いだそうとして見ても、ぼんやりした感じのかたまりとして頭の中に残っているようで、しかも取りだせない。

目がさめてから何度か寝がえりを打ったことを覚えているが、右、左に何度も寝がえりするうちに、初めの記憶がはぐらかされてしまって、始まりはもうどちらともいえない。

たんすの方を向いて目をあけたのか。障子の方を向いて目をあけたのか。毎日の自分というものの始まりをはっきりと見ることができずに、毎日を迎える。（自　分）

*

雨は降っていないけれど、空気が重くじめじめしている朝、八時に家をでて、目黒駅に向う。歩くうちに気持が悪くなり、右足の関節が痛くなってきた。

目黒駅のプラットフォームで、向い側の石垣を見ながら電車をまっていると、ますます心細くなった。石垣の中にうまっている一つ一つの石が、大きく、どす黒く、心にひびく。フォームの上に集まっている見知らぬ大人たち。背広。眼がね。こうもり傘。関節の中がずきんずきん痛い。ここにいる大人は、僕を助けてくれない。

学校に行くのは止めよう。今日は病気なのだ。「リュウマチス」で関節が痛いからといえば、申しわけが立つはずだ。

これから家に帰ろう。たしかに痛いのだもの。とても痛いのだ。痛いはずなのだけれど。じっと立ったまま心の中で、体の各部をさぐって見たが、痛むはずの部分が、もう痛くないようだ。学校を止めて家に引きかえすのは大げさすぎるだろうか。痛いといえば、たしかに痛いのだけれど。（どうして痛いのだろうか。医者も、僕のわかるように説明してくれない。）

右と左のひざの関節、足の骨の中、足の裏の骨、いろいろなところに、小さな根強い痛みが潜んでいるようで、時々わっと出て、またかくれる。

痛い、痛いと、母に言ったり医者に言ったりしているうちに、急に痛みがかくれてしまって、自分が嘘を言ったのかと思う。

痛い、痛いと言っているうちに、その言葉が痛みを作り、その場所にほんとに痛みがあるように思えるときもある。

目黒駅に発着する電車を見送って、痛みを計っていた。(意識)

＊

窓を越えて向うに見える瓦屋根と、その直ぐわきにある、ヒバの梢の間で、何もないはずのところが、ひらひらとゆらいでいる。青空の一部なのだが、そこにさざ波が立っているように、細かく動いている。見まちがえかと思った。風の吹き過ぎるのが見えるのかとも思ったが、そんなはずはない。景色の一部が切れて、そこが不思議にゆらめくのだ。他の場所に目を移しては、また瓦屋根の横を見るのだが、何度見ても同じことで、青い空気が小川の水のようにすばやくゆれている。

目を置くところに、黒いたどんのようなものが、三つ、四つ置かれている。紫色のテーブルかけを見ると、紫の上に円い形で幾つもの濃淡ができる。はっきり形を見ようとすると、それはたどん型でなく、網の目になって、景色の上に映っている。これもひっきりなしに動く。僕の見る景色が、よく見ると、いつも動いているのが不愉快だ。静物であって、動いているはずのないものが、やはり細かいひだをたてて、たえまなく、濃くなったり薄れたりしている。空を見てもそうだ。

いつもではないけれど、空を見ている中に、その中に細かいガラス玉を幾つもつなげた紐が、浮き上っているのを見つける。数珠みたいな形のものもあり、棒の形のものもあり、くしゃくしゃに丸めたようなものもあり、形は色々だが、これが僕の見る青空の中にぎらぎら光りながら浮いていて、ほっておくとゆっくりゆっくり落ちてくる。それを見ていると、目も自然に下に向うわけだが、青空の部分から外れて地面の方まで目がゆくと、緑色や茶色の強い色どりにかくれて、紐も見えなくなる。もういっぺん、空高く目を上げると、落ちたはずの紐がまた見える。さっきの紐とおなじだろうか。それはよくわからない。毎回落ちてゆく際に形がいくらか変るようだし、二、三日前のと今日のとではたしかに違った形のものも見える。この紐がほんとうに外にあるものか。こんなもののことは、本に書いてないし、大人の言うことの中にも出てない。世界は大人の言うようなものではない。（実　在）

＊

雑誌によく出てくる「私生児」という言葉の意味が、わからなかった。

わからない事を人にきく習慣が僕にはないので、わからない言葉でも何度も出会っているうちに、自然にそれに意味がついてくるのを待った。たいていの言葉は、あっちで見たりこっちで見たりしている間に、だんだんにはっきりして来て、終《つい》には動かし難い確かさを持つようになる。

「私生児」は雑誌の人生相談の欄によく出て来た。かくして育てられる子供らしかった。かくされているもののことは、つねに興味を引く。しかし、これよりもなお僕の興味を引いたのは、「白子」というもののようだった。これもやはり、世間からかくされて、家の隅でこっそり育てられているもののようだった。この言葉は、「私生児」ほどたくさん出てこなかったが、これはかくされているというだけではなくて、特別の色と形を持つものだというので、私生児よりも更に心を引いた。

家の近所の或る家に白子が住んでいて、七歳まで生きていたが、病気がちで、とうとう死んでしまった——そういう記事などがあった。髪が薄茶色で、顔も真っ白で、出歩くだけの元気もない子供の姿を、書いてあるままに思い浮べた。びょうぶのうしろに、かれがしょんぼりかくされている姿も。

ある日、小学校の帰りに友達と話しているうちに、私生児のことを取りあげた。これは秘密に生まれてくる子供なのだ、と説明した。それでも何となく物たりなくて、もっといろいろの特徴を述べたかった。

「その外に白子というのもいるんだ。私生児には白子が多いんだってさ。白子はとても弱くて、育ちにくいんで、直ぐに死んでしまうんだ。」

この時まで、そう考えて見た事はなかったが、今はたしかにそうに違いないと思った。一度口に出して言った以上は、そうでなくては困る。友達の手前、ぜひそうでなくては困る。わかっていないことを口走ったという、恥かしさと落ち着かなさ。それとともに、

この考えがきっと正しいのだという信念が、早くも心のうちで重みを増して行くのを感じた。(真　理)

＊

庭に面した部屋で算術の宿題をしていると、計算の中途で、この問題は果してできるのだろうかと疑わしくなる。宿題をする時だけではなく、ひとりでただ物を考えている際にもこの感じがくる。ひとりで物を考えるのは、へんなことなので、もうひとり別な人がそばに立って「それでいいのだ」と言ってくれなければ、確かでない。ひとりで考えて行って、それでやはり皆の落ち着くところに行けるかしら。考えている途中で「へんだ」と思うときがある。ビルディングの非常はしごを一足ずつ降りるが、あるところで一寸とまって下を見廻し、急に恐ろしくなり、めまいを感じる。そのめまいに似た感じだ。

「猫いらずを飲むと死ぬ」と言うが、なぜ猫いらずを飲むと死ぬのか？　死ぬとは何か？「とは」という文字さえ気にかかってくる。「死ぬ」とは「息が絶える」ことだというが、「息」とは「呼吸」のことで、「絶える」とは「なくなる」ことだというが。こうして互いにからみ合っている知恵の輪。これがなぜ正しいのかを誰も知らせてくれることなく、ただ一つの輪からもう一つの輪へとたぐってゆく仕方だけを習う。運動場で遊んでいるとき、ほかの子と、があんとぶつかって頭が熱くなると、そのあとあわてて

「二二が四、二三六、二四八、二五十」と心中で言ってみる。知恵の輪の一つから一つへとたどる、そのやり方を忘れるのが恐かった。ただ記憶によってそれにつながっているので、大人が「それで良い」と言うことのほかに、保証がない。

氷山の上にいる。自分のたつ踏み台は固く確かなものと知りながら、その固く確かな氷山自身が、大海の上に不確かに浮き、見さだめられぬ方向にながされて行くばかりのものだということをおもう。（認　識）

＊

正方形にちかい古風な電車が堀端に沿うてごっとん、ごっとんとまのぬけた調子で走り、四谷見附にさしかかるとき、ごくまばらにしかお客がのっていないが、その人達の顔をみて考えた。ここにこれだけの人と僕とが、電車にのって動いている。僕の帰って行くはずの家は、もっと遠いところにある。それはもと目黒にあったが今は麻布にある。そこに向って帰ってゆく。動いている電車と家、引越を考えているうちに、急に胸を力まかせに突きとばされたように感じた。いままで家にはなにか秘密の根が生えていて、地の軸と結びつけられているように思い、この家が世間の中心にあって、そこが毎日の僕の生活の発着点であると同じようにそこからそこへと物が動いてとまる、と思っていた。そこは、ほかの色々の場所と同じく、ただ一つの点にしかすぎない。学校、停留所、動いている電車。今まで世界に、ただ一つ特別の場所があって、そこにつながっていると思っていたのに、自分をしっかり支えるものがじつはないのだと、心細く感じた。

（絶対者）

＊

学校の先生に連れられて、二週間ほど集団水泳にいって帰ってきた。その翌日と翌々日、あついので家の畳の上に横になっていると、急にあたりが富浦海岸になる。ひろびろとした大広間で、食器をならべる音がする。みんなの子が、ゆかたをきて勢ぞろいするる。――ところが、目をあけてみると自分の家に寝ているので、畳が四、五畳と床の間がみえる。でもどこかに富浦の香が残っている。目をとじてもう一度考えると、まさしく万事が富浦なのだ。すべてがしっくりと富浦になっていて、疑う余地もない。――又目をあけて、ほおのすぐ下の畳をみると、なにかが心の中にはさまったようなへんな感じがする。体が一度に二カ所にあるようで、また富浦が紙一重へだててこの部屋につづいているようで、また廻り舞台がぐるぐる廻っているようで、昨日、一昨日まで毎日みなれていた景色がなつかしく、ふわふわした物悲しさが心をつつんだ。なん度も目を開いたり閉じたりして、このへんな気持を試みた。数日ののちには、この魔術のききめがなくなったけれど。（時間）

＊

学校への往復には二時間以上もかかり、電車のなかでいつも物を考える。ここからアメリカまでの距離、日本の大きさ、地球、そんなものを考えると、いつのまにか頭の中におさまるように縮まっていて不愉快だ。もっと大きく実物大に思い浮べたいのだが、いくらこれらを引きのばして大きくしようとしても、一定の大きさ以上には大きくならない。地球も、教室にある模型くらいの大きさで、けっこう頭にはいっている。ほんものの地球の向う側にあるほんもののアメリカなどを、そのまま思い浮べることはできはしない。もどかしかった。（空　間）

＊

低い八つ手の木が四、五本、大きなあつい葉を重ね合い、互いに肩を組み合うようにして立っている。晴れているのか、晴れていないのかわからない空模様。八つ手の葉の鈍い光。茶の間から縁側をへだてて庭をみていると、よくあることなのだが、急に脈が早くなってくる。体の中の動きが、急に明らかになってせまってくる。ひと息、ひと息、呼吸するのが感じられる。のどの骨をつっぱらして、唾をのみこむ。唾をのもうとして、のどの運動を起こすまえの不自由な感じ。運動を何かにさまたげられ、おさえられている感じ。今度はもうできないのではないか、と思われるほど気味の悪い不自然な運動だ。それでも長く延ばしておくわけに行かず、少しのときがたつと、唾がなくとも、そこにない固い物をのみくだすようにして、この厭な運動をおこなう。終ったあとでも、のどに何かはさまっていて息をふさいでいるような、恐ろしい感じが残っている。何回か続けるうちに、もうできなくなるのではないか。のどの骨をむなしくひくひくさせるだけで、ただ息苦しく、息がつまって死んでしまうのではないか。考えると急に血が頭に上ってきて、もっと息苦しくなる。脈と呼吸と唾をのみこむことと、全部がとても不自然なことで、努力によって辛うじてささえられている。いままで平気で続けてこられたことが不思議だ。自分の呼吸、のどの運動に気がつくと、そのとき急に胸苦しくなるのだ。

ある晩ふいに夜具が重くなって、大石のように落ちかかって来た。風邪をひいて熱の出かかるときだった。それいらい、寝るときにふとんを恐ろしく感じることがある。寝ているときばかりでなく、起きている時も、考えてみるとそうだった。椅子にすわり机にむかう時、手、ひじ、腰、足が押されているのに気がつく。ひじの下の机がひじを押す力。手の中の鉛筆が指を押す力。自分を押し殺さねばやまない底知れずの力が、体の各部に加えられていて、この圧力を気にしだすと、気味悪さがこみ上げてくる。胸さわぎがする。どこか、この力のないところに行って、ほっとしたい。(霊と肉)

*

国語の時間に、ほかの十四、五人にまじって僕も手を上げたが、先生に指されて、ぎょっとした。その時質問されている「○○」という言葉の意味が実はわからないままに、ほかの者のあとから手を上げてみたに過ぎなかった。しばらく黙っていた。「あの。うまく説明できないのですが」といいだすと、先生は信頼ふかげにそれをとって、「そう。知っているんだけれど、説明できないのでしょう。わかりますよ。」といって説明をした。誰も笑うものはなかった。（言　葉）

＊

三六五かける三は、一〇九五だ。三六七九三かける七は、うしろから考えて行くと、七三（二一）七九（六三）でそれに二をたして六五、七七（四九）で六をたして五五、七六（四二）で五をたして四七、七三（二一）で四をたして二五、つまり二五七五五一だ。まちがったかな。もう一度やってみても、やはりそうだ。今度は六七三、いやもっと難かしいのがいいだろうか。しかし難かしい長いのを選《えら》むと、まちがえたとき心細くなる。さっき一度難かしいのをやってできたのだから、その気持をこわさない方がいい。気持をもとへもどす手数が面倒だ。六七三かける五は、三三六五。五七六かける六は、三四五六。六七二かける一一は七三九二。電車で学校に往復する時には、立っている時も、すわっているときも、数をあやつるのが癖で、やり始めると止められなくなり、追いかけられているように次から次へと、頭の中で新しい掛算をした。（数　字）

＊

本を読むとき、できるだけ早く目を走らせようとしたが、途中で心がついて行けなくなってとりのこされ、目だけが走ってゆくことがある。難かしい本には赤と青の色鉛筆でところどころに筋を引きながら読んだが、重要と思って赤線を引いたところが、考えなおしてみると重要に思えなくなり、赤線を恥かしく思って一生懸命に消したりした。

岩波文庫の総目録を見るのが楽しみで、これを取りだして眺めては、もう買った本とこれから買いたい本の上に○や∨の印をつけた。読んでも読まなくても、一冊でも多く自分のものにしておきたかった。どれも同じ簡単な表装にすぎないのだけれど、買いたての岩波文庫を手にとると、古いのとは違って美しい。それまで上おおいのパラフィン紙の中にかくれていてまだ日の目を見たことのない表紙の地肌が、すべすべして淡い光をはなっており、これを見ることが、ひそかな喜びだった。紅の帯をした外国文学の本ばかりでなく、青い帯をした思想、宗教の本も買ってきた。赤と青の色鉛筆をそばにおいて読もうとしたが、はじめのところを読むだけでいつも終った。読み続けられないわけはないのだけれど。ここにある漢字は僕の知っているものばかりだし、言葉の意味は字引にある。知性・観念・外延・仮説。これらが、知る、性質、延びる、仮りの説、といった因子に分れて、心中で行き交う。何とかして自分を納得させたいと思う。わかっているといえばわかっているので、さきへと読んで行くのだが、いつの間にか心が字面からそれて、目だけが動いている。それでも確かに、それぞれの文章が、あることを僕の心に注ぎ込んでいる。或る意味が心の中に浮びあがるのだ。この意味が、皆の人の受けとる意味と同じなのか。作者の考えた意味と同じなのか。ほかの人も僕以上にわからないものか。読んでいるその時に、（あっ、あの事だな、わかったぞ）とすぐさま思い当るときだけが、本当にわかったと言うものなので、（この意味はああなのか、こうなのか）と考える時は、本当にわかっていないのだろうか。本を読んでゆくと、行間にちらりと光るものがある。それだ。わかりそうなのだ。これについてゆけば、皆わかる。ところが、どんな風にしてこれを追ってゆけば良いのかわからず、とまどいながら、さきへと目を走らせているまに、この本当の意味は、跡形もなく行間から飛び立ってしまっている。（理　解）

＊

心の中に小さい人が出てきて、その人の頭に帽子をかぶせようと考える。帽子をかぶせたりぬがせたりする。その人が消えてもう一人小さい人が出てくる。これにも帽子をかぶせ、ぬがせ、去らせる。そのあとからもう一人あらわれる。これにも山高帽をかぶせ、ぬがせ、去らせる。そのあとからもう一人あらわれる。これにも。その後でもう一人。もう面倒になったが、それでも続けなくてはならないのかな。この人は帽子をなかなかぬがないぞ。ぬがせようと思っても、一時はぬいでもまたかぶってしまう。ちょっとぬいでは、またかぶるのだ。ぬがせられないわけはない。ぬがせようと思えば、そら！　ぬがせられるのだ。だけれど直ぐにまたかぶる。いやこれは、かぶせようと思ったからだ。この人ががんこに帽子をぬごうとしないのは、それは、僕が帽子をぬがせたくないと思っているからだ。そうだろうか。しかし僕はいま、帽子をぬがしたいと思っているのだから、ぬがしてみよう。いや、なかなか帽子が頭をはなれない。これはどういうわけなのか。僕の勝手にならないとは。僕は、本当にぬがせたいと思っているのだろうか。

自分の心の力をためして見ようと、じれったい実験をくりかえす。床の中や、電車の中で。けれども、眠くなったり面倒になったりすると、こんな問題自身が自然にどこかに消えてしまうのだった。（意　志）

＊

野球のことを考える。四角い校庭に子供がならび、一人が玉を投げ、一人がそれを打ち、一塁へかけ、二塁へかけ、さらに三塁にかけ——何だ、面白いことはないじゃないか。いろいろのしぐさに分けてみると、なにごとにも実は面白さは宿っていないようだ。本を読むことも、遊ぶことも、あるとき急に厭になりはしないか。世の中の至る所にあいている底知れずの深い穴をうっかり見てしまったような気持で目をそらした。

食事がおいしくなく、一膳やっと食べた。毎日の食事が不快なことに思えた。急にいつか食べる気が全然なくなってしまうときがこないか。

講談社の雑誌にはいろいろの附録がついていて、人形だとかお城だとかをボール紙で組み立てるようになっていた。これが来ると、ともかく作って見ようとして取りかかるのだが、一時間もたつとくたびれてきて、急に厭になってしまう。こんな風に、一時に何もかも厭になってしまって、一足踏みだすこともできないときが来ないか。今は、人が続けているいろいろの事柄が、みんなばらばらにくずれてしまって、世界がばらばらになる時がこないか。物事は何故結びつくのか。（歴　史）

＊　＊

僕がここに今ひとりいる時、他の人たちは、この場所の外れの僕に見えない所で、何かこっそり言っている。またあらわれて僕のそばまで近づくと、それまでのことは急に知らないふりをして、約束通りに色々の事を言ったりしたりするのだが、また幕の外に出て行くと、今までの衣裳をぬぎすてて別の姿に帰り、何か別の事を言っている。僕だけが、いつもその相談から除け者にされる。他の人は幕の外に出ると、今の衣裳をくるくるとぬぎすてるのだが、僕だけはこの舞台をはなれる事ができず、くつろぐ事ができず、いつも舞台のまん中にいる。（世　界）

＊

大きくなったら何になりたいか。十くらいのものに一時になりたいと思った。総理大臣、外務大臣、内務大臣、大会社の社長、小説家、百貨店店主。更に、小さなソバヤを一軒経営したいと思った。それなら、少しの時間をさくだけでできるだろうし、他の忙しい事務の間に、一週に一度其所で仕事をすればよい。地面の下を縦横に掘りながら前進する、地中オートバイのようなものも考えていた。これに乗って議会に忽然として地中からあらわれる事のできるような、大発明家。世界中のあらゆる良い地位をひとり占めにしなくては承知できなかった。

簡単にざっとニスを塗った材木を組み合せて、小屋を自分で作る事を考えた。普通の建物よりも小型で、その中でようやく一人が寝とまりできる所。それを道路のわきに作って、乞食みたいにひとりで住む事を考えた。この事も、十分に楽しそうだった。

親戚の者にきかれると、僕は大きくなったら小間物屋でも開く、と言った。そういう地道な商売の事を言うのを、僕の母が好いていると知っていたからだ。母は、僕が大政治家になろうと思うとか言うと、しかった。（理　想）

＊

鍛冶橋、呉服橋の方を廻って家に帰ると、電車はとてもすいているし、美しい女の人に出会う事が多い。会社の退け時にまだ間のかなりある昼さがりに、がらがらの電車の座席にすわっていると、神田橋、正金銀行前くらいから、ふと美しい人が入って来て、僕の向い側の座席にすわる。優しい顔をしたうら若い女の人で、紅っぽい色の肩かけに肩を包み、一方の手を肩かけの端にそえている。白粉も口紅も何もなく、新しいけれど地味な紺の着物を着て、目ははっきりと僕のそばの何所かにむけられている。道の両側には高い建物がならび、電車の窓に達する淡い光がその人の頭の後にある。髪が光を受けてするすると自然に肩かけの上まで伸びている。

何所かにお嫁に行っているのだろう。きっとこの近くの商家の人に違いない。昼食の後の時間を利用して、銀行まで行った帰りだろうか。家は何所だろう。其所に行ったら、この人は家の人たちにまじってお店番をしているのだろうか。僕も其所に行きあわせて、何かの拍子でけがをする。いや、この人が何かの用事で僕の家のそばに来た時に、石垣の石が落ちて来るのに打たれてけがをする。僕がその場にいて助けてあげる事は考えられないか。——一生懸命に手当をする。近くの僕の家まで連れて行ってあげる。それからこの人の家に送りとどける。その間に、この人が僕に好意を持ってくれる事は考えられないか。

このような考えは、女の人が降りてしまった後も続いたし、時にはその夜寝るまで僕からはなれなかった。しかし不思議にも、何度廻り道をして同じ時刻に鍛冶橋、呉服橋を通っても、同じ人にめぐり会う事がなかった。その度ごとに、同じ電車に乗り合せる別の女の人に対して、新しい考えを持つのだった。

電車に乗り合せる一人一人の美しい人について、この人と自分とを結びつけたいと思った。僕は背中にあるランドセルを忘れて女の人をみつめ、どんなにこの人を好いているかがこの人に一生つたえられずに過ぎるのを残念に思った。僕は自分が偉くなるのを確信していたから、この毎日の出来事の一つ一つが、僕にとっても、僕の出会う女の人

にとっても、重大な事件なのだと思っていた。(通　信)

*

机の引出しに、猟銃のばら玉を一箱もっていた。文房具屋から工作用のペンキを買って来て、ボール紙の箱のふたの内側を、赤ペンキと灰色ペンキでくまなく塗り、その中に鉛の小さい玉を二個おいた。ペンキが乾ききっていないので、ばら玉は初めふたの底にへばりついていたが、ふたをゆすぶると少しずつ位置を変えるようになった。赤ペンキと灰色ペンキで厚く塗りたてた悪趣味なふた裏だった。

別に、大きい紙を一枚取り出して、二つの玉の位置の色々な変り方を描いた。七つか八つの図形を描き出しておき、この形をとれば望みがない。この形をとれば望みが失われ、この形を取れば或る程度良い、ときめた。晩飯の終った夜九時頃で、風呂にはいれと何度も呼ばれたが、これをただ聞き流して部屋を出なかった。準備がやっとすんで心に或る事を思いながら、ふたをゆすって見たが、図形の通りの形にならなかった。解釈によってはあの形とも考えられたし、この形とも考えられた。何度かゆすって見たが、やはり同じことで、自分の将来がはっきりこれだと言い切れる自信が持てない。この器械を折角作ったのに、二、三日してから全く使わなくなった。(運　命)

*

四角い石を碁盤目にしきつめた歩道を歩く時、一つ一つの四角の何所に足が落ちるかが気になる。石の縁の線に靴がふれては困る。四角い石のまん中に、うまく素直に靴が入らなくては。面倒だけれど目で足を追って歩く。ひと足、ひと足の踏み具合までが、問題になって来る。うまく自然に道が踏めた時と、不自然に厭に踏んだ時とがある。今度は。今度は。その度ごとに、かかとから背筋をのぼって、成功か不成功かが伝わって来る。今日これからの僕のする事がうまく行かないか、これから会う人が僕に怒っていないか、世界が今日は何かへんなのではないか。僕の気にかかるどんな事についても、はだざわりは、予報を与える。足が土にあたっているその感じ。歩きながら、電信柱に手をふれる時の感じ。あっ、今のは凶だった。――そして、新しい電信柱にふれ直しては、運を取りかえそうとする。吉かな凶かな、と思いまどうようなアイマイなしらせもあったが、何度も何度も念を入れてやり直しては、もっとはっきりした答えを得ようとした。

教室にいる時など、帳面の紙に指の腹をあててずらすと、すべすべした細い感じが胸に来る。厭な感じだが、仕方なく、何度もやって見た。あごが洋服のえりにあたる感じ、肩の肉がシャツにあたる感じ、持っている鉛筆を持ち直した時の感じ。何所にでも辻占があった。（直　観）

*

クリスマスに本を五、六冊与えられた。その時はとても嬉しかったが、それからもう四カ月たって、同じ本を見てもそれ程嬉しくない。学校から帰って直ぐ本を読みにかかるのだが、本棚の中の本は、大てい四、五度は読んだもので、そんなに面白くない。クリスマスに包み紙の中から新しい本を取り出した時は、あれ程嬉しかった。暫らく何所か目のとどかない所にかくしておいたらまた面白くなるかも知れない。庭の隅の、人のいつも行かない所に、シャベルを持って行って、宮尾しげをの漫画の本や誰かの小説の本をうずめた。土の中に自分の本がうまっている事を考えると嬉しかった。何日かたって、本当にこの事を忘れてしまった。

初夏のある日、遊びに来た友だちと共に、シャベルで庭の隅の黒土を掘った。あの本もきっと面白くなっている頃だ、と思えた。何だか、なくなったみたいだ。固い手ごたえがしない。でも掘りかえしてみると、じくじくしめって柔らかくなった本のかたまりが出て来た。一面に黒蟻がはっていて、気持が悪いくらいだ。中身もびしょぬれで、虫の食いちらした跡がある。築山の上の大石の上に持って行って、びしょぬれの本を日の光にあてて乾かそうとした。みじめな気持だった。(価　値)

＊

天皇陛下の行幸さえあると言うことで、学校の創立六十年記念祭は、大がかりに準備された。大学の本館は、各階ともに展覧会場になって、其所に教授と学生の研究の成果、附属中学校、附属小学校の生徒の習字や図画や作文が陳列された。

陛下の巡覧が終ってから、僕たちも展覧会を見て廻った。平常は小学生の入って来られない大学の教室と実験室を見る事ができる。蛙の心臓を糸でしばって塩水の中にぶら下げる器械があった。ガラスのびんの中で心臓がぴくぴく動くにつれて糸がひっぱられ、糸の端についている鉛筆が、自然に廻転する紙テープの上に波模様を書き続ける。もう一階のぼると、別の器械がまたいろいろならんでいて、白い風車のようなものもある。これは、警視庁で犯人をしらべる時に使う器械だそうで、これに向って何か話すと、風車が廻って話し方を記録するのだ。白い実験着を着た説明役の学生が、僕たちにも、「風車のそばで何かしゃべってみなさい」と言う。「何でもいいんだ。ただ『山』というだけでもいい。」白い風車に顔をよせると、急に胸さわぎがして、「やま」と小さく言った。風車がからからと早く廻った。「そう。たとえば山というのが犯罪に関係ある言葉だとするとね。今のようだと、何かおかしい、という事になるんだ。」僕は頭をたれたい心持だった。人に顔むけできない。僕に後ろ暗い事のあるのがわかってしまった。一緒に風車に話した友人など、何ともなかったのに、僕だけに罪がある。（罪）

＊

大人たちと一緒に小旅行に出かけると、途中の長いのが気になる。峠に着くと、ようやく自動車から降りられるが、大人が長い間あちこち見廻したり賞めたりしている程、風景に興味がなかった。山の上にいても直ぐに退屈した。青空と白雲と緑色の山なみの茶色の地肌。雑誌の附録にある「何とかパノラマ」というもののように形だけはととのって、広々と、静かに、遠く、見えている。青い色、白い色、緑の色。一部分、一部分を見て、きれいと言えばきれいだけれど、それは通り一ぺんのきれいさで、心を動かすきれいさではない。何か、うわべだけのものに見える。目の前にあるから見る、という程度のものだ。大人たちも、いいかげんにただきれいだ、きれいだと言っているのかも知れぬ、と思った。(美)

*

夏休みにKに行って、家の裏の森を歩いた時、見かけない部分に行きあたった。其所から木が急に低くなり、低くまばらな林の間に光がたくさん入りこんでいる。林の中に虹がさしたように、玩具のように華やかな色をした小さいぶどうの房がかかっている。手をふれることもはばかられた。ぶどうの実は、瀬戸物でできたように明るくすべすべして固そうで、一つ一つの球が違った色模様を持っている。小指の頭よりも小さい一つ一つの球の表面に、緑色の点、紫色の点、黄色の点、紅色の点がまき散らされていて、地色は薄緑、薄紫、薄黄、薄紅に美しくぼけている。五、六歩はなれて一どきにひと房を見ると、物語のような不思議な美しさだ。

東京に帰ってから、時々その場所の事を考えた。まちがっているような気がする。自然が、あれ程度華やかな色を一時にあらわす事があるのだろうか。自然の中にもう一つ、もっと美しく、もっと光のある、別の自然があるような気がした。（神秘）

＊

眠い時には特にそうだが、眠くない時でも物を見ているのが面倒になる。見ようとする努力が止むと、一時に、両方の目の玉が一番楽な位置にもどる。物は、前と殆んど同じように見えるけれども、前と少し違う。机も椅子も、前より静かにぼんやりしている。やぶにらみの人は、いつもこのように物を見ているのだろうか。この状態から目の玉を無理にゆすぶって起こそうとするが、一寸心をそらすと、また元に帰る。気にしないでこのままほっておけば、このままでも結構世の中が見える。無理な力を出す必要のない、一番自然な見方。

汽車の窓から外を見ている。其所の沼に入り日が映っている。小川と土橋。たんぼの向うの林。神社。その一つ一つのほとりにじっとうずくまっていたいのに、汽車は走り過ぎてしまう。汽車の動くのが不愉快だ。動くものは、すべてじれったい。波のたたないあの沼のそばに坐っていたい。動くものと動かないものとを並べると、動かないものの方にまことがある、と思える。僕は体が弱いせいか、動くものがきらいだ。たんぼ、沼、林。今過ぎている一つ一つが、過ぎて行かずに静かに僕と結びつけられたら、窓から見える一つ一つの風景の中に降りて立ちつくせたなら。

材木町から霞町に向う坂を、電車と自転車と人がくだって行く。のぼって来るものもある。横丁の一つから、この大通りを見ていると、自分も含めて世の中のもの全部が、丁度霞町の谷のような低い所に向って流れているように思われる。山の上から谷をつたい、平野をつたい、川が海に向って流れて行く。海に着いて、もう行く所がなく、ようやくほっとする。水は少しずつ山から砂を運び、地球の上のでこぼこも少しずつなくなって、やがては全部が平らになり、水も流れる必要がなくなり、後は休むばかり。人も物も、動くのは無理な努力によってなので、実はみんなが止まるために動いている。静かにしているのが、本当の姿なのだ。（運　動）

＊

かくしている事がある。遠くに遊びに出るつもりで電車にのった後で、出ている間に、今誰かが僕の机をあけて見ていはしないかと思うと、心配で胸をしめつけられるようだ。直ぐにも電車を降りて、次の停留所から引きかえそうか、と思う。いつもするように電車の最前部にたって、運転台のわきの鉄鎖によりかかって前景を見ていたが、気が気ではなかった。そんな不幸がどうかないようにと、心から祈った。

夕方になってから、しおしお家に帰って来て、留守中に何も起こらなかった事を知ると、ほっとするのだった。けれども、こんな悪事をすっかり束ねて、いつかは言いたいと考えていた。告白を書くのが早くからの僕の望みだった。（告　白）

＊

三月の海岸は薄日があたるばかりで人が少なく、浄らかな感じだ。冬休みを其所で過した時のこと。雨の降らない日には、少し風が吹いても浜辺に出て、岩間の小魚と芝えびとすくい網で追い廻した。子供用の小さいバケツに半分くらい、いつも取れる。毎朝の食事に、つくだににして食べた。

近くのホテルに、やはり冬休みを利用して、遠い親戚の人が来た。この時初めて会った人たちで、どんな風にこの人たちと続いているのか、知らなかった。大人は、礼儀の上で常に互いに結ばれているが、向う側の子供たちと僕たちとは、ぼんやりと遠くつながっているだけで、今別れると、会う折もない。向うの人達は、老夫婦と若夫婦とその弟妹で、他にもう一人、若夫婦の従妹になる人がいた。最後の人だけが飛び離れて若く、十五だといった。子供は年で紹介される。

毎朝早く起きて海岸に出て見る事にしていた。薄暗い中に床をぬけて洋服を着はじめ、人のいない海岸に出るのが、楽しみだった。夜、床につく時も、明日の朝の事を考えて寝た。浜辺に出ると、水の中に入って魚を取るには冷たすぎるし、ただ人のいない砂の上を歩いて貝がらを拾った。岬の突端にある不動様のほこらまで、浜づたいに早朝行って来たこともある。

人の知らない間に起きて考えるのだけが楽しいのではなかった。知られたいと思った。

すると、幼い工夫と知りながら、泥棒を考えるのだ。泥棒がその人をかどわかすのを、僕が助ける。そのようにして知られたいと思った。けれども、その人達が遊んでいるホテルの広間の方には、行って見ようとしなかった。人に知られることなくただ知られたいと考える中に幸があると知っていたようだった。（幸）

＊

自分の一生が一つのまとまった形を持つものと考えていた。自分の一生だけでなく、人の生命に共通な一つの図案、一つの模様、一つの水路を考えていた。一年ごとに、十年ごとに、だんだんに偉くなる。、年がたてばたつ程、物がわかって来る。あわてたり、心配したりしなくなる。そして或る時、物事の本来の意味を悟ることができる。その目的のために、人の生活は流れているのだ。生命は、とりとめのない、ひろがりではない。これは、くねくねした粘土のようなものでは人は選ぶままの形をこれに与えることができる——そんな風には考えないのだった。

誰かが誰かの悪口を言ったとか、僕が誰かに嘘をついたとか、こうした事故が終りまで正されずに、そのまま流れ去ってしまうものと考えられなかった。やがては、物事の良くなる時が来る。あやまちは言いだされ、誤解は説明され、人々は互いに好意ある間柄に帰る。僕は、自分が何時も人に誤解されているように感じていたし、知っている大人の間でも悪く言われる人はやはり何か誤解されているのだと思った。互いの境遇、気持、考えを明らかに理解し合うならば、それでもなおこじれた関係が続くという事が考えられなかった。何かの機会に思い違いがとけ、人は人に対してもっと明らかな間柄に帰る。僕の知り合いの人たちが、大人も子供も皆よりあっていつか話し、それまでの事故が話の中に自然にとけて行く、そういう大団円のようなものを人生に期待していた。小説には必ずそうした結末があったから、これは小説が僕の心につぎこんだ考えに違いなかった。(生)

＊

夜、床に寝ていて、死ぬ事を思うと、耳奥でさあっと音がきこえて、一時に血が頭にのぼり、目の前の闇にさえ一時に色がつく。息苦しくて寝ていられない。起き上って窓の所まで行き、暫らく立っているが、それでもまだ胸苦しい。

これほど僕にとって恐ろしい死が、なぜ他の人にとって大きな問題でないのだろう。人は皆やがて死ぬ。生まれても、生まれても、どの人も死ぬ。世の中が、明るくいきいきと何百年も続いているように見えても、実は、その中に続いてずっといる人は一人もいない。三百年前の世間の人は、一人として今の人の中にいない。世の中が続いているように見えるのは、実は見せかけなのだ。皆が一どきに死なないから、全滅したように見えないだけだ。何千万人いても或る所まで行くと一人の例外なく殺されてしまう。こんなひどい事があるのに、なぜ人は大声で叫び出さないのだろう。毎日その事を大声で心配し合い、互いに悲しみ、相談し合うことが何故ないのか。おしよせて来る死を何とかして防ぐように、毎日この事について話し合い工夫すべきであるのに、町を歩いても家々はひっそりしているし、道の両側にならぶ店屋の看板にも、そらぞらしく全然別の事が書いてある。これほど重大な事をなぜかくすのか。人が皆で協同してわざとかくしているように思える。町々の大看板の後ろにかくされている死。床屋の奥の方に、ていよくかくされている死。新聞にも、あるページ全体が化粧品の広告になっていて、大きな文字でただオシロイの名前が印刷してある。この新聞が、僕たちの本当の生活とかかわりのない、そらぞらしいものに思えた。（死）

*

勉強するのが嫌いで、家の中を一日ぶらぶらしている。どうしても勉強しなくてはならなくなってから、机にむかって椅子に腰かける。椅子と机との距離が気持よく調節できない。椅子を思いきって引きよせようとすると、床のはめ板にひっかかって思い通りに動かない。何故うまく行かないのだろう。みんなが、僕を駄目にするためにあるのだ。机にひじをのせて書こうとしても、ひじの場所が丁度よい所にない。何かにさまたげられている。いらだって、ひじを机に強く押しつけたが、机がただ無意味に揺れるばかりだった。

いくらおしつけてもまだ残っている、机の脚と床板のあいだの少しばかりのスキマ。

（物　質）

＊

机の上の物を写して、作文にまとめようとした。机の色。電気スタンド。筆箱。インキつぼ。何行か書いて来て、インキつぼの性質を写し始める。緑の縦縞の帯に樺色の円があって、その中にギリシアの勇士の音が見える。「インキつぼにはふたがしてない」と書いて、面白くない、と思い直した。「ふたがしてない」では重みが足りなくて、何所かおかしい。まちがっている。「ふたがして……」。「ふたがしてあらない」と書きたいのだが、「あらない」という言葉はないようだ。「あらぬ」と言うと、此所までの調子と違ってしまう。「してない」では形が美しくない。「あらない」と言いたい。このインキつぼが、かぶるものなしで落ち着いている様子は、「あらない」と言うべきだ。この一つの言葉が許されない。明らかにこの事が言いたいのに、なぜ言葉の命じるままにこれをねじまげて、嘘を言わなくてはならないか。（自　由）

＊

鏡で顔を見る事をよくする。顔の皮膚の上にある高低が、毎日ちがう。眉や目や口の互いに対して占める場所が、やはり毎日ちがう。目ぶたも、はれていたり、はっきりしていたり。顔色も、ひどく黄色かったり、どす黒かったり、時には気にならない程白く見えたり。顔の地形が、みにくくでこぼこになっていて、失望する時がある。毎日別人のように顔がかわるのに、かわり方に合せて、人に会うのを止めたり延ばしたりする事ができない。ひどい顔形をしている時に人に会ったりすると、こんな者だとその人は思って驚くだろう。(変　化)

＊

古い短ズボンが、はけなくなる事などが、不快の種だった。はけなくなる時の近づいているのを知りながら、ただ黙っていた。そして家の人から注意されて、古いズボンを捨てて新しいズボンにかえる時が、厭だった。

大きくなるにつれて、それまでの習慣でまにあわなくなり、やがて一時にその習慣をかえる。或る程度の月日がたつごとに、階段を一段、明らかにのぼらなくてはならない。それを人にとやかく言われるのが、気恥かしく、不快だった。これから先、何段のぼって行かなければならないかと、ひとりで思い悩む時があった。風呂、便所、更衣の時、鏡を見る時など。(成　長)

＊

この家も、机も、椅子も、鉛筆も、帳面も、もともとこの形で、できたままある、と思っていた。飴が砂糖から作られ、砂糖が畑で育てられることを知り、椅子も、机も、床も、家も、柱も、僕の見ているもののそれぞれを、人が何日もかけて作った事を思うと、厭な心持だった。すわるために、食べるために、ただ此所に立っているためにも、人の手を借りて、色々の物を作ってもらわなくてはならない。コップも、さじも、こういう物を作るのに、それ程の手数がかかる。こんな面倒をかけて生きて行くのか。僕は、こういう物を一々自分で作りたくない。他の人にも作ってもらいたくない。机や椅子を見て、どうしてできたかを考える時、人生を厭なものと感じた。(生　産)

＊

神様について、童話の本などに書いてあるのを読んだ。教会に行ったりして、他の人が神様を信じているのを見た。僕も、神社の前では少し頭を低くして通る。神様は、僕にとって切実なものではなかった。向う岸の出来事に興味をもつように、僕は、神様について考えて見る事が面白かった。一大発見をしたつもりで、級で出している回覧雑誌に「神様についての僕の考え」を書いた。

……山の中の一軒屋に、木こりが男の子と住んでいる。男の子が病気にかかって、しきりに心ぼそがる。父親が、子供に、「心配するのではない。じきに良くなる。世の中には、神様というものがあって、みんなの人のために計らってくださるのだから」と言ってきかせる。子供の心を安めようとして、不意に浮んだ思いつきを話したに過ぎない。

子供が健康を取りもどしてからも、この話は取り消されない。子供は成長し、他の大人や子供にも言い伝える。伝説が広まって、世の中の人たち全部に知れわたる。こんな風にして、神様ができたのではあるまいか。

それでも、神様を信じるのは、良い事だ。神様は良いものだ。昔の偉い人たちは、みな神様を信じた。

僕の心には、西洋の伝記物語にある偉人の生涯や逸話があった。神様はないのだが、信じなくては、本当の偉い人にはなれない。その事を自分にむかって説明した。(神)

*

どんな怒りでも、正義の怒りである。女中が僕の留守に部屋を掃除して、その後で窓のカーテンをしめるのを忘れた。日の光が止むなく入って、机の上に寝かせてある本を照らし、夕方僕が帰ってみると、何冊もの本の表紙が反っている。ひどい事をされたと思って、女中に非常に怒った。或る女中が、「悪い女中」だと食卓でうわさされていた後で、「悪」に対する怒りがこみあげて来て、けがをさせる程ひどくけった事がある。

相撲に出かける前に、家の人が僕に何か不当な事をしたので、行くのを止めると言って怒ったが、なだめられようやく出かけた。その道々、あんな不当なことで出発がおくれ、せっかくの休日がそこなわれた事を、くりかえし考えて怒っていた。全部の事が不愉快で、夕方家に帰ってから、また続けて怒ろうと心に決めている。しばらくする間に事の起こりが何であったか、はっきりした言い分が自分にあったつもりだがそれも思い出せなくなった。それを忘れる事が残念だった。細かい所まで忘れずにいて申し立てて、人を責めなくてはならない。理由をならべて人を責める事の快感を、野球や相撲にだまされて、失うことはできない。（正　義）

＊

学校には学校の友だちがあり、家の近所には近所の友だちがあり、また一年に何度か行き来する親類の子供たちがある。一つ一つの仲間が、別の約束と別の話題をもっている。教室にいる時や、家の食卓についている時には、また別の約束がある。

近所の子供達の間では常識になっている事。活動写真を見に行くために、どうして費用を作るか。手分けして本屋に入り、本を一冊ずつ持ち出して、次の路地に風呂敷を広げて待っている女の子にわたす。大きな風呂敷包みを持って、古本屋に行く。「いんちきじゃないか。あっためちまえ」。こんな言葉は教室で使えない。映画女優の批評をする事も許されない。幾つもの世界がある。幾つもの世界に、それぞれのコースを走らせるように、それらのコースがたがいにぶつからないように、と心を遣う。（多　元）

＊

胃が悪かったから、一膳の御飯も食べあぐんだ。「一ぱいの御飯も食べられない可哀相な人もあるのに」と言ってしかられた。

運転手の部屋に入りこんで、世間話を聞くのが、好きだった。或る時行くと、眠そうにしていて、「朝早く起きるのが、やりきれない」と言った。

「夜は九時頃まで待って、家まで送って来なくてはならないし、朝だって今日なんかは、七時に来なければならない。でも、それが良いんだね。人間は、夜おそくまで働いて疲れて、朝早く眠い中から起きるんで、それで良いんだ。」

不機嫌のようなものが、一瞬彼の顔にあらわれた。僕は、気弱くほほえんで、相手の意を迎えるように、「そうだね」などと相槌を打っていた。(社　会)

子供の頃の疑問の幾つが、今残っているか。

円朝における身ぶりと象徴

1

日本の大衆小説が三遊亭円朝（一八三八―一九〇〇）から始まるという説は、タカクラ・テル以来、文学史上の定説となっている。(1)今度、円朝の全集を読んで見て、ここに、明治以後の文章語の世界では失われることの多かった「身ぶりとしての言語」が、生きていることを感じた。「身ぶりとしての言語」というのは、R・P・ブラックマーのエッセイ集の表題であるが、(2)言語が身ぶりも同様に使いこなされるとき、言語は個性的な表現となる。誰によっていかなる状況でいかにつかわれたかの特殊例ときりはなして、ある言葉が字引きのルールのとおりに対象をさししめすという場合には、言語は身ぶりとして成立しない。身ぶりは、あきらかに個性的、私的なものであり、また、ある状況に密着した一回的なもの、状況埋没的なものである。これに反して、「東京駅」という言葉は誰によっていかなる状況で使われても、東京都内のどこそこにある建物を指示しているというような、言語のもつ対象指示の機能は、一般的、公共的なもので、また特殊状況を超越して成立するはたらきである。

私たちの常識では、言語が科学的につかわれるためには、一般的、公共的、普遍的な意味をもつべきであり、つねにこの方角に言語使用の進歩があると考えられて来た。この信仰が、われわれの文体を、文学や評論や生活綴り方をふくめて、つまらなくしているのではないか。子供の言語が面白いのはなぜだろう。それは、身ぶりとして言語がつかいこなされているからではないか。しかも、子供の言葉が、歳を追うてつまらなくなるのは、なぜだろう。それは、日本の一般社会が、教師をも親をもふくめて、身ぶりとして言語を鑑賞する規準をもたないからではなかろうか。

円朝の「怪談牡丹灯籠」は、一八八四年（明治十七年）にはじめて若林玵蔵の手で速記されて東京稗史出版社から出た。(3) これをまたドイツ人のランケが、ローマ字になおして、ドイツの大学で日本語の教科書として用いたこともあると言う。黒岩涙香の翻訳小説や村上浪六のやくざ小説の文体によってうけつがれることをとおして日本の大衆小説の中に流れこんだ円朝の文体が、その成立にあたっては寄席で演ぜられた物語のスタイルであり、それをそのまま速記して本にして刊行しても、またローマ字化して外国人によまれても理解できる種類のスタイルであったことは、改めて思い出されてよい。われわれの文章語は、円朝の文体にかえってゆくことで、新しくなれる面をもっているのではないか。

身ぶりは、私的、一回的、状況埋没的なものである。これらは、毎日の用事に、一回ごとに用いられてはすてられる。紙のコップのような雑器である。この種類の、生活様式でありながら芸術としての側面をもっている分野を、限界芸術と呼びたいと思うが、今日の芸術〔純粋芸術・大衆芸術〕の諸ジャンルは、限界芸術の諸ジャンルとの交流をとおして新しいものとなることが要求される。大都会の展覧会の見物人にしか見られない絵画や彫刻のような純粋芸術、ラジオやテレビのようなマス・コミュニケーションの諸機関をとおして間接的にしか大衆と接触しない大衆芸術は、芸術の草の根ともいうべき限界芸術の諸ジャンルと交流することなしには、生活から着想をくみあげることができなくなるであろう。

サークルの重要性も、純粋芸術・大衆芸術を成長させるもとの力としての限界芸術を育てる場所がサークルだという事情によって生じる。サークルは、映画会社で計画し、製作し、配給する大衆映画、あるいはまた専門的小説家が個人の密室の中で終始制作した結果としての小説などを、うけとり、鑑賞し、批評する場所としてだけ意味があるのではなく、むしろ、自分たちがおしすすめているさまざまの形での限界芸術をとおして、反対に、純粋芸術・大衆芸術を変貌させる役割をになう。

円朝の文体は、サークルとは言わないまでも、ほとんどサークルと言えるほどの四、五十人の常連をあつめた寄席で毎晩続きものとして演じられた物語に由来する。そこでは新しい観客の顔を、即座に見わけることができ、お客の様子によって、話のむきをかえることさえできた。後に速記本を出すことになってからも、速記者を前にしてただ話してゆくというのでは調子が出ないので、速記のためのとくべつの席をもうけて話をしてもらうのだが、そのときにも、客種によって夜毎にちがう枕をやるので、速記者は、ブックとしての一貫性をつくりだすのに困ったと言う[4]。

円朝の文体が、どんな点で身ぶりとしての言語の特徴をみたしていたかは、速記本ではつたえにくい。というのは、円朝は、芝居がかりで、道具をつかって物語を演じた人なので、はじめて真打になって品川橋向う宇天王前の寄席に出た時には、中入前に自分でかいた写し絵を自分でうつし、中入後には背後に道具をかざって随時それらをくりだしては怪談ばなしを進めた。「菊模様皿山奇談」の口演のときには、山門のせりだしがあったり、忍術つかいが大きな蝶々にのって登場したり、高座の前に大きな水おけをおいてそれにとびこんでは高座うらにぬけ早がわりを演じたりした。さらに、おばけの話の出るときには、あやつり人形や、芝居もつかおうと考えていたらしいが、幕末の変動にさいしてこれほど大がかりな資本を投入できなくなり、もう一度、扇一本の身ぶりにかえった。だが、道具ばなしの時代にきたえた絵画的な感覚はあとまでのこっており、「塩原多助」の速記本を出すときのさしえにしても、円朝みずから、サシエ師の芳幾のために図柄を指定してわたしていたので、芳幾は、こんならくな絵はかいたことがないと言っていたそうだ。

われわれの日常の会話の世界では、円朝ほど大がかりな資本をつかわずにでも、その場にある道具をつかって話をすすめている。こうした道具のいかされかたが、円朝の道具ばなしと民衆の会話のスタイルとをつなぐ線であるが、円朝は扇一本にかえってからも、もとの道具ばなしの技巧を道具なしで生かすことに成功した。この演技がどれほどのものであったか、よくわからないが、死期のせまった中江兆民が『一年有半』に自分と同時代の非凡人三十一人を精選した中に、伊藤博文、山県有朋、板垣退助、大隈重信をいれず（これには少し偏見もあずかっていようが）、坂本竜馬、橋本左内、大久保利通、西郷隆盛、岩崎弥太郎、大村益次郎、藤田東湖、勝安房、村瀬秀甫、福沢諭吉、北里柴三郎、雨宮敬次郎、古河市兵衛、星亨、陣幕久五郎、梅ケ谷藤太郎、猫八、紅勘、柳橋、竹本寿太夫、豊沢団平、杵屋六翁、桃川如燕、円朝、伯円、和楓、林中、越路太夫、大隈太夫、市川団洲、九女八をあげているのは興味がある。

速記者若林玵蔵の感想を記録しておこう。

「塩原《しおばら》多助の速記は酒井氏と二人でやったのであるが、馬の別れの所はとても速記が出来ないので困った。けれども二人でやっていたから、纏《まと》めるにはどうやらまとめたが、其の時帰りに酒井氏が円朝の巧いのは知っていたが、実にどうも何とも云えない名人ですねと云って嘆息したのを覚えている。此時には聴衆の女は皆啜《すす》り泣きをして顔を押えていないものはなかった。男は流石に声は出さなかったが矢張り皆泣いていた。(5)」

速記本のサシエを芳幾とともにかいた芳年について、画家の鏑木清方は次のように思い出をのべている。

「速記は以前私《わたし》が木挽町《こびきちょう》に居りました頃私の宅でやったり、尾張町《おわりちょう》にもと鶴仙《つるせん》と云う寄席があって、其の向うに寿鶴《じゅかく》という鳥屋があって、そこでもよくやりました。挿画をかく芳年《よしとし》さんが大きな眼鏡の下からポロ〳〵涙をこぼしながら師匠の話を聴いていた姿が眼に残っています。」(6)

このようにして、円朝の書物は、親しい知人（多くの場合には円朝が自分で祝儀を出してよんだ芸者）を前にして身ぶりをとおしてまずサシエ師と速記者につたえられ、その上で本になったのである。

こうしてできた速記本の中に、円朝の身ぶりがどれほどのこっているかは、はっきりはかれるものではないが、二、三の文例をひいてみよう。

道具のきいているところ。

「お嬢が死んだなら寺ぐらいは教えてくれ、ばい〳〵に、聞こうと思っているうちに行って仕舞った、いけないねえ、併しお嬢は全く己《おれ》に惚れ込んで己を思って死んだのか。と思うとカッと逆上《のぼ》せて来て、根が人がよいから猶々気が鬱々して病気が重くなり、それからはお嬢の俗名を書いて仏壇に備え、毎日々々念仏三昧で暮しましたが、今日しも盆の十三日なれば精霊棚《しょうりょうだな》の支度などを致してしまい、縁側へちょっと敷物を敷き、蚊遣《かやり》を薫《くゆ》らして、新三郎は白地の浴衣を着、深草形の団扇を片手に蚊を払いながら、冴え渡る十三日の月を眺めていますと、カラコン〳〵と珍らしく下駄の音をさせて生垣の外を通るものがあるから、不図見れば、先きへ立ったのは年頃三十位の大丸髷の人柄のよい年増にて、其頃流行った縮緬《ちりめん》細工の牡丹《ぼたん》芍薬《しゃくやく》などの花の附いた灯籠を提げ、其後《あと》から十七八とも思われる娘が、髪は文金の高髷に結い、着物は秋草色染の振袖に、緋縮緬《ひぢりめん》の長襦袢《ながじゅばん》に繻子《しゅす》の帯をしどけなく締《し》め、上方風の塗柄《ぬりえ》の団扇を持って、ぱたり〳〵と通る姿を、月影に透し見るに、何《ど》うも飯島の娘お露のようだから、新三郎は伸び上り、首を差し延べて向うを見ると、向うの女も立止まり、女「まア不思議じゃアございませんか、萩原《はぎはら》さま[7]。」

〔足なしで下駄をはいてカラコンカラコンとたからかに音をさせて思う男のもとにかよってくる幽霊のイメージ。〕

身ぶりのきいているところ。

按摩《あんま》「ヘエお痛みでございますか、痛いと仰しゃるがまだ〳〵中々斯んな事ではございませんからナ。新左衛門「何を、こんな事でないとは、是より痛くっては堪らん、筋骨に響く程痛かった。按摩「どうして貴方《あなた》、まだ手の先で揉《も》むのでございますから、痛いと云ってもたかが知れておりますが、貴方のお脇差《わきざし》でこの左の肩から乳の処《ところ》まで斯う斬下げられました時の苦しみはこんな事では有りませんからナ。(8)」

「こんな」「これより」「この左の肩から」と、話し手が言いすすむ時、言語がその話し手の身ぶりと化して、言葉のあいまに、自分の芸をする。こうして、言葉として状況からきりはなしてしまえばたいして指示機能をもたぬ「こんな」とか、「この」という粗雑な言葉が、特殊状況の中にたくみにはめこまれた時には、魔力をふるって、その状況の特殊な恐怖の実質に手をふれさせる。」

ことばのテンポのきいているところ。

「これ青《あお》よ、汝《われ》とは長い馴染《なじみ》であったなア、(略)己《おれ》が草を刈って来て喰わせる時も毒な草が入《へえ》って居ちゃアいけねえからと思って、茅草ばかり拾って喰わせるようにしたから、汝も大《でか》い坂を越るにも艱《つれ》え顔を一つした事はねえで、家《うち》へ対して能《よ》く勤めたから、段々年を取るから楽をさせてやるべえと思っていたが、己《おら》アどうあっても彼《あ》の家《うち》には居られねえ、汝知ってる通り家の母様《かゝさま》と嬶《かゝ》アが了簡違《ちげ》えな奴で、己を殺すべえとするだ、汝え知ってべえ、此間《こねえだ》も庚申塚で己を殺すべえと思って、間《ま》違《ちげ》えて円次郎を殺した時は、汝も駆出したくらいだから、己が居べえと思っても殺されるから何《ど》うも居られねえわい、己はこれから江戸へ往って、奉公をして金を貯めて帰《けえ》って来るから、汝えそれまで達者で居てくんろよ、ヤア、己が出れば定めて五八も追ん出されべえが、五八が出れば誰も汝に構う者がねえから、汝にろくな食い物もあてがうめえ、汝え可哀そうでなんねえから己も出めいと思うが、己が家に居れば殺されてしまうによって出て往くんだから、何卒《どうぞ》汝は辛《つれ》え所も辛抱して居て、己が江戸で金を貯めて帰《けえ》って来るまで丈夫でいてくんろよ、ヤア、ヤア、青、青。(9)」

〔くりかえし、しどろもどろの、くどいくどきかたが、かえって、人間には誰一人もってゆきどころのない愚直な主人公の悲しみの実質をそのままつたえる。〕

ことばのテンポが急にかわって、いかりの感情からやわらいだ感情へのうつりゆきが表現される場合。国蔵「ア痛《いた》た〳〵、そう締めると死んで仕舞います、屹度《きっと》改心しますから何卒《どうぞ》放して下せえ〳〵。文治「屹度改心致すか、改心致せ。と云って突《つき》放《はな》された時は身体が痺《しび》れて文治の顔を呆気《あっけ》に取られ暫《しばら》く見て居りましたが、国蔵「旦那え〳〵お前《めえ》さんは噂にゃア聞いて居りやしたが、きついお方ですねえ、滅法な力だ、私《わっち》も旧悪のある国蔵で、お奉行がどんな御理解を仰しゃろうと、箒《ほうき》じりで破綻《ひゞだけ》のいるほど打《ぶ》たれても恐れる人間じゃアねえが、お前さんの拳骨で親に代って打つと云う真実な意見の中《うち》に、手前は虫よりも悪い奴だ、又堅気の下駄屋で稼いでいて足りねえと云えば米の一俵ぐれえは恵んでやると云う言葉が嘘で云えねえ言葉だ、成程そう云われて見れば虫より悪い事をしやした、旦那え、実ア私《わっち》ア寒さの取《とっ》付《つ》きで困るから嚊《かゝあ》をだしに二三両強請《ゆす》ろうと思って来たんだが、お前さんの拳骨で打《ぶ》たれた時は身体が痺《しび》れて口も何も利けなくなったが、妙な所を打つんだねえ、どうも変に痛いねえ、旦那え、屹度これから改心して国蔵が畳の上で死なれるようになった時にゃア旦那へ意趣返しのしようはねえが、私が改心した上で鼻の曲った鮭《しゃけ》でも持ってきたらば、お前さんも些とア胆魂《きもったま》が痛かろうと思うが、其時は何と仰しゃいますえ。文治「これは面白い事を云う、其時は無闇に人を打擲《ちょうちゃく》して済むものでないから、文治が土間へ手を付いて重々悪かったと云って屹度謝ろうが、善人になってくれるか。国蔵「そりゃア屹度善人になりやす。[10]」

ことばのテンポのきいているところ。——二つのテンポの対比。

「梅吉は仲《なか》の町《ちょう》へ出ますと、月は西へ傾きまして、チラリ〳〵と桜の散る中を悠然として仲の町をまいりますと、所々《しょ〳〵》の植込みの中へ捕方《とりかた》が隠れて居て、梅吉を狙って居ります。これは金谷藤太郎《かなやとうたろう》さま、石沢又助さまの御用を利きます捕方の上手な者で、十方八方へ手分けが為《し》てあります。梅吉「其処《そこ》に居るのは捕方の衆だね、私《わっち》は榛名の梅吉だよ、安中の草三だ、尋常にお縄を戴く所存だ、お手向《てむけ》えは為ねえから十分お縄を掛けて下せえ、お手向えは為ませんよ……此通り短刀《どす》も呑んじゃア居ねえから縄に掛けておくんねえ。と云われるほど、捕方に勝れた者だが、何だか分りません、殊に手者《てしゃ》と云うから皆加減して居ると、梅吉「さア縛《しば》れ。と云われたが、誰有って一人《いちにん》も草三郎の側へ寄り附く者がありません。梅吉「冗談じゃアねえ、お前《めえ》たちが縄を掛けねえなら仕方がねえ、独《ひとり》で会所まで往かなけりゃあならねえ案内《あんねえ》しておくれ、先へ立ってッておくんねえ。甲「先へ立てって後《うしろ》から斬られちゃア堪らねえ。とコソ〳〵話を為ながら、後《あと》びっしゃりをして四人ばかりかたまって、ジリ〳〵退《さが》りに往きます。草三郎は案内《あんない》をさせ、落着き払って町会所へ上りまして、梅吉「榛名の梅吉実は安中草三郎でございます。[11]」

〔二つの感情の流れが、二つのちがう身ぶりのテンポの対比によって、そのまままつたわってくる。〕

受け手との交流。

「ちと模様《もよう》違いの怪談話を筆記致しまする事になりまして、怪談話には取わけ小相《こあい》さん〔小相英太郎〕がよかろうと云うのでございますが、傍聴筆記でも、怪談のお話は早く致しますと大きに不都合でもあり、又怪談はネンバリ〳〵と、静かにお話をすると、却って怖いものでございますが、話を早く致しますと、怖《こわ》みを消すと云う事を仰しゃる方がございます。処が私《わたくし》は至って不弁で、ネト〳〵話を致す所から、怪談話がよかろうと云う社中のお思い付《つき》でございます。只今では大抵の事は神経病と云ってしまって少しも怪《あや》しい事はございません。明《あきら》かな世の中でございますが、昔は幽霊が出るのは祟《たゝ》りがあるからだ怨《うらみ》の一念三世《ぜ》に伝わると申す因縁話を度々承まわりました事がございます。豊志《とよし》賀《が》は実に執念深い女で、前申上げた通り皆川宗悦の惣領娘でございます[12]。」

このようにして状況内部のあらゆる道具をフルに使いこなし、状況内部のあらゆる人々にむかって直接的個別的にはたらきかけ、状況の主体としての自分自身の肉体のあらゆる器官をも動員するように、言語を用いることが、身ぶりとして言語を使いこなすことの条件である。イェスペルセンその他によって、きわめてうたがわしいものとされていたサー・リチャード・パジェットの言語説は身ぶりとして言語を使いこなす方法を定式化した説として新しい意味を獲得する[13]。パジェットの説によると、言語は、このようにして、生まれた。ある男が、何かを一所懸命つかまえているとすると、その男は体全体をつかってつかまえているはずであり、のどの筋肉も舌もこの行為に動員されているはずである。彼は口をとじ、くちびるを固く合せている。したがって彼の出すことのできる音は、m の系統の音だけとなる。maul（かきさく）、mix（まぜる）、slam（たたきつけてしめる）などが、このような身ぶりから生まれる。このような言語起源説は、言語の歴史的資料によっては実証されているとは言えないが、むしろ、その言語の使われる特殊状況をほうふつとさせるようないきいきとした表現力をもつために言語がいかなる選択規準にしたがうべきかに関する説としては、大いにきくべきものである。ケネス・バークによれば、パジェット説は、言語起源説としてでなく、詩学として再建さるべきものとされる。

円朝の文体が、その後の日本の文学の文体をしのぐ身ぶり性をもっているのは、まさにパジェットの言語規準説（彼の言語起源説でなく）を見事に実践していることから来ている。

2

以上のように、あるときある場面での状況にいきいきと奉仕する身ぶりとして、言語はまずみがかれなければならぬ。だが、よくみがかれた言語は、やがて状況をこえて、状況から状況へと、もちこされてゆくこととなる。この場合に、言語は、象徴としての性格を獲得する。

いかなる言葉も、何らかの意味で象徴としての役割を果している。一回の特殊な状況をこえて、さまざまの状況における使用にたえ、しかも、さまざまの状況における使用にたえることから、その象徴することがら（状況のある側面）について種々の解釈の可能性を身につける。こうして、ある一つの象徴を見ることをとおして、それによって象徴され得るさまざまの状況、またその状況をきりぬけるためのさまざまの生き方が、きわめてしぜんに、連想されるようになる。このような連想をよびおこす力を、深く強くもつ言葉が、すぐれた象徴となる。つまり、あらゆる言葉が象徴ではあるわけだが、さらにそれに加えて、よりすぐれた象徴にむかう序列のようなものが、考えられるのだ。

ここで状況の大きさについても考えておく必要がある。目で見わたせるていどの直接環境、円朝の出演した寄席ほどの大きさの小状況がまず考えられる。ここで成功する表現としての身ぶりが考えられよう。しかし、それ以上に大きな状況、空間的、社会的、また歴史的により大きな状況の中におかれると、小状況においては身ぶりとして見事な表現力をふるうことのできた言語も、あまり大きな表現力をふるい得なくなる。何代にもわたって、幾種類もの集団をこえて、表現力をたもちつづけるためには、身ぶりはどうしても身ぶり以上のものとならねばならぬ。ここに、身ぶりが象徴に高まってゆく条件がある。しかも、はじめに身ぶりとしてもっていたなまなましさを失うことなしに身ぶりが象徴に高まることができたなら、このとき、言語としての最高の表現力に達することになる。

直接的小状況を越え、大状況に対応するのに応じて、象徴は高まる。ここで、個人の創造するものとしての象徴が、いかに民族(あるいは人類)の遺産としての象徴を復活させ、再生させるかという問題が出てくる。個性的な身ぶりとして身のまわりの小状況に対するという表現方法だけでなく、より大きな人間集団の象徴の発展の一つの輪となって、個性とか特殊性をあるていどぬぐいさった普遍的な象徴の中に転生し、社会的・歴史的大状況に対するという表現方法が要求される。パースナルな表現から、インパースナルな表現への転位といってもよい。

象徴が、たんに個人の無意識の生物的要求の表現ではなく、民族あるいは人類の長い歴史をもつ創造的活動の遺産として、集団的無意識に根ざすものであるという考えは、ユングにはじまる。(14) このように考えられたとき、個人は、太古以来の象徴の発展ののりつぎ駅の一つとなる。ある個人の創造する象徴が、個人を越えてひろく人々を動かすのは、それが、民族（あるいは人類）のすでにもっていた象徴の原型（アーキタイプ）に新しい生命をあたえるからだと考えられる。

円朝の作品は、徳川末期の江戸の寄席という小状況における身ぶりとして成功しただけでなく、徳川時代・明治・大正・昭和まで百年の時代のへんせんにたえ日本民族の歴史の大状況におかれて象徴として成功して来た。円朝が独自の仕方で再生し、ぎょうしゅうした象徴原型は、どんな性格のものかを、一つの作品をとおして考えてみたい。

「真景累ケ淵」は、円朝の最初の作品である。師匠の円生とのあいだにひびがはいり、円生がいつも先にあがってはその晩に円朝の予定していただしものを演じてしまうので、毎晩困らされた結果、これならば先に演じることはできない創作物語を試みて、つくったのが、この仕事だと言う。安政六年（一八五九年）、円朝二十歳の時である。この話はもとは道具ばなしであったが、扇一本の素ばなしにうつしたのが一八六九年（明治二年）、現在つたわっている速記は「やまと新聞」に連載されたうえで一八九二年（明治二五年）に出版されたもの。安政年間に円朝が創作した時にも、題名が示すとおり、前代からつたわっている累《かさね》の伝説にいとぐちを得て、累の怪談を中におりこんでより大きな相似形をつくるという着想だった。したがって、舞台の一部分は累とだぶり、第二二回で羽生村の法蔵寺にのこる累の墓があらわれ、累の伝説そのものが新作物語の部分としてまた新作全体の背景として用いられる。

「真景累ケ淵」の中心となる象徴は、おばけである。狸や狐などの動物がばけるとか、とくべつの力をもつ石だとか水などのモノがあるとか、人が死んでから魂となってばけて出るとか、神が何かの形をかりてあらわれて不思議をおこなうとか、おばけにも色々の種目がある。「真景累ケ淵」にも、これらの各種のおばけが出てくるのであり、たとえば同じ一つの鎌が実にたくさんの人を次々に殺す神秘的な力をもつものとしてえがかれていたり、なくなった兄の霊が弟の夢に出て来て弟に情報をもたらしたりする。だが、一八九二年刊行の形においては、おばけはつねに、過去について当事者の後悔する部分、過去からぬけ出て来て当事者をつき動かす部分、過去から未来にむかって当事者を動かしている根源的な〔エゴを越えた〕精神力としてあつかわれている。このために、「真景〔神経〕累ケ淵」と名づけられているのだ。それは過去についての自分の解釈であるとともに、現在および未来についての自分の解釈の図柄ともなり、このために、任意の物の中にオバケの姿をみとめてしまう。およめにもらったばかりの妻の顔のやけどのあとが、あっというまにふくれあがって、かつて自分の捨てた女の死にぎわのむざんな顔形となる。このような深層心理学的な解釈を方向づけたということでも、円朝の象徴原型の再生の手腕はあざやかである。
「真景累ケ淵」の一つの重要な目的は、おばけの出てくる場所、おばけの消えてゆくきっかけをえがくことであった。それは、日本の社会におけるおばけの生成と消滅の原理を明らかにするという仕事である。

Ⅰ　おばけの生成

おばけは、行動への形をとり得ぬ執念から生まれる。円朝にとってのおばけの概念は、次の模型によくあらわれている。

「先達《せんだつて》ある博識《ものしり》先生に聞きますと「幽霊は有るに違い無い、現在僕は蛇の幽霊を見たよ、と仰《おつ》しゃるから、円朝「どういう訳かと聞くと、蛇を壜《びん》の中へ入れてアルコールをつぎ込むと、蛇は苦しがって、出よう〳〵と思って口の所へ頭を上げて来るところを、グッとコロップを詰《つ》めると、出ようと云う念をぴったりおさえてしまう。アルコール漬だから形は残って居ても息は絶えて死んで居るのだが、それを二年許《ばか》り経って壜の口をポンと抜いたら、中から蛇がずうッと飛出して、栓《せん》を抜いた方の手頸《てくび》へ喰付《くいつ》いたから、ハッと思うと蛇の形は水になって、ダラ〳〵と落《おち》て消えたが、是は蛇の幽霊と云うものじゃ。と仰しゃりました。併し博識の仰しゃる事には、随分拵事《こしらえごと》も有って、尽《ことごと》く当《あて》にはなりませんが、出よう〳〵と云う気を止めて置きますと、其気《そのき》というものが早晩屹度《いつかきつと》出る[15]というお話」

制止された行動の姿勢（アレステッド・モーション）をよぎなくされた被害者の執念が、そういう行動への可能性をたちきった加害者によってその後しばしばおばけの形をとって思い出される。ばけて出るのは、「真景累ヶ淵」のあんま宗悦、新左衛門の奥方、あんまの娘お園、あんまの娘豊志賀、新吉のゆうわくする娘お久、新吉の妻お累などで、最初のあんま宗悦をのぞけば、女が多いのが特徴。だいたいは身よりのない娘か、中年すぎの人妻で、男にすてられるとかえる家のない境遇にあり、誠意のない男にさいごまですがりつかざるを得ず、しかも足げにされて殺され、日ごろ行動化されずに隠忍自重するうちにつもりつもった執念が最後の形相によって、男の記憶にやきつけられ、やがておばけと化して男の内側に住みつづけ、その後半生をくるしめることとなる。これは、社会的保障をもっともひどく欠く集団にたいして、法制的また実力的援助はできないままでも、とにかく無意識にたいしてつよくはたらきかけて、ある種の保護をあたえようとする社会全体の利益代表としての超自我のはたらきである。家庭だけが女性のよりどころであり、職場においてはその将来を約束されていないという日本社会の現状では、円朝の設計した怪談の図柄は依然として生きており、また社会制度上の保障のないままに、これだけの形でなりとも今後も生き続けるべきだと考えられる。クリスによれば、古代・中世においてはひどくおそろしい顔かたちをした妖怪の類が、近代に近づくにしたがって顔かたちがやわらいで来て、むしろグロテスクなままにこっけい味をおびてくるそうで、そのしょうことしてゴシック建築の寺院の屋根の上に樋としておいてある怪物ガーゴイルのみめかたちが十三世紀、十四世紀とやわらいでゆき、十五世紀にはこれらが完全にコミックなものとして作者、見物人の双方に共通して理解されていたことをのべている。(16) だが、よるべき家族をもたない女性の境遇については、徳川時代から戦後の今日まで、かなりのていどまで困難はやわらげられて来たとはいうものの、ガーゴイルが完全にコミックになったと同じていどに円朝のおばけをコミックなものにするほど日本の社会がかわったとは言えない。

おばけは超自我の要請によって、創造され、よび出されるものであるが、おばけの素材は自我の分裂によって生じた、部分的自我、自我の中の小さな自我である。これらのホマンキュラスが、いかに自我の統制を越えて、自分勝手なはたらきをするかの過程が、「真景累ケ淵」にえがかれている。

新吉に捨てられた豊志賀は、おばけとなって、まず、すしやの二階で若い女性とあいびきしている新吉の前に出て来て、新吉を責める。新吉がおどろいて逃げ出し伯父の家にかくれると、そこにはもう一人、これまたおばけとなった別の豊志賀が来てすわってる。

豊志賀「新吉さんお出《いで》なすったの。新吉「エヽド何《ど》うして来た。豊志賀「何うして来たってね、私《わたし》が眼を覚《さま》して見るとお前がいないから、是は新吉さんは愛想が尽きて、私が種々《いろ〳〵》な事を云って困らせるから、お前が逃げたのだと思って気が付くと、ホッと夢の覚めたようであゝ悪い事をして嘸《さぞ》新吉さんも困ったろう、厭だったろうと思って、それから伯父さんにね、打明けて話をして、私も今迄の心得違いは伯父さんに種々《いろ〳〵》詫言《わびごと》をしたが、お前とは年も違うし、お弟子は下《さが》り、世間の評判になってお座敷もなくなり、仮令《たとえ》二人で中《なか》よくして居ても食方《くいかた》に困るから、お前はお前で年頃の女房を持てば、私は妹だと思って月々沢山《たんと》は出来ないが、元の様に二両や三両ずつはすける積《つも》り、伯父さんの前でフッツリ縁を切るつもりで私が来たんだよ、利《き》かない身体で漸《やっ》と来たのでございます、何卒《どうぞ》私が今まで了簡《りょうけん》違いをした事は、お前腹も立つだろうが堪忍して、元の通りあかの他人とも、又姉弟《きょうだい》とも思って、末長くねえ、私も別に血縁《たより》がないから、塩梅《あんばい》の悪い時はお前と、お前のお内儀《かみ》[17]さんが出来たら、夫婦で看病でもしておくれ、死水だけは取って貰《もら》いたいと思って。」

しかし、おばけの豊志賀の話も終らぬうちに表から戸をどんどんとたたく音がして、隣の人が豊志賀の死をしらせる声。おどろいて新吉が家にかえってみると、

「豊志賀は深く新吉を怨《うら》んで相果《あいは》てましたから、其書遺《そのかきのこ》した一通を新吉が一人で開いて見ますると、病人のことで筆も思う様には廻りませんから、慄《ふる》える手で漸々《よう〳〵》書きましたと見え、その文《ふみ》には『心得違いにも、弟か息子の様な年下の男と深い中になり、是まで親切を尽したが、其男に実意が有ればの事、私が大病で看病人も無いものを振捨て、出る様なる不実意な新吉と知らずに、是まで亭主と思い真実を尽したのは、実に口惜しいから、仮令《たとえ》此儘死ねばとて、この怨《うらみ》は新吉の身体に纏《まつわ》って、此後《このご》女房を持てば七人まではきっと取殺《とりころ》すから然《そ》う思え』と云う書置《かきおき》で、新吉は是を見てゾッとする程驚きましたが、斯様《かよう》な書置を他人に見せる事も出来ません、さればと申して、懐《ふところ》へ入れて居ても何だか怖くって気味が悪いし、何《ど》うする事も出来ませんから、湯灌《ゆかん》の時に窃《そっ》とごまかして棺桶の中へ入れて、小石川戸崎町清松院《とさきまちせいしょういん》と云う寺へ葬りました。伯父は、何でも法事供養をよく為なければいかないから、墓参りに往けよ〳〵と云うけれども、新吉は墓所へ行《ゆ》くのは怖いから、成《なる》たけ昼間往《ゆ》こうと思って、昼ばかり墓参りに往きます。[18]」

このように臨終まぎわの豊志賀の心には、いく人もの豊志賀がたったりすわったりして、じれているうち、その何人かがそれぞれおばけになって自我の統制をやぶって外の世界に出て行ったのにちがいない。こうした何人もの豊志賀におうせつするいとまもなく、新吉の神経症はますます深まってゆき、しまいに、自分の好きになる娘ごとに、その顔の中に豊志賀の亡霊を見るようになる。一人の女をすてた男は、別の女をも捨てるという原理のようなものが、どの女の顔にもできうるできもの、またどの女にもやがてはみまう若さの凋落というような形をとって象徴化される。

しかし、このような自我の分裂によるおばけの生成の原理は、同時に、自我の責任をも解除することになる。自我というものは、もともとこんなふうにとりとめなく色々のおばけの形に分裂するものなのだから、仕方がないという考え方である。あの時は魔がさしたのだ、という言いわけの方法である。この考え方が、「真景累ケ淵」全巻をつらぬいており、どんな悪人をも究極的にゆるすことのできるように、人間を描写し、劇のすじをはこんでいる。

Ⅱ　おばけの消滅

円朝にとっては自我の中のアナーキックなものは、このように不可避的なものとしてとらえられている。人間は、因果の系列におかれているため、めいめいがその父祖のドラマをもう一度生きるのであって、突如として自分の見知らぬ邪悪なおばけがとびだして来ても自分の責任ではない。この考え方は、円朝にどのていど遺伝学や進化論が入っていたかは不明だが、仏教的かつ日本的であると同時にきわめて自然科学的な解釈である。円朝は、男女関係の罪を、梅毒という眼に見える病状の形でとらえており、このとらえかたの中にも日本の伝統的な恥中心の考え方と自然科学的な生理本位の考え方との結合がある。怪談をこのように解釈するというのでは、後にラフカディオ・ハーンが日本の怪異伝説についてとった解釈の方向と同一であると言える。このように解釈することは、化け物にふりまわされる悪人たちをもゆるすことと紙一重のところまですでに来ていることとなる。

だが、主人公たちは、おばけとともに、加害者を追及して仇討ちするのである。そのときの導きの糸となる理念は、殺された親のため、殺された主のためという理念であり、あくまでも自分の心の中に生きつづける亡き父母、夫、妻、主人など特定個人の思い出である。これらなつかしい善き人々の恩にむくいようとする心のかたむきが、神なきわれわれにとって神の理念に似たはたらきをつとめる。これらは、単一の神でなく、複数の半神たちであり、自我の中に住みつづけるこれらの半神像が、ベネディクトのいわゆる外面的文化においてさえ、ある種の内面性をあたえ、自分自身の力で自分を支え、正義にむかって自分を操縦してゆくテコをあたえる。これらの半神たちが、かつて自分たちによくしてくれた知り人であるということが、これら半神の影響力をわずか二世代ていどに限る。おばけの場合もその影響力は二世代である。累ケ淵の物語は、あんま宗悦の殺された時から大団円まで三十年にすこしかけているていどで、三世代にわたりはするが第一世代の仇は第二世代によってとられている。つまり、直接に知り合う体験〔アクェインタンス〕をとおしてしか、うらみの実感は媒介されないので、不正の追及もまた、この実感主義・体験主義の方法にたつ以上、二代目どまりということになる。三代目となれば、体験の基盤はなく、実感はじょうはつしてしまって行動の原動力とならない。かつて刑場にひかれてゆくイエスを侮辱したために死ぬことができなくなり世界の終りまで放浪を続けざるを得なくなった「さまよえるユダヤ人」の伝説におけるように、ある体験を永遠不変の原理までにたかめるような原理形成の方法はここにはない。うらみも、正義感も、二代かぎりですりきれてしまうものとして、消耗品の種目にいれられている。

「真景累ケ淵」の大団円、おばけの完全消滅の場所をひこう。

尼「今ではお前さん何不足なく斯《こ》う遣《や》って居ますが今日図《はか》らずお前達に逢って、私《わたし》は尚お、観音様の持って入らっしゃる蓮の蕾で背中を打たれる様に思いますよ、まだ二人とも若い身の上だから、是から先悪い事はなさらないように何卒《どうぞ》気をお附けなさい、年を老《と》ると屹度《きっと》報《むく》って参ります、輪回応報《りんねおうほう》という事はないではありませんよ。と云われ新吉は打萎《うちしお》れ溜息《ためいき》を吐《つか》きながらお賤《しず》に向い、新「何《ど》うだえお賤、賤「私も始めて聞いたよ、そんならお母さんお前がお屋敷へ奉公に上ったら、殿様のお手が附いて私が出来たといえば、其のお屋敷が改易《かいえき》にさえならなければ私はお嬢様、お前は愛妾《めかけ》とか何んとか云われて居るのだね。尼「お前はお嬢様に違いないが、私は追出されてでも仕舞う位の訝《おか》しな訳《わけ》でね。新「へい其の小日向《こびなた》の旗下とは何処だえ。尼「はい、服部坂上《はっとりさかうえ》の深見新左衛門様というお旗下でございます。といわれて新吉は愕《びっく》りし、新「エエ、そんなら此《この》お賤は其《その》新左衛門と云う人の胤《たね》だね。尼「左様《さよう》。新「そうか。と口ではいえど慄《ぞっ》と身の毛がよだつ程恐ろしく思いましたは、八年前《ぜん》門番の勘蔵が死際《いまわ》に、我が身の上の物語を聞けば、己《おれ》は深見新左衛門の次男にて、深見家改易の前に妾《めかけ》が這入り、間もなく、其《その》妾のお熊（今は尼となって目の前にいる）というもの、腹へ孕《やど》したは女の子それを産落《うみおと》すとまもなく家が改易に成ったと聞いて居たが、して見ればお賤は腹違いの兄弟であったか、今迄知らずに夫婦に成って、もう今年で足掛《あしかけ》七年、あゝ飛んだ事をしたと身体に油の如き汗を流し、殊には又其本郷菊坂下へ捨児にしたというのは、七年以前、お賤が鉄砲にて殺した土手の甚蔵に違いない、右の二の腕に痣《あざ》があり、それにべったり黒い毛が生えて居たるを問いし時、我は本郷菊坂へ捨児にされたものである、と私への話し、さては聖天山《しょうでんやま》へ連れ出して殺した甚蔵は矢張《やっぱり》お賤の為には血統《ちすじ》の兄であったか、実に因縁の深い事、アアお累《るい》（前《ぜん》の妻）が自害の後《のち》此のお賤が又斯《こ》う云う変相《へんそう》になるというのも、九ケ年前狂死なしたる豊志賀の祟なるか、成程悪い事は出来ぬもの、己は畜生同様兄弟同志で夫婦に成り、此の年月《としつき》互に連れ添って居たは、あさましい事だと思うと総毛立《そうけだ》ちましたから、新吉は物をも云わず小さくかたまって坐り、只ポロポロ涙を落して居りました。⒆」

このようにして悪人の悔悟は、自分たちの姉弟の家系がいりみだれて知らずしてたがいに殺しあい、知らずしてたがいに夫婦になっていたという自覚からはじまる。そこに、自分たちがかつてくびりころした惣右衛門の息子が僧形であらわれるに及んで、ついに、悪人の親子三人は納得ずくでみずから命をたつに至る。

このようにして悪人の悔悟が、家族という理念を拡大して物語の関係者全部をおしつつむ理念とした時はじめて、しぜんにするすると達成された。仏教の因縁の説はしばしばひかれてはいるが、この物語に関するかぎり、因縁とは、人間同士が長い歴史をたどればおたがいにたいして血縁であり家族関係をもつということにほかならぬ。古くまでさかのぼれば、日本人（人類）は、一つの大家族だという考えが、普遍的な正義の観念を生むために、日本人にとってもっともしぜんな象徴の展開なのであろう。またさらに、家族をふみつけにし軽んじて老年にいたった人が、みとってもらえる子孫なしの状態で、自分に残された未来についてかんじる恐怖が、作中最大の悪人お熊をして尼とならしめ、悔悟させる根本的な力となっている。この意味で、悪についての悔悟は二色の仕方で家族主義に根をもっている。

しかし、このような民族的象徴の展開は、世界の普遍宗教にくらべて、かけがえのない何かの意味をもつものと言えよう。キリスト教やマホメット教に見られやすい残忍さは、日本の象徴の展開をとおしては見られにくい。神の子が人類全体にたいして責任を負うたその道を進もうという非現実的な無限定の責任意識がここには見られず、そのかわりに株式会社設立の場合と同様な限定的責任の共通了解事項がなりたつ。これは、うっかりまちがえば、たんなる無責任に転落しやすいのだが、しかし、一神教における過剰責任意識をもっと人間的な正直なものにかえる可能性が、この民族的な象徴の中にある。

円朝の作品をたどることをとおして、私たちは、身ぶりをとおして象徴の形成に至る一つの道を理解した。日本の近代の散文のスタイルは、それによって書かれた思想のスタイルにも影響し、つねに特殊状況から離脱した抽象的シンボルからはじめて抽象的シンボルの形成におわるという、悪しきシンボリズムに停滞させる危険がつよい。私たちは、つねに身ぶりから象徴への線をたどることをくりかえす練習方式を考えたい。そして、その練習の中で、身ぶりを身ぶりとして向上させるという任務と、象徴を象徴としてよりよく結晶させるという任務と、二重の任務を負うことが今までよりは、たやすくなる。

（1）タカクラ・テル『新文学入門』理論社。
（2）R. P. Blackmur, *Language as Gesture*, London, George Allen and Unwin, 1954. 私の文章ではブラックマーよりも狭く「身ぶり」をしぼって使っている。
（3）「円朝遺聞」円朝全集巻の十三、春陽堂、一九二八年、六八五頁。
（4）「円朝遺聞」同書、六一五頁。
（5）同書、六一七頁。

(6) 同書、六一六頁。
(7) 「怪談牡丹灯籠」円朝全集、巻の二、四七—五〇頁。
(8) 「真景累ケ淵」円朝全集、巻の一、二八頁。
(9) 「塩原多助一代記」円朝全集、巻の十二、一二六—一二七頁。
(10) 「業平文治漂流奇談」円朝全集、巻の四、二三—二四頁。
(11) 「後開榛名の梅が香」円朝全集、巻の十、六〇六—六〇七頁。
(12) 「真景累ケ淵」円朝全集、巻の一、八七頁。
(13) Kenneth Burke, *The Philosophy of Literary Form*, Vintage Book, 1957, p. 12.
(14) G. C. Jung, *The Collected Works, 5, Symbols of Transformation*, Kegan Paul, 1956.
(15) 「真景累ケ淵」円朝全集、巻の一、四四—四五頁。
(16) Ernst Kris, *Psychoanalytic Explorations in Art*, International Universities Press, 1952, pp. 213—4.
(17) 「真景累ケ淵」円朝全集、巻の一、八〇頁。
(18) 同書、八七—八八頁。
(19) 同書、三六五—三六七頁。

わたしのアンソロジー

たとえば、次の歌が、とても好きである。

妹《いも》にこひ大和の野べをわがゆけばあをがき山も面影にみゆ　　中　勘助

この歌を私は一九四二年発行の『飛鳥』という彼の詩集で見つけ、同じ本に収められた戦争讃美の詩二、三点を情なく思ったが、この歌その他の多くの作品を美しいと感じ、それから後、何度も思い出した。

雨にぬれ
桑つみをれば
エナメルの

雲はてしなく北に流るる
はだしにて
よるの線路をはせきたり
汽車に行き逢へり
その窓明《あか》し

思はずも
たどりて来しか
この線路
高地に立てど
目はなぐさまず

宮沢賢治

だが、こんなふうにして、自分が今までに書きぬきして来た日本の詩をふりかえってみると、それらは、どちらかと言えば、心をやわらげなぐさめてくれる神経安定剤のようなものに限られていることに気づいた。

英語の詩で好きなものは、ミルトンの「めしいた時の十四行詩」、ブレイクの「わがうるわしのバラの樹」「愛はよくあやまちを」「永遠」、ホプキンズの「春と秋」、ウィルフレッド・オウエンの「雅歌」「識別票について」「不思議な出会い」、チャールズ・ソーリーの「きながしの走り手たち」などで、のどかな作風のものではない。

英語の詩に求めるものと、日本語の詩に求めるものとが、二つに分れているのは、私のはじめからもっていた期待・先入見のちがいから来るものか。それとも、日本語の詩の本来の面目が、優しい調子、気の休まる言葉の配列にあるのか。

考えてゆくと、日本語の詩の中でも、気の休まる優しい調子のものでないものが、かなり多く私の心の奥に生きていることを感じる。それは、小学唱歌だ。万葉集の歌とか、古今集、新古今集、もっとずっと下って、泣菫、有明、藤村の詩とははっきりとちがった仕方で、小学唱歌は、私の中に生きている。

子供の時に感心した詩では、たとえば生田春月の詩などには、今でもすらすらと暗誦できるのがあり、先年徳島で春月未亡人に会った時、その場でそらんじてみせておどろかせたことがあるのだが、それは子供の時に感心したものとして記憶の中に配置されている。泣菫の詩、藤村の詩についても、子供のころ感動したとおなじ鮮やかな感動を今、もつことはできない。だが、小学唱歌の場合は別だ。

一、おおきな　ふくろを、かた　に　かけ、
　　だいこくさま　が、きかかる　と、
　ここに　いなばの、しろうさぎ、

かわを　むかれて　あか　はだか。

二、だいこくさま　は、あわれ　がり、
「きれいな　みずに、み　を　あらい、
がまの　ほわた　に、くるまれ」と、
よく　よく　おしえて　やりました。

三、だいこくさま　の、いう　とおり、
きれいな　みずに、み　を　あらい、
がまの　ほわた　に、くるまれば、
うさぎ　は　もと　の、しろうさぎ。

四、だいこくさま　は、だれ　だろう、
おおくにぬし　の、みこと　とて、
くに　を　ひらきて、よのひと　を、
たすけ　なされた、かみさま　よ。

石原和三郎

この歌には、サンタクロースの影がおちているような気もするが、しかし、実にはっきりと一つの個人的・社会的・国家的理想像を描いてあますところがない。

これをきいていると、日本をひらいた人もよい人だし、日本の国もよい国なのだろうという安定感が感じられる。

とにかく、私たちが育ったころの日本には、善悪についての安定した像があったことはたしかだ。この安定した善悪の像は、けしからんものを含んではいたが、現在（戦後十四年目）の日本のようなエネルギーのない安定性ではなかった。国家的なスケールで、重大な何事かを生む力をもっていた。この安定的、統一的な理想像が、それをうらづける安定した情緒とともに、小学唱歌の中にある。私たちは、そこで育てられたので、くりかえしそこにかえって現在を考え直さざるを得ない。

一、ユビニ、タリナイ、
　　イッスン　ボウシ、
チイサイ　カラダニ、
　　オオキナ　ノゾミ、
オワンノ　フネニ、
　　ハシノ　カイ、
キョウヘ、ハルバル、
　　ノボリ　ユク。

（中略）

五、オニガ、ワスレタ
ウチデノ　コヅチ、
ウテバ　フシギヤ、
イッスン　ボウシ、
ヒトウチ　ゴトニ
セガ　ノビテ、
イマハ　リッパナ
オオ　オトコ。

巌谷小波

ここでは、どんな田舎のすみにおかれたどんな小さな人でも、大きな望みをもち努力を重ねれば、この国家の秩序の中で大男に成長することを約束されているということについて、実に見事な説得がなされている。この歌をうたっているうちに、自分の未来が希望にみちたものであることをあるていど納得してしまう。

一、夏も近づく八十八夜、
野にも山にも若葉が茂る。

「あれに見えるは茶摘《ちゃつみ》じゃないか。
　あかねだすきに菅《すげ》の笠。」

二、日和《ひより》つづきの今日此頃を、
　心のどかに摘みつつ歌う。
「摘めよ摘め摘め摘まねばならぬ。
　摘まにゃ日本の茶にならぬ。」

作詞者不明

はじめに自然の景色、次に労働の描写、それらが「摘まにゃ日本の茶にならぬ」という結びの句で、日本の国のイメージの中にもう一度ひかって見える。国際的な貿易市場の背景に日本の国の茶をおいた歌なのだが、日本の国のために日本の自然の中で働けと説得する上でおしつけがましさのない見事な効果をあげている。

このころ、私が国家主義教育の作品に魅せられ、国家主義教育のワダチの上をわき目もふらずに走っていたわけではない。この歌を教えてもらったのは、そこから今、歌をぬきがきしているベストセラー『日本唱歌集』（岩波文庫）の共同編集者井上武士先生からだった。私は一番小さいためにグランド・ピアノの下に席をもっているのをさいわいに、そこで足芝居（クツを机の上にのせて人形にしたててセリフを合せて言う芝居）をしてうしろの席のものに見せて、わらわせた。ピアノをひいている井上先生は何を私がやっているのか知ることができず、腹をたてた。そんなに音楽がきらいなら、くるなと言われたが、売言葉に買言葉で、「では、もう来ません」と私は言い、運よく音楽の時間は六時間目にあたっていたため、その時間が来るとかえってしまったりした。

私の反抗は、井上先生の音楽教育にたいする不満とか不平とかと無関係であった。ただ、教師のすぐ足下で級友を授業の外につれだし笑わしてみることが、特別の英雄的行為のように私には考えられた。高師附属中学校進級を断念した根本の理由になったのは、井上先生との対立であり、小学校だけで附属をはなれたことが学校コースでの私のぐれはじめになったが、今考えてみると、このことは、井上先生とは何の関係もない。むしろ、小学校に入るよりはるか前から、母親から道徳を行住坐臥強制されるので、何かの仕方で秩序破壊的な行為をしないと、生きる余地がないようなタイプの子供になっていた。音楽教室でグランド・ピアノのすぐ下、教師から見えない位置におかれたことが、この衝動のはけぐちになったのにすぎなかった。

直線的におしこむ母または妻が、家族にたいしてあたえる影響は、一つは、不誠実なタイプの子供または夫をつくることであり、もう一つは、自分とおなじにすぐにおしかえしてくる直線的、攻撃的なタイプの子供・夫をつくることであり、もう一つはやや消極的、内攻的な人間をつくることであり、もう一つは、完全にワク外にそれてしまう逸脱的な人間をつくることである。

小学唱歌の謹直な言いまわし、まっすぐな感情の表現に、ノスタルジアを感じるのは、その当時私が自分をおいていた逸脱者の位置からである。このように離れてゆく立場から、謹直な人々を見る時、次の歌は、しぜんに心にしみいるものをもっている。

一、あおげば　とうとし、わが師の恩。
　教《おしえ》の庭にも、はや　いくとせ。
　おもえば　いと疾《と》し、このとし月。
　今こそ　わかれめ、いざさらば。

二、互にむつみし、日ごろの恩。
　わかるる後《のち》にも、やよ　わするな。
　身をたて　名をあげ、やよ　はげめよ。
　いまこそ　わかれめ、いざさらば。

作詞者不明

「身をたて　名をあげ　やよ　はげめよ　というくだりは、私に、家の哲学を感じさせる。自分を見守っている家の意志、母親のまなざしを感じる。しかも、これから別れてゆくことができるという場面の設定が、この歌を私にとって、感動的なものにする。「日本の茶」のように国家的スケールにおける生産力を歌った作品もあるが、小学校唱歌の実に多くが、国家衰亡の時における最後の忠臣たちを歌ったものであることは注目してよい。藤田省三によれば、日本の天皇制思想には二つの源があり、一つは古事記でこれは古代天皇制による性交をとおしての民族支配の原理をうたい、もう一つは神皇正統記でこれは古代天皇制が衰亡した中で天皇制を新しく世論の要求にこたえるものとして再建しようとする復古革新の原理をうたったものだという。大東亜戦争時代になると、「太郎よ、お前はよい子供、お前が大きくなるころは、日本も大きくなっている」という国家ぼう張の気運をやすやすとうたいあげ、この気運に便乗することでみんながおこぼれにあずかれそうな感じをつくるような歌がうたわれた。だが、明治から、大正、昭和十年ころまでの小学唱歌は、南朝の衰亡当時の権力者に見はなされた最後の抵抗者たちの姿をうたったものが意外に多い。

「己《おの》れ討死為《うちじにな》さんには　世は尊氏《たかうじ》の儘《まま》ならん」という言葉は、支持者がゼロに近くなった天皇側にただ一人の支持者をのこし、それを拠点としてもりかえしてゆこうという意志を示す。このように少数者によって新しくつくる理想的政治体制としての天皇制の理念が、かつて日本にあり、明治維新にさいしてつよくはたらき、大正、昭和と生きながらえていた。この考え方が、修身教科書だけでなく、また国史教科書だけでなく、音楽の教科書の中にまでもりこまれていたことは注目すべきことだ。楠木正成、楠木正行、新田義貞、護良親王、児島高徳、名和長年らをうたう歌である。その時代からはなれても、菅原道真、橘中佐、広瀬中佐など、孤立して倒れる忠臣を歌うものである。

青葉茂れる桜井の　里のわたりの夕まぐれ
木《こ》の下蔭《したかげ》に駒とめて　世の行く末をつくづくと
忍ぶ鎧《よろい》の袖の上に　散るは涙かはた露か

正成《まさしげ》涙を打ち払い　我子正行呼び寄せて
父は兵庫に赴かん　彼方の浦にて討死《うちじに》せん
いましはここ迄来《きつ》れども　とくとく帰れ故郷《ふるさと》へ

父上いかにのたもうも　見捨てまつりてわれ一人《ひとり》
いかで帰らん帰られん　此正行は年こそは
未だ若けれ諸共《もろとも》に　御供仕《おともつか》えん死出《しで》の旅

いましをここより帰さんは　わが私《わたくし》の為ならず
己れ討死為《な》さんには　世は尊氏の儘ならん
早く生《お》い立ち大君《おおきみ》に　仕えまつれよ国の為め

此一刀《ひとふり》は往《いに》し年　君の賜《たま》いし物なるぞ
此世の別れの形見にと　いましにこれを贈りてん

行けよ正行故郷へ　老いたる母の待ちまさん
共に見送り見反《かえ》りて　別れを惜む折からに
復《また》も降り来る五月雨《さみだれ》の　空に聞こゆる時鳥《ほととぎす》
誰れか哀《あわれ》と聞かざらん　あわれ血に泣く其声を

落合直文

一人からもりかえそう、最後の一人がたおれても、支えてを失った原理そのものからでも理想国家をつくりなおそうという考えは、国語教科書、国史教科書、音楽教科書をとおして国民に普及し、ここから大正・昭和期の右翼革新運動が生まれ、五・一五事件、二・二六事件の原動力となった。

この考え方は、革新さるべき対象となる人々を含めて翼賛運動が再編されることによって、一九四一年以後一時エネルギーを失い、便乗主義の中に姿を没するが、国家の運命が明らかに敗色になって来た大東亜戦争後半期に特攻隊のイデオロギーとして、もう一度、姿をあらわす。この時代に、特攻隊の葬送にさいして、新しいいぶきをこめて歌われた大伴氏の家の歌は、便乗色をぬぐいさった純一の感情の流露を示した。

海行《ゆ》かば　水漬《みづ》く屍《かばね》
山行《ゆ》かば　草生《む》す屍

大君の　辺《へ》にこそ死なめ
顧《かえり》みはせじ
「続日本紀宣命」に典拠

この歌は、信時潔《のぶとききよし》の曲の美しさに助けられて、大東亜戦争の末期に見事な愛国心のイメージをつくった。この無私の国家主義を向うにまわすことのできるような国家打倒のコースを、同じような純一さをもってつくりたいと、この歌が演奏される時に、私は感じた。この歌が当時私につたえた意味は、ファシストにくらべて私のとっていた姿勢の空しさを明らかにすることにあった。自分のとっている姿勢が正義につながっていると同時に自分の保身のためにも役だつことによって、単なる利己主義と区別のつかないものになることが気にかかった。

もし大東亜戦争が、原子爆弾の投下によらず、重臣層の平和交渉によらずに進んで行ったとしたら、国家にたいする無私の献身のエネルギーが、国家改造のエネルギーにむかって自発的にきりかえられるようなある一点に達したのではなかろうか。幕末に両者が合流し、明治初期に両者が合流し、昭和初期に両者が合流に近いところにさしかかったとおなじように、大東亜戦争の末期も、このような条件の成立を準備していた。敗戦と占領というカモフラージュされた戦争終結の形は、両者の合流をさまたげたが、戦後の十五年間をとおして、一方から他方へのエネルギーの変換は部分的になされた。戦後に復興した天皇制が、革新的エネルギーを欠く仕方で成立したことが、明らかになるにつれて、日本の国家制度を本気でかえてゆきたいと思う人々の感情が、どういう仕方で生かされるか。小学唱歌にたいする愛着の中で、私は過ぎさったものにたいする郷愁だけでなく、現在にもちこされている問題、未来に生まれるものの原型を感じる。

Ⅲ　創造の窓を開け放つ

一つの日本映画論――「振袖狂女」について

1

今年の正月、病院から出て来て、数カ月ぶりでようやく自分をとりもどしたものの、まだ一種のめまいが残っていて、仕事にかえる気にならなかった。よいときに、毎日新聞社の映画コンクールの通知があり、連日、映画を見にかよった。ながいあいだ新聞さえ読まなかった時期のあとだから、とじこもっていたものが初めて冷たい外気にふれるように、くっきりとした経験として映画をうけとった。

ところが、コンクールの投票の結果を見ると、ぼくの良いと思った映画は、低い評価しか受けていない。識者の意見とぼくの意見とには、へだたりがあると思った。「めし」という映画が賞をうけたのだったが、この種の映画を、ぼくは高く評価しない。この映画は、画面は美しくできているけれども、窓があいていないかんじなのだ。日本人の毎日の生活をうつし、ちょっとした部分品の美しさに注意をひく。台所で、野菜を切っている手つきとか、そんな人生のヒトコマ。そういう部分の美しさを、ちらちらと見せて、あるていど、見る人の心をなぐさめて、終る。そうして、今あるままの人生に、そのまま流されていくことに、ねうちを見つけてゆくようにしむける。

突破口のない映画を、ぼくは、好まない。ところが、日本で「高級な」映画というと、そろって、突破口のない映画なのだ。

ぼくに好もしかった映画を、かぞえてみると、たとえば、毎日コンクールに出たものの中では、「馬喰一代」と「ブンガワン・ソロ」だ。それより古いものでは、「いれずみ判官」「エノケンのちゃっきり金太」「乞食大将」「用心棒無用」「エノケンの爆弾児」「お染久松」など、高級でない映画をおもしろく見て来た。

ぼくは、文化人たちと、好みの上でのへだたりを感じる。好みの上でのへだたりだけでなく、思想の上でも、へだたりを感じる。

理由は、こどものころの経験のちがいにあると思う。ぼくは、はじめの記憶をたどってみると、最初のものと思われるものの一つが、新聞の上に大きくインサツされた殺人鬼オニクマの顔だ。これが四歳のときで、そのあと、よみものとして、宮尾しげをの「団子串助漫遊記」「猿飛佐助」「一休さんと珍助」「今べんけい」「足りない茂作」などがあった。団子串助は、本のとじめが、バラバラになってしまうまでよんだ。その中の警句のいくつかは、二十数年をへだてて、今でもそらでいえる。

小学校の二年生のおわりから三年生にかけて、「梁川庄八」「相馬大作」「祐天吉松」

「木村長門守」「国定忠治」「関取千両幟」「千葉周作」など、講談本を、ほおがこけて真っ青な顔になるまで読んだ。これほどの情熱をもって本を読んだことは、その後にはない。この類の書物を、（おなじものをくりかえしても）一日に四冊よまなければ、ねむれなかった。学校に行く時間も惜しいので、こういう重たい本を鞄にいれて学校の行きかえりにもってあるいた。ぼくが、教育上よくない本をもっているというので、優等生がぼくの鞄の中を「検査する」といってあける習慣のあったことがある。

そういう経験が、ぼくの心の最下層にあり、そのころのよみものから、今の自分にひとすじ、つながっているものがある。たとえば、小学生のころから通学の途上に交番の前を通過することがひどくいやな経験で、胸をどきどきさせて通ったが、このころに警官と兵隊にもっていた憎悪と恐怖は、「国定忠治」「相馬大作」「鼠小僧次郎吉」「梁川庄八」などが政府の手先に追われたり殺されたりする話と、どこかで結んでいる。警官と兵隊にたいする憎悪は、幼いころから今までぼくの中に中断されることなく続いている数少ないものの一つだ。ぼくの反抗は、こういうヤクザモノの風儀から自由でないということで、今ももろさを持っているが、しかし、政府が悪いものだという考え、権力者が茶化さるべきものとしてあるという考えは、漫画と講談とが、ぼくの心の深くに植えてくれたものとして今日もあるのだ。そのあと、トマス・ペインとか、エマソンとか、クロポトキンを読んだが、これらの人の書物が、漫画や講談の影響をぬぐいさり、それらに完全におきかえられるものとして、出て来たのではない。前のものの残した痕跡は、ぼくの上に残っている。

宗教に接することは、十五歳になるまでなかった。西洋人の生涯のはじめに、キリスト教やユダヤ教の神話が、精神の「慣用語法」（サンタヤナ）をあたえるとおなじ意味で、漫画や講談が、ぼくの精神に「慣用語法」をあたえた。このイディオムを通して、今も、ぼくは、自分の思想を表現しやすい。

「団子串助漫遊記」や「相馬大作」に慣用語法を得たものは、そこから、きわめてたやすく時代劇映画に移って、時代劇映画の中に自分にとって勝手な思想の流露を経験する。慣用語法は、慣用語法であって、その語法によっていいあらわされる思想のなかみをきっちりときめてしまうものではない。だからおなじ慣用語法にたよりながらも、小学生だったころのぼくと、今のぼくとはちがった思想に優位をあたえている。にもかかわらず、慣用語法それじしんが、ぼくの思想に影響をあたえることもある。こんな慣用語法にしたしんでいるために、ぼくの思想が、成長をさまたげられている面もある。しかし、いちどきに、これを捨てるということは、精神の発達の上で不健全なものをふくんでおり、後になってかえってひどい形でもとにもどってくる可能性をはらむ。かつて高校生のころにヤスパスの実存哲学などを読んでいた青年が、二十年たって会社の課長になって、読書はキングをよむにとどめているという例はよくあることだ。青年期の西洋主義者が、老年に入ってから日本主義になるという例も、ぼくたちはまわりに多くもっている。

こういう逆もどりをしないためにも、ぼくは、今のような慣用語法をぼくの思想がもっていることを、つねに、はっきりさせながら、自分の今後の思想の問題を考えて行きたいと思う。

そういう自覚への努力として、ぼくは、近頃みた時代劇映画「振袖狂女」(大映作品、原作川口松太郎、脚本八尋不二、監督安田公義、撮影杉山公平)のうけとりかたをここに記録する。この映画をぼくは、面白いと思って見たので、どこが面白かったかを、自分でなっとくのゆくように再現してみたいと思うのだ。

註　小説「振袖狂女」は、映画「振袖狂女」と力点のおきかたで、かなり違うので、以下の解釈は、映画だけにしかあてはまらない。

2

配　役

科手の弥右衛門……………………長谷川一夫
宇津木……………………………山根寿子
左　枝……………………………宮城野由美子
中内宗右衛門……………………黒川弥太郎
徳川家康…………………………小堀　誠

鶴姫（子太郎）……………………松島トモ子
内海陣十郎……………………岡　譲二
狩野山雪……………………香川良介
近江久次郎……………………東良之助
林　道春……………………葛木香一
本地彦九郎……………………伊達三郎
尾張義直……………………市川男女之助
生島丹後……………………北見礼子
生島小丹後……………………橘　公子

大阪の陣で豊臣家がほろびたあと、しいなでの山里に豊臣家の遺臣が逃げて来た。弥右衛門（長谷川一夫）、宗右衛門（黒川弥太郎）、左枝（宮城野由美子）。三人は、なくなった豊臣秀頼のわすれがたみ鶴姫（松島トモ子）という童女を、かくして育てようとしている。だが、日本の国は、せまい。領土のせまいのに加えて、ひとりひとりの人間が、となり近所のひとりひとりの由来について知りたがり、時の政府の行き方に反対のものを、すぐに密告する習慣があるためにだ。

宗右衛門。「姫をこのまま、かくしおおせるか。日本国中、太閤恩顧の大名は、ひとりとして徳川家康になびかぬものとて、ないのだぞ。」

弥右衛門。（しばらく、黙っていて急に）「おれは家康を討つ。」

（家康という名で、ぼくのきらいなものを考えて、心を動かされた。こどものころ、家康の名で思いうかべたいろんな絵姿とは別のものを今では心に描く。けれども、家康とか、豊臣の遺臣とか、そういう子供のころからつかいなれた慣用語法が、いまも、ぼくの感情にもっとも親しい。同じ慣用語によって今、ぼくは、別の対象についての感情をゆすぶられる。）

（今とおなじく、そのころも、日本全体が一つの村だ。ひとりひとりの生活のすみずみまでにも口を出したがる。村のしきたりとちがうくらし方をするものは、村八分にあうのだ。追いつめられた三人の感情は、よく描かれている。）

（若い独身の男が二人、若い女一人が、あいよって、ひとつの家に〔家族関係をつくらずに〕小さい女の子を育てている。こんなことを、日本の村人は、今も昔も、ゆるすわけがない。人々すべてにゆるされたただ一つの仕方で、人はたがいに結ばれなくてはならないのだ。）

あやしまれないために、二人が結婚して姫を自分の子にして育てようと、宗右衛門がいい出す。左枝は、うけいれぬ。左枝は宗右衛門をさけて、戸の外に出る。

家の外には竹林があり、姫のために竹馬をつくってやろうとして、弥右衛門（かねてから左枝の意中の人）が竹林の中でうつむいて竹を切っている。この人のところにまっすぐに行き、左枝は、今きいたと同じ提案を今度は自分から出す。二人は結婚を約束する。左枝。「左枝は、世をはばかる身の上、いっそうれしゅうございます。」そういって、弥右衛門に身をもたせる。竹林の外に、宗右衛門がじっと立って、二人を見ている。「宗右衛門！」と、弥右衛門は、これに呼びかけるが、左枝は、宗右衛門の姿を見とめつつ、だかれたままわるびれずにじっと見かえす。宗右衛門は、足早やに、くらやみの中に、歩み去る。

同じ夜。宗右衛門の密告によって、捕手の一群が、この家におしいる。竹林のなかでの立ちあい。（さきに竹を切っていたことが、まだ、記憶にきざまれている。）弥右衛門と宗右衛門との果し合い。弥右衛門が、宗右衛門を斬ろうとして、わずかのところで、竹に大刀をさまたげられて斬れぬ。

そのあと、弥右衛門は、姫を横だきにして竹林の中を逃げて行く。追手がかかる。強力の長谷川一夫といえども、女の子をだいて、逃げおおせられるわけがない。この時、弥右衛門は大刀をひらめかし左右の竹をひといきに切って、自分の退路に交叉させ、追手の一群は、その上に将棋だおしにたおれる。（自分にとって障害物となるものは、逆に利用すれば、敵にとっての障害物となるということ。竹のことに関連して、よく描いてあると感じた。）

乱闘のうちに、左枝は、弥右衛門たちを見失う。それから、はなればなれに、人生を流されて行く。

弥右衛門と鶴姫とは、人形使いの一座と道づれになる。一座の座長は老人。その娘は宇津木（山根寿子）という、うらわかい後家で、鶴姫と同年の女の子をつれている。宇津木は、美男である弥右衛門に、目をかわしたときから、心をひかれている。しかし、弥右衛門が、もうお金も使い果し、この一座に加わってくらしをたてたいといい出した時、つつましく、それを断わる。

宇津木。「あなたは、ゆいしょありげなお方。しょせん、このまま一座に、とどまる方では、ありますまい。心のこりができぬうちに、早くお別れしたがよいと、父も（と父にかこつけて自分の意志をいい）申しておりました。」このことばの中には、十分の好意がこめられており、しかも、好意に流されていない。

だが、弥右衛門は、日本の男の強引さで、これを押しきる。

夜半すぎ、弥右衛門は、宇津木から、人形の使い方をおそわっている。宇津木は、弥右衛門の背に自分をおき、その肩に自分のほおをもたせつつ、くわしく、人形の使い方を教える。

宇津木。「この仕事を、一生涯の仕事にしてくださいますか？　いつまでも、いっしょにいてくださいますか？」

弥右衛門。「いつまでも、いっしょに旅を続けよう。」

（人形の所作を教えるこの場面は、映画のように公共の場に出す大衆芸術として、可能なかぎりに性的なはたらきかけを押しすすめているものと思う。子供ならば、そういう性的な解釈をまったくすることなく、この場面を見すごすことも多いと思うし、ここに、解釈の可能性についての選択の自由がある。観客各自の経験集積の度合に応じて、同じ一連の形象が、細密な性的描写ともうけとれ、また、単なる人形使いの伝承の場ともうけとれる、この仕組みは、戦後にいくつも出来た肉体主義映画（たとえば、「夜の女たち」）の系列にたいして、はっきりとレヴェルを抜いている。映画のもちうる形でのエロティシズムの課題を最も見事な仕方でといていると思った。同時に、この場面が長くあでやかに続くことによって、前にあった左枝の愛情告白がまっすぐな仕方でしかなされ得なかったことと対照され、左枝の可憐な性格がかえってはっきりと浮き上っている。）

宇津木のムコとして、弥右衛門は、一座に入る。そして、一座とともに家康のいる駿府城にむかう。駿府城では、気分のすぐれぬ家康をなぐさめるために、日本全国からえらばれた芸人のうでくらべがあるのだ。

駿府城へむかう芸人たちの長い列の中に、左枝も加わっている。左枝は、かつておなじく大阪城で侍女をつとめており、今は女歌舞伎の座長となっている生島丹後（北見礼子）の一座に入っている。左枝は、家康に報復するための機会として、この駿府城行きを、生島丹後とともに討っているのだ。

左枝。「すでに、すてる命と覚悟しておりますゆえ、たとえ一太刀でも家康にうらむことができましたら、それまででも、よろしゅうございます。」

こういう左枝のことばに、丹後はしずかに耳をかたむけている。

生島丹後。「それでは、おやりなさい。それまでに、芸の未熟なために選におちることがあれば、恥じゃ。ひたすら芸をはげむがよい。」

（ことが発覚したとき、自分たち一座のものが罪にとらわれることも覚悟の上で、丹後など一座の幹部のものが左枝の計画を許す態度に、感動した。封建的な日本の良さというか、それが今は失われて、どの役所でも民間団体でも、自分が損をするということには決して我慢できない人に満ちていることが思い出された。）

屋根うら部屋のようなところで、左枝は、ひとり、舞をはげんでいる。くりかえし、ひとりで舞う。

おなじころ、弥右衛門は、別の女を自分の道に引きいれ、今はその女を利用してくらし、やがては知らさずに死地に追いやろうとしている。

家康の前で、明日は演芸のもよおしがあるという前夜、宿屋のろうかで、弥右衛門と左枝が出会う。

弥右衛門。「左枝。会えてよかったな。」

左枝。「会えたのを、よろこんで、くださいますか。あなたは、くぐつの娘とみょうとになったでは、ありませんか。」

弥右衛門。「それも、方便。」

左枝。（くやしげに）「方便で、みょうとになられたのですか？」

このとき、弥右衛門は、なおも、道徳の言葉をひいて、左枝を制止する。

弥右衛門。「左枝。凡下の道に堕ちてはならぬ。あすまでの命では、ないか。」

（この期に及んでなお、弥右衛門は、男として、自分を上の者として位置づけることを止めない。そして自分が、明らかに劣等な立場にたちながらも、なおも、女に教訓めいたこと、教養のことばを引いて言う。この卑劣な態度は、今日のぼくたち日本の男の中に、あるもので、これを見ることは、屈辱だ。）

弥右衛門。「あすまでの命ではないか？」

左枝。「それだけになお、くやしゅうございます。ながい命のある身なら、行くすえをたのしむ気にもなりましょう。こよいが、生涯のおわりになるかもしれません。」

このとき、あとをつけて来て、外から様子をうかがっていた恋敵の宗右衛門が斬りこんで来る。この混雑のうちに、二人の再会は終る。

次の朝、駿府の城のろうかで、二人が出会う。左枝は、この世のことをあきらめた者の簡素なことばで仕事の手順だけを言う。

左枝。「わたしたち、歌舞伎の者は、舞をまいながら、家康公のすぐ前にまで近づくことが、できます。私が家康公に近づくのを待って、とびだしてください。あなたがとび出すのを見たら、わたしもかかります。」

弥右衛門。「できるか。」

左枝。「はい。かなわぬまでも、やります。でも、姫をどうされますか。」

（この当然の問題にたいして、弥右衛門は、対策を用意していない。次のような無責任な答えをする。計画性のない急進思想家なのだ。）

弥右衛門。「姫には、宇津木がいる。」

（知らぬうちに、危険においこまれ、それでもなお大事をうちあけられぬままに、それを託される宇津木は、このように不可解な仕方で、夫に愛されている。それは、主人が召使いにたいしてもつ愛情でなく、主人が奴隷にたいしてもつ愛情でもなく、主人が信頼のおける家畜にたいしてもつ愛情である。）

左枝が、生島丹後たち二人とともに、舞台にのぼる。舞台のワキにさがったのれんのスキマから、弥右衛門が、左枝の舞を見守っている。左枝は、弥右衛門の眼を意識し、それに支えられていることを感じる。

このとき、宇津木が、はせよって来て、無理矢理に、弥右衛門をろうかに引っぱり出す。

宇津木。「今さっき、あなたの眼は、大御所さま（家康）ひとりを目ざしていました。あなたは、大阪方ゆかりの方。秀頼公のうらみをはらすお心でございましょう。」

（この一連のセリフには、いかに心をこめて、宇津木が夫の行動を見つめていたかがでている。まえに平野謙だったかが出した「女房的肉眼」という問題。日本の妻が日常生活のワクの中で夫の行動を実に緻密に見てとっており、それを、より大きな社会生活のワクの中で意味づけることができないこと。これが、より大きな環境にたいして反応することになれた夫の眼からは幼稚に見えることの根拠となるわけだが、ここでは、話のすじが展開して行くにつれて、妻の方が、まっとうな見とおしを社会生活についても持っていることが、あらわになる。）

宇津木。「いったい（鶴姫をさして）この子は、誰なのです。」

弥右衛門。「それほどまでに、おれが、憎いか。」

宇津木。（泣きそうに）「憎いより、うらめしい。死ねと言われれば、命もおしまぬ女です。今日うちあけてくださるか、明日うちあけてくださるかと……」

弥右衛門。（ろうかをとおる人にきかれるのを恐れて）「黙ってくれ。」

宇津木。「誰にきかれても、おそろしくありません。おそろしいのは、あなたの心のうそだけだ。」

弥右衛門。（あきれて）「おそろしい女だ。」

宇津木。「逃げてください。あたしたちのために。子供たちのために。あなたが思いとどまれば、あの女も、きっと思いとどまります。」

（宇津木の議論は、すこしもとりみだすところもなく、すじがとおっている。今、弥右衛門が逃げれば、弥右衛門自身が助かり、宇津木も助かり、子供たちも助かり、〔家康も助かり〕、左枝も助かる。みんな、こともなく、生きながらえることになる。社会生活のワクの中にいれて見ても、この意見はもっともすじがとおっている。）

弥右衛門は、宇津木の情にほだされて、左枝をすて、自分の思想をすてて、妻子とともに、城外に逃げる。

そして、宇津木の予見のとおり、「あの女」は思いとどまったか。

左枝は舞いながら、ふと、のれんの外に眼がないことを見つける。ほたて貝のしるしをそめぬいたのれんが、ゆらゆら、力なくゆれているだけだ。男のいない理由を、心の中でさがしまどい、動作が不明瞭になる。弱々しいけれど、止めない。やがて、心をきめ、力を一点にあつめて、家康に近づいて行く。

（愛する人が善しとしている思想だから、これに殉じるというのでなく、愛するものがこれを捨てたあとにもなお、この思想をとりあげ、これによって自分を投げうとうとする。誰かへの愛情によるつながりによって思想に結びつく今日までの女の人たちの像でなく、思想の重大さのゆえに、思想そのものに自分をかける新しい女の人の像が、打ち出されている。）

後見になっている二人の同僚は、これから何が起るかを知っている。家康にむかって舞が進むとともに、切迫した呼吸。殺気。

家康が、一声「やめい」と呼びかける。左枝が、とまる。思想としての善悪と無関係に、人間としての鍛錬がものをいう場合が人間の出会いには多くあるのだ。くやしいけれども、力量の相違が、明白に、二人をへだてている。懐剣をひめたまま、左枝は、とらえられる。

城外に逃げ去った弥右衛門たちに追手がかかる。林の中に追いつめられ、逃げ場がなくなったとき、宇津木が、自分の娘（鶴姫と同年）をつれて鶴姫だといって訴え出ることを提案する。身代りとして自分の子が処刑されたあとで、自分も死ぬという。この提案をうけて、弥右衛門は、妻が自分の思想を理解しその正しさを信じるに至ったのだと、おろかにも解釈する。

弥右衛門。「（自分の主君であった豊臣家の血筋をひく）姫のために、おまえの命をささげるというのか。」

宇津木。「姫のためでは、ありません。二世をちかった夫のためです。」

（思想それじしんに直接に自分を結びつけた左枝と対照的に、宇津木は、自分の愛する人を通じて間接に思想に結びつく。左枝の場合と対照的に、これは、はっきりと封建的な思考方式である。思想それじしんの当否は問題でない。自分の愛する夫がそれを信じているから、それに自分が殉じるのだ。この考え方が、封建的な思考方式によっているとしても、これもまた、左枝の思想が純一であると同じく純一であり、それとしての一貫性をもっている。これら二種の純一な思想体系の間に、弥右衛門という「善意の男」は、ぐらぐらとゆれ、どっちをもうらぎって、結果として見れば、自分の安全のみを不潔な仕方で計ることになっている。観念の上では一貫性のあるような思想を説きながら、自己の生活では、日本の最も封建的な女たちの達している程度の一貫性にすら達することができない。日本のインテリの男たち。ぼくたちのもっている、男と女にかかわるそういう問題が、ここにでていると思えた。）

宇津木の娘は「鶴姫」として、駿府城に、とじこめられている。

その駿府城の縁側で、あるひるのこと。

御側用人内海陣十郎（岡譲二）が、どじょうひげを生やした中年の武士とはなしている。どじょうひげの男。「貴公は、あれが真の姫と信じているのか。」

内海陣十郎。「林さま。上様の命は、明日をも知れません。よしや、まことの姫でなくとも、ひとおもいに首きって、よみじへのさわりを除いてあげたい。」

すると、林なる人は、ゆっくりとうなずいて、深刻な顔をして同意する。これが、官学の元祖、林道春。よく考えてみると、もう少し前の場面で、正月元旦に家康がスルメを食べているそばに、書見台をひらいて、もっともらしい顔をしてひかえていた。

家康（小堀誠）の提案で、前にとらえておいた大阪城本丸の侍女左枝と宇津木母子とを白洲の上で対面させる。もし、宇津木のつれている子が、真の鶴姫なれば、左枝の表情にかくしがたい変化があるはず。それを証拠にして、鶴姫の処分を決めようという手順だ。

白洲の上を、なにごとが待つと知らされずに、二つのちがった方角から、左枝と宇津木母子とが近づく。みすの中には、家康が、眼をこらして見ている。家康のうしろには、官吏代表の内海陣十郎、学者代表の林道春、これは半分口をあけていて、ほんとうに心をこめて見ていない。ものそれ自身を見ることには関心がない。権力者にきめられたとおりを、あとで理論によって正当化すれば学者としての任務はすむ。

白洲の上で、左枝と宇津木の眼が会う。ここでは家康をだまそうという意志が、それまで同じ男をめぐって対立した二人の間で共にはたらく。みすの中では、だまされまいという意志がはたらく。そしてみすの中と、白洲の上とで、権力者と囚人とが、人間認識の能力をきそう。

両者がすれちがうと、一瞬、左枝がひざまずいて、「鶴姫さま！」とさけび、狂い出す。

（この狂態には作為があるとも考えられるけれど、後に、狂女となった左枝がろうかをさまよい歩き、城中にしのびこむ弥右衛門と宗右衛門を識別できず、空白の表情で見送ることを考えると、数カ月間の休みない緊張状態、この数日のごうもんによって、一時的に神経症におちたものとして映画は示している。）

病床にある家康の枕もとに、髪一束が、とどけられる。鶴姫のくびを打ったあかしである。その夜、宗右衛門に助けられて、弥右衛門が城中本丸まで忍びこみ、家康を殺そうとしたとき、家康は、すでに死体となっていた。

翌朝、鶴姫の死体を引きわたすといわれ、弥右衛門夫妻が城外にひざまずいて待っている。御側用人にみちびかれて、かごがかつぎ出され、中から、内海陣十郎の配慮でいつわりの死を死んだ童女が、元気よく出てくる。

おなじ場所を、左枝が、宗右衛門につきそわれて通りすぎるが、これから正気をとりもどすかどうかは、この映画の中では明らかにされない。

そして、最後に人々が行きかう広い野道を宇津木の子と鶴姫とが手をつないで歩いていく。二人は、人形使いの子として、これからの生活を送るのだ。

（人々の行きかう野道を、子供が二人、手をつないで消えて行く、という結末は、映画全編の思想的課題を解いている。豊臣の血筋は、権力者の系図によって旗印として用いられることなく、民衆の中に姿をしずめることによって受けつがれて行くのである。日本の伝統文化が、ほとんどすべて、家元制度をたて、茶の千家、碁の本因坊、生花の池坊というふうに、それだけでなく普遍宗教であるべき仏教でさえも東西本願寺のように世襲制度によって、血筋をとうとんで実力や思想それじしんをかるく見る傾向を示し、今日もなお改めないでいるとき、また、天皇制という日本で最も強大な家元制度をうしろだてとし、実業界も政界も官界も学界も、家族主義的な閉鎖性を改める色もないとき、こうした仕方で、この映画全体の問題がとかれていることは、たのしい。真に伝統をになうためには、伝統のにない手を、家元制度からときはなって、民衆の中に、かえすことがなければならぬ。そうでなければ、今日の日本の文化のように、伝統は衰弱してゆくばかりであろう。)

3

この映画に、ぼくとちがった受けとり方で、接した方も多いと思う。たとえば、(最後の、民衆の中に没するということに意味をみとめずに)この話を、何人かの人々の「忠義の話」としてとらえ、その忠義を、封建君主への忠義から、現在の天皇にたいする忠義におきかえて理解し、天皇にたいする忠義のとうとさを新しく感じるという人も、あると思う。この映画のクミタテは、いくつかの仕方での意味づけを許す。ぼくのとった意味づけの仕方も、この映画のクミタテによって許されているところのいくつかの解釈の一つなのだ。

この映画にかぎらず、どの映画も、それぞれのクミタテにおうじて、多種類の意味づけを許すものだ。だが、ぼくが「振袖狂女」から受けとったようなさまざまの意味——

現代日本における異端者の宿命、男が女をうらぎる仕方、伝統のうけつぎかたなどについての批判は、他のどの映画からも、同じようにとり出せるものではない。思いつくままにならべてみれば、「いれずみ判官」「水戸黄門漫遊記」などは、権威にたいする頭の下げ方の度合によって、いま「振袖狂女」から記録した種類の反応を見物によび起すことをはばんでいる。「平手造酒」「佐々木小次郎」「乞食大将」などは、全体をつらぬくものとして自暴自棄の精神があり、それ自身として日本の弱点を反映している意味でよい映画であっても、「振袖狂女」のようになにかの計画をもって日本の問題を解こうとしていない。

こういう点をしらべてみて、「振袖狂女」は、かなりの高さにまで達した日本映画であると思う。映画のなかの道具だてとしてチャンバラが出ているから、その映画には思想がないとか、進歩的思想をもりこめないとか考えることは、理由のないことだ。

ぼくは、日本の民衆のあたえられて来た大衆芸術が「低い」から、それらを、「より高い」ものである西洋の近代小説などによってオキカエることで、日本人の精神生活を近代化しようという思想に、うたがいを持つ。低いとか、高いとかは、ある一つの尺度で計れば、いちおう言えることだが、一つの尺度にあてることだけで、作品の中にある可能性は、くみつくせない。大衆娯楽をふくめて、わたしたちを育ててきた民間伝承は、実に多くのものへの可能性をはらんでいるのだと思う。これを、今まであったと同じ形でうけつぐこと（たとえば、俳諧をうけつぐのに、五・七・五の約束を守ることをもってすること）は、必要ではない。今までにあったものからくりかえし線をひきなおすことによって、前進を設計することが、西洋の近代化をうつしうえる仕事とともに、わたしたちのなすべきことの一部分になっていると思うのだ。

戦争映画について

「軍神山本元帥と連合艦隊」（新東宝、志村敏夫監督）を新宿の映画館に見に行った。男ばかりだったが、満員だった。よっぱらいがひとり、劇場のすみにたって、くりかえし、どなっていたが、それでも、終りまで立ちさろうとしなかった。

この映画についての新聞の批評はわるかった。「反省がない」、「もう一度戦争にかりたてる危険がある」など。そういう新聞の映画批評をよんでから出かけたのだが、この映画に私は好感をもてた。

この映画は山本五十六元帥が、日米戦争を心配し、つねにそれに反対しながらも、その中にひきずりこまれてゆく過程をえがく。そのあいだに、二・二六事件、ヒットラー進出、日支事変開始など、同時代のニュース映画の断片が、おりこまれている。

今日も飛ぶ飛ぶ

霞が浦にゃ
でっかい希望の
雲が湧く

この予科練の歌をきくと、明るい気分がかえってくる。考えなおしてみても、私の中によびさまされているものは、明るい感情なので、暗い感情ではない。予科練が、大人になりきらぬ少年の身で、飛行機をあやつって、死地にのりこむ。これは暗い事実なのだ。同時に、死んでゆく予科練自身は、このことを、明るい一つの事実としてうけとり、その感情を同時代の人々につたえた。

この映画にでてくる、年少の飛行兵たちのつきつめた眼ざし。それは、そういうひたむきな姿勢が（目的の如何をとわず）つねにあたえる、清潔な感動、明るさの感じをつたえ、それから少しおくれて、いたましさ、暗さをつたえる。落雷が、まず天地を明るくする光、それからしばらくおいて、音響と地ひびきによって、二重の反応を私たちによびさますように。

この映画で、片手に白いほうたいをして再び機上の人となり、敵艦につっこんで行く河合四郎（北原隆）の、勇気にみちた青春の姿を、美しいものと思った。彼は機上で頭をうたれ、したたる血のしずくをぬぐう。「四郎ちゃん、四郎ちゃん」と呼びかける、故郷の姉の声が耳にきこえる。彼は、その声に、はっきりとわらってこたえ、嬉しげに、後の席の砲手にむかって、「ただ今、我、敵空母に突入」とよびかけ、同じように明るい確信にみちた答えを得て、空母につっこんで行く。こういう少年たちの多くがあり、これらの少年たちに心をかたむける多くの姉妹、母親たちがあった。

戦争のころ、そういうひたむきな人々にたいして、私は、うしろめたい感情をもちつづけた。飛行機にのっていれば、ほとんど確実に死ぬ。何度生還しても、また死地におくられるのだから。軍艦にのっている場合にも、同じである。こういう毎日を、明るく静かに、やってのけている少年たちにたいして、私は、自分を美学的にみにくいものと感じた。私は私の敗北主義をうずくまって守っており、自分の正しさに確信をもっていたが、同時に、自分のうずくまっている姿勢にたいして、美学的な不快をかんじた。

このころ、私の小学校のころの友人が、私のところに相談に来た。ひとりじっとして学校にいるのはいやだから、志願して、海軍に入りたいというのだ。まだ学徒出陣の制度がなく、大学生は安閑として本をよんだり、レコードをきいたりしていられた。大学に行けない青年たちだけが早目に動員され戦地へおくられていた。

一宮三郎君（これがその友人の名前だ）の相談に、私は、正面からむきあえなかった。

「早く兵隊にならないほうがいい。いそがないほうがいいよ。」

「なぜ、君は、そういうのだ。」こう言いかえされると、私は、不明瞭な返事をした。

私は、この戦争に日本が敗けること、それがわりに早く来ることを考えていた。日本が正しくないこと、したがってこの戦争に生命を投げいれることは正しくないということに確信をもっていた。だが、その理由を、はっきりと、友人に説明することはできなかった。

数カ月後に、一宮君は、海軍に志願した。さらに一年たって、学徒出陣の制度がしかれ、同級生がみんな兵隊にとられたとき、彼は、自分だけ早く従軍したから友人連中にたいしてかたみがひろいと、ハガキで無邪気にいばって来た。フィリッピン沖の海戦で、彼は死んでしまった。学徒出陣ででかけたものは、多くは訓練期間中に敗戦を迎え、激戦のまん中に投げこまれたもののなかった中に、彼だけが死んだ。

私は彼の父母兄姉のみんなを知っている。無邪気な喜びに満ちた家庭であった。社会のうらを考えて、手をうってゆくということのない人たちだった。一宮君にしてもとくべつに軍国主義を信じていたわけでもなく、名誉心というようなものもなかった。ただ、そのすなおな心に、国家の危機という考えが深く入り、まったく自発的に死をえらばせたのだった。

私は彼の生命が中断されたことが不愉快だ。同時に、彼の生命が、死の直前まで、明るい青春のスタイルを示していたことも、忘れることができない。「予科練の歌」や、「海ゆかば」をきくと、最初によびさまされるのは、悲しいということよりは、明るい感じである。

本当にがんばって戦った人々にたいして、私は、何の反感もかんじない。だから、軍人という君にたいしてはもちろんのこと、山本五十六にも美しさを感じる。友人の一宮ものそれじしんにたいして特別の反感をもつということができない。むしろ、軍人にたいしてすっかり罪をきせてしまって、戦後に自分の席を少しずらして自由主義・民主主義の側についてしまった権力者——官僚、政治家、実業家たちに憎しみを感じる。

このことは、前にふれた「軍神山本元帥と連合艦隊」にたいする新聞の批評にかかわる。この映画に、「戦争の反省が見られない」、「ふたたび戦争を起させる危険を感じる」と今の立場で言う批評を、私はそのままうけいれにくい。それでは、戦時の記録を少しずつカイザンして、日本国民がもともと戦争をにくんでいたようにするか。そういうふうな映画をつくったほうが、いいのか。じじつ、そういう映画は、戦後に何度かつくられた。そういう映画を見たとき、観客としての自分がいいかげんにあしらわれているという不愉快な感情をもった。馬鹿にするな、私も同時代の者の一人として、この戦争を自分の眼で見て来たのだ。あとで、いいかげんに書きなおすことはゆるさないぞ。「軍神山本元帥と連合艦隊」は、開戦の翌年につくられた「ハワイ・マレー沖海戦」の延長線上にある作品である。戦時中につくられた数多くの戦争映画に続くもう一つの映画である。この映画を見るとき、私たちは、自分たちが戦争中に見聞したこと、その当時の実感を、当時の延長線上で追経験することができるし、当時の延長線上で追経験することができないとしたら、その人の評価の規準が、敗戦後に大きくゆらぎ、かわってしまっているからだ。そういう場合には、戦争中のでき事と実感とを、今日の立場から、自分で新しく意味づけてみることができる。もし、敗戦後にそのような価値規準の変動を通らなかった人がいるとすれば、その人は、この映画で、昔のでき事を昔と同じ仕方で意味づけるであろう。それは〔私の正しいと思う規準によれば〕危険なことだ。だが、そういう危険の可能性をも含めて、そこを通ることなくしては、〔過去についての〕自主的な判断というものは成立しないのだ。

「軍神山本元帥と連合艦隊」は、よい映画か。非常によい映画とは思わない。だがあていどよい映画と思う。すくなくともこの映画には、戦後の「自由主義」ほどの不潔さがキハクである。誠実な国家主義者のもつ、どっしりとした重味と、正直さがある。この思想に、私は政治的には反対だけれど、美学的には好感をもつのだ。佐分利信の山本五十六も、よかった。

だが、この映画をつらぬく国家主義思想は実に困る。この映画は、「国家の命令には善悪にかかわらず従わねばならぬ」ということを自明の公理として、その上につみあげられている。日本必敗の信念をもつ山本五十六が、陣頭にたって、あばれまわって自滅するのだ。これは、国家主義と合理主義とをあわせもつ人間が、当然になわせられる一種のニヒリズムの映画である。そういえば、山本にかぎらず、米内光政も、近衛文麿も、この映画に出てくるあらゆる日本の政治家が、この種の国家主義的ニヒリストである。日本の政治家たちについてのこのような特徴づけは、案外に、マトをいているように思われる。これらのニヒリストたちは、自分の行動の究極的な意味における正しさなど信じていない。また、日本の国家が結果としてどういう目的地に達するかにも、大きな関心をもたぬ。ただ、国家にたいする自分の献身という自分のフォームをくずさず、自分の生涯の終りまでつっこんでゆけばよいのだ。

敗戦直後の「自由主義」「民主主義」もこのような国家的ニヒリストのなせるわざで、国家の方針として民主・自由・平和でゆくことになったからというわけで、あとはさっきの「善悪にかかわらず国家にしたがう」という自明の公理に助けられて、過去をかってにカイザンしてもよしということになり、民主的、文化的、平和的作品を多くつくった。私は、戦争中の国家的ニヒリズムにも〔その美学的美しさにもかかわらず〕反対だったが、戦後の国家的ニヒリズムにたいしても反対である。

過去は、すりかえられてはならない。過去はわれわれの記憶に残っているままの形で、まず過去そのものとしてとらえられ、そのうえでさらに、現在および未来の光の下に新しく意味づけられなくてはならぬ。

この十五年の戦争時代ほどに、日本人が世界各地にとびちり、力をかたむけて生きたことは少ない。この努力は、正しくなかった。だが、この中に多くの人々の誠実な努力がこもっていたこともたしかだ。死んでしまったかれらが、私たちと同じ地点にたって戦争をふりかえり、死者らしい寛大さをもって、このドラマ全体の空しさに快く同意してくれるような、そういう説得力のある戦争映画をつくりたい。「軍神山本元帥と連合艦隊」が、そのような映画であるとは言えないが、そのような映画の第一条件である、同時代的体験の復元ということだけは、みたしている。ここからやりなおさなくてはいいけないのではないだろうか。

同じときに見た「壁あつき部屋」（松竹、小林正樹監督）の真中ごろに、信欣三の演ずるBC級戦犯が出てくる。彼は、朝鮮戦争のニュースをきいて、「いよいよ第三次世界大戦ですね。人間てそんなもんなんだな。人間てみんなそんなもんなんだな」と、実にうれしそうに、貧乏ゆすりしている。そしてすぐ、くびをくくって死んでしまう。

上官の命令のままに兵士としておかした残虐行為の記憶。国家によって強制されたその行為にたいして、今は国家は過去をすりかえ記録をカイザンし、そのために自分は牢屋につながれ、国民の非難にさらされている。こういう状態で、不安定に生きる一人の気の弱い人にとって、その罪の意識をぬぐいさるためには、「人間てものはみんなそうなんだ、こんな悪いことをみんなするのだ」という悟りをもってくる他なかった。この悟りさえ、結局は、彼を救い得なかった。

敗戦直後の日本国家の内部で、BC級戦犯のおかれた位置は、日本の権力者たちの国家的ニヒリズムが、どんなぎせいを生みだしたかを教えている。「あのときはやむを得なかった」とかいって、こまわりのきくものにとっては国家的ニヒリズムはプラスになろうけれど、それは戦争中も、戦後も、国民大衆の中に犠牲者を生みだしている。

私たちは私たちそれぞれの知っているあの過去から新しく線をひきなおさなくてはならぬ。そして、過去を評価する規準は、国家の規定を善悪にかかわらず支持するというかつての自明の公理から離れざるを得ない。

補論——大橋一夫氏の公開状への答え

「軍神山本元帥と連合艦隊」という映画の出現が、戦争映画に転回をもたらす「明るい一つの事実」だと、私は思っているのではありません。大東亜戦争の客観的側面が、はじめから必敗と不正とをふくんでおり、その故に徹頭徹尾暗いものでありながら〔日本国民にとっての〕主観的側面においては明るいものをふくんでいたこと。したがって、同時代の体験の復元という仕事は、この〔主観的〕な「明るい事実」をふくめてでなければできないことを、言ったのです。「予科練の歌」や「海ゆかば」をきくと、明るい感じが、私の中にも呼びさまされるのは、なぜかと、くりかえし自分に問うて見ました。十分に納得した上での献身の感情がそこに表現されているからだと思います。反戦の目標に同様に完全な献身をすることのできなかった私に、これらの歌は、一種の感動をあたえました。今も同じ感情をよびさまします。

そういう同時代の体験をすてて、敗戦後の地点からずらして現代史をえがき直そうという試みに、不満を感じます。

「ハワイ・マレー沖海戦」とか、それと同質的な「軍神山本元帥と連合艦隊」を見て、考え直すべきことが、まだあるように思います。

その当時の国民感情をすりかえずにとらえて、しかも現在の地点から批判し得た作品として「二十四の瞳」「美しい人」の二作をおぼえていますが、それらは、いずれも、広義の戦争映画とは言えても、戦闘を描いた映画ではありませんでした。私が望むような同時代の地点からもとらえ、現在の地点からもとらえた戦争映画は今後に待つほかなく、そのような映画を考える上で、「軍神山本元帥と連合艦隊」も一つの刺激になると思います。

「二十四の瞳」の中の、軍人になりたいという小学生のえがきかた、「美しい人」の中の見事なファシストのえがきかたが、今後のわれわれの現代史記述に一つの水準をしめしているように思います。

まちがった結論に達する人のことも、その結論にたっするまでの道程、その結論にたっするまでの意図と動機から切りはなして評価することはできません。

そう判断することは、権力者をふくめてのあらゆる人々を戦争責任から解除することを意味しません。

相手の条件を理解しようと努力し、理解しようと努力しながら、同時に徹底的に責任を追及する方法をとりたいのです。

日本映画の涙と笑い

ある人にむかって、みんなが感涙にむせんでいる説教になぜ涙をこぼさないかをたずねると、その人は「私はこの教区の者ではありません」と答えた。この男が涙について考えたことは、笑についてはいっそう真実であろう。

——ベルグソン著、林達夫訳『笑』——

日本の映画における涙と笑いについて、別の教区にぞくする者の無感動をもってむくいる人は多いであろう。むしろアメリカ映画、フランス映画の方に、自分の教区をもっている日本人が、多いと思う。評判の映画「明治天皇と日露大戦争」は日本映画史はじまって以来の成功といわれるが、これを共感の涙をもって眺める人々のいた反面、退屈で退屈であくびばかり出たという人も、私の知人にはひとりならずあった。

アメリカ映画、フランス映画にくらべて、日本映画という教区は、どんな特徴をもっているのだろう。そんなことを考えながら、田中純一郎著『日本映画発達史』（中央公論社）を読んだ。

なつかしい映画の題がならんでいる中で、次のものにであった。

「〝歌う狸御殿〟大映太秦作品。脚色・演出木村恵吾。撮影牧田行正。特殊撮影三木滋人。主演宮城千賀子、高山広子、雲井八重子、草笛美子、大河三鈴、美ち奴、楠木繁夫、伊藤久男、三原純子、豆千代。低俗なミュージカル・ドラマ。」（一九四二年十一月五日、白系）

「歌う狸御殿」。私は、この映画を笑って、たのしんで見たことを思いだした。この映画に、とくべつに好きな人が出ていたという記憶もないし、狸の出るのをたのしんだのだと思う。戦後も、「阿波狸合戦」という映画があって、阿波の徳島でキンチョーという狸とも一つ別の狸と二派の狸の大軍が、戦場であらそい、その余波をうけて、徳島市民の景気にうきしずみができる話で、面白かった。狸の世界と人間の世界が平行的に描いてあり、人間の世界はあくまでも狸の世界の付帯現象として追跡される。この手法を、新鮮なものと感じた。

もう一度、前の「歌う狸御殿」にもどるが、これが「低俗なミュージカル・ドラマ」だとしても、この教区に私はぞくしていると自分を感じ、たのしく笑うことができた。だが、映画館を出ると、もう笑えなかった。ラジオ・ニュース、新聞などに出てくる東条首相の演説は、私とは別の教区にぞくしていた。この戦争の期間、大東亜戦争の正義を説き、米英撃滅を説くものをすべて私の敵と感じた。この戦争が終って、ちがった調子がもどってからも、決して気をゆるすまい。いつ、どんなきっかけで翼賛運動が再発するかわからないのだからという意味のことを、くどくどと日記に書いて戦争の終りまでくらした。

戦争中の日記をよむと、そのころの自分がどんなに深く教条主義――棒のように固くなって原理を守る精神――にとらえられていたかを、思いしらされる。このことは、もう一度、映画にひきもどして考えてみると、映画のひきだす涙とむすびつく。

「〝不沈艦撃沈〟松竹大船作品。原作平田弘一。脚色小国英雄。演出マキノ正博。撮影三木滋人。主演井上正夫、小沢栄太郎、高田浩吉、東野英治郎、丸山定夫、佐分利信、水戸光子、桑野通子。飛行機魚雷を製造する軍需工場の総力体制を劇的に扱い、小沢の好技が認められた。」（一九四四年三月二十三日、紅系）

これは、酒場にぬけだしてさぼりたがる工員を「あのタコヤスではこのごろメチルをまぜているからこんなにおれも手がしびれて来た」などと職工長が実演して見せてだまして酒場に行かせないようにしてむりに働かせているうちに、大東亜戦争がおこり、自分たちのつくっていた魚雷でイギリスの不沈艦プリンス・オヴ・ウェールズ、リパルスの二隻が撃沈されたことをきき、工員が自分の仕事の意義にめざめるというすじだったが、工員の感情の変化が自然で、納得のゆくものであり、今思いかえしても、いやなかんじがないし、当時もなかった。

もっと極端な超国家主義の映画についても、私はよい記憶をもっている。

「〝かくて神風は吹く〟大映京都作品。原作菊池寛。脚色松田伊之助、館岡謙之助。演出丸根賛太郎。撮影宮川一夫、松井鴻。主演阪東妻三郎、片山明彦、嵐寛寿郎、片岡千恵蔵、市川右太衛門。東宝特殊技術課の応援を得て元寇の役、博多湾上の海戦を描く。」（一九四四年十一月九日、白系）

神風だけに期待をかけていた一九四五年をふりかえって見ると、このように自分たちを追いつめて考えてゆく国民的思考に恐怖を感じはしたが、同時にこのように（まちがった目的にたいしても）、献身できるということに感動をもった。やはりこのころ三月の大空襲に家を焼かれた人たちの群が、今うしなったものについて何の心のこりもないように、明るい態度で歩いて行くのに道で会った。そのときの感動と同じ質のものである。献身とかぎせいの行為が、終りまでつらぬきとおして演ぜられるとき、私はつねに、その行為の目的がまちがっているという確信をもっているときにも、感動する。国家にたいする献身を描いた「ハワイ・マレー沖海戦」（一九四二年十二月三日）、「空の神兵」（一九四二年九月十日）、「決戦の大空へ」（一九四三年九月十六日）についても、家族制度にたいする母親の献身をえがいた母物映画についてもそうだ。「すみだ川」（一九四二年九月三日）、「無法松の一生」（一九四三年十月二十八日）においても家を破壊せずに自分を殺そうとする態度が、つよくひびいてくる。

このような献身は、実にやりきれないものだ。家族の構成メンバーのそれぞれの、ほんとうの意味での人間的成長をはばみ、国家の構成メンバーのそれぞれの人間的成長をはばむものである。にもかかわらず、このような献身のフォームを見ると、私は、がっくりひざをおってしまう。母物映画、国家主義映画のさそいだす涙については、私は明白に自分の教区にいることを自覚する。思想的には今度の大戦の期間をとおして、アメリカ、ソヴィエトの正義を確信していたにもかかわらず、その思想上の正義にたいする自分の毎日の献身が、超国家主義にたいする日本の少年少女の献身、家族制度にたいする日本の母親の献身におとるところがあると思った。思想の教区においては、自分はむしろアメリカにいるわけだが、感性の教区においては明らかに日本にぞくしていることを感じた。ここに、われわれの状況の原型があるように思う。

このような献身を別の目標、たとえば、絶対平和主義にむかわせて構成しなくてはならぬというのが、戦争当時の私の考えだったが、その思想をもってしては自分が袋小路に追いこまれてしまうように感じていた。このような状況で、狸の映画が、底のほうから、私をとらえた。新しい考え方の可能性、生き方の可能性が、そこに暗示されているように感じた。

国家主義が若い兵士に要求する完全な献身、家族主義が母親に要求する完全な献身と同質の献身をもって、反国家主義、反家族主義につかえようとするならば、われわれの動く場所が国家主義、家族主義の支配する場所である以上、われわれの行動半径は加速度的にせまくなり、しまいに一つの点のようになってしまい、いさぎよく消えてゆくほかなくなる。この考えにとりつかれた自分にとって、狸の映画を見に行くことは、つかのまであってもとにかくもっとも健全な、根底からの解放であった。国家主義、家族主義そのものにたいしても、詐術をもちいて、姿をくらますこと。とおくからきこえてくる狸ばやしは、そのような可能性を、自分に暗示した。

実際には病気が、自分を戦時の社会からかくりするバリケードとなってくれ、私は、戦争のはじまったときの教条主義を大切にだきしめたまま敗戦をむかえることができた。だが、この教条主義は、国家とか家族にむけられていないということでより少なく有害なものとなってはいるだろうが、しかし、平和とか、階級解放にむけられているときにも、教条主義に特有の有害さからは自由でない。こうしたこわばり、視野の固定、判断の固定をときほぐすために、狸の助けをかりるのが適当である。

「日本的妖怪の吸引力について」という多田道太郎の論文の予告が、昨年の『キネマ旬報』に出ていた。これは何かの事情で、出現しなかった。したがって、どういう論文を書こうとしたのか、はっきりわからないけれども、日本的妖怪の吸引力の秘密を探ることこそ、日本の大衆芸術にとっての、重大なテーマになると、私も自分なりに信じている。

日本的妖怪は、「カサネ」だとか、「四谷怪談」の原型にさかのぼれば、あきらかなように、日本においてもっとも社会的保障の少ない中年すぎた女の人々の表現不可能な情念の媒体となるとき、もっとも陰惨な形をとる。十五年もつづいた長い戦争を経たわれわれの日本は、「カサネ」や「四谷怪談」以上に多種多様な亡霊に満ちている。子をなくした親、夫をなくした妻、親をなくした子、それら現存の人々をうごかす無意識の潜流として、なくなった人々の情念は今日の歴史の力となっている。さらに朝鮮、満洲、中国で理由なく殺された現地の人々の情念もまたわれわれにのりうつっているはずだ。私たちは、それらの情念を自分たちの毎日にうつし、それらの情念にこたえる力を、日本の妖怪伝説の中にもっている。日本の伝承によれば、人間の霊は死後垂直に天にのぼってしまわずに、知人の住居にちかい丘や森に長く留っている。そうしてもっと後には、われわれの活動如何によって、安心してうすれてゆく。霊もまた永久不変のものではない。さらにまた、霊はつねに、うらみある表情でわれわれを見守っているとはかぎらない。それらは、過去の記憶、燃焼せずに終った情念を束ねた巨大な松明をかざして、われわれの未来へのコースをてらしてくれる。かれらと親密な交通をひらくことが、私たちの日々の必要なのである。

妖怪は陰惨なものから、優しいもの、親切なもの、さらに楽しげなものに変化してゆく。そうして、全体が、狸ばやしに伴奏されたナンセンスに変形してゆくことが、進化の一つの方向であるように思われる。われわれの歴史をさぐる方法、うけとる方法は、科学的手続きとともに、感性によってうらうちされている。日本映画の涙、笑いの中に、私は、現実を類型化し低俗化する方向だけでなく、現実をもっとゆたかなものとして再建する方向がひそんでいるように思われる。

長い侵略戦争、原子爆弾をうけてきたわれわれの歴史の中に、怪猫的な妖怪が多くひそんでいることはうたがいえない。そうした現代史の側面にたいして、もっと敏感でありたい。そのようなエネルギーを自分のうちにうけて、直線的な突撃をくりかえし計りたい。一回の突撃の失敗によってくずれることをせず、あらゆる種類の妖怪の助けをかりて、また突撃したい。だが、この突撃のつみかさねが、だんだんに、狸ばやしの所在にちかくなり、そうして歴史の全体が、絶対者の前での審判と刑の計量によって終るのでなく、狸ばやしで終ることを信じたい。

漫画の読者として

1

河合隼雄の『影の現象学』（思索社、一九七六年）という本を読んでいると、こんな詩に出あった。

もしも　私が死んだら
おざしきぼっこに私はなりたい
誰にも知られず　ざしきの中で
みんなと一緒に笑っていたい

〈もしも私が死んだら〉

この詩の作者は、ブッシュ孝子で、一九七四年一月に、二十八歳でなくなった。自閉症のこどもの治療を研究していた人だそうで、乳癌のため、手術をうけ、そのあと、ひと月ほどの間に八十篇の詩を書いたという（周郷博編『白い木馬』サンリオ出版、一九七四年）。

人にはいろいろの可能性があって、その中の一つしか生きられないとしても、やはり自分の中に、いくつもの可能性がせめぎあっているのを感じる。そういう、結果としては実現できないさまざまの可能性のせめぎあいを、自分の実際上の生活以上にひろく感じる時がほしい。それが遊びという局面だろう。

自分が死んだあとで、死んでしまった自分をふくめて、宇宙の可能性のせめぎあいに参加してみたいという望みがある。それは、この人生の中では、もういない自分を想像してみることによって、わずかにかいまみることのできるものだろう。

そんなのんびりしたことを言っても、役にたたないという人もいよう。だが、役にたつことのつみかさねとして、自分の人生を見るとすると、また人類の生を見るとすると、そのつみかさねはむなしく散ってゆくもので、生きていることが無駄なことのように思えてくる。そういう全体の図柄をけっして思いうかべないところに、実際家の知恵があるのだろう。

生死をこえた自分の分身に自分を託して、宇宙の動きを感じるという、その遊びを、私たちは、毎日できるというものではない。ほんの少しの時間だけ、そういう遊びの気分になれるというくらいのところだろう。

無用の遊びのことなどまったく考える余地なしという完全な実際家の態度と、死後の自分の分身に託して宇宙の遊びに参加するというブッシュ孝子の態度と、この二つの極の中間のどこかに、いつも私たちは自分をおくことになろう。

2

自分の内部の遊びの部分をさぐると、漫画の読者としてすごしてきたという遊びが、私にとって大きな意味をもってきたということにゆきあたる。

自分で漫画を書くということも、六歳から十二歳くらいまでやったが、それは、ついに職業にはならなかった。

小説を読むというふうなことも、私にとっては、遊びの大きな部分をしめはしたが、文字をらくに読みはじめたのは六歳からだし、遊びとしては、すくなくとも私にとっては、小説は漫画より小さい。漫画のほうは、おそらく三歳か四歳くらいから、ずっと今日までつづいて見ている。漫画世代の上限は、社会学者副田義也によると、今の三十二歳くらいだそうで、それは、少年週刊誌の発行された一九五九年に小学校五、六年生だった世代がつづいて漫画を読むくせを身につけたという説明である。私はその統計からはいくらかはみだしているのだが、自分の中の遊びというと、漫画を手がかりにして考えてゆくことがあぶなげがない。

漫画は、自分にふりかかるいやなことのショックを弱めるはたらきをする。だからこそ、子どものころから、私は漫画にとびついたのだが、すべてを茶化すということは、人にとっては無理である。どうしても、茶化せないようなことが、最後まで、のこるものだ。

腹を切ろうとする人にとって、自分が腹を切ることを茶化せるだろうか。なし得ることとは思うが、むずかしいだろう。

ところが、植草甚一『ぼくがすきな外国の変った漫画家たち』(青土社、一九七一年)によると、フランスには『ハラキリ』というパロディの雑誌があって、パロディ専門誌として人気があるそうだ。

それには毎号、「まぬけた遊戯」が連載されており、こんなのも出ているという。目抜き通りで、通行人の多い時をねらって、きれいな女性がとおったら、おおいそぎでズボンをぬぐ。その女性はおどろいて逃げだすだろう。そこでズボンをまるめてこわきにかかえ、女性のあとを追いかける。彼女はスピードをあげ、やがて大声で人をよび、君は通行人にとりかこまれ、なぐられる。そしてズボンをはかされるだろう。その時が、この遊びの勝ち負けの瞬間だ。

地面にひっくりかえったままで、両足をバタバタさせて、簡単にはかせられないように努力をかさねよう。それでも多勢《たぜい》に無勢《ぶぜい》で、ズボンをはかされてしまった時、のこる力をふりしぼって立ちあがり、自分のズボンをゆっくりと見よう。ちゃんとはかされていたら負け。さかさまにはかされていたら勝ち。

なんとなく、『ハラキリ』という雑誌の題にふさわしい遊びのような気がするが、それは、ハラキリという、はるかな国の風俗が、それを自分のものとしてうけとめていない第三者の頭の中につくりだした自由連想という感じもする。ふつうに黒いユーモアと呼ばれている表現形式は、とくに商業漫画の世界においては、フランスの『ハラキリ』に出ていたというこの遊び、「ダゴベール王になってみる遊戯」に似ている。だが、自分におこってくるもっともひどいことを茶化すという漫画も、やはりあったのではないだろうか。

ここで私が思いだすのは、漫画ではなく、原民喜の「ガリヴァー旅行記―一匹の馬」というエッセイである。原爆にうたれた町にいて、原民喜が人間界から眼をうつすと、草原に馬がいて黙って草を食べていた。その時、原は、人間の世界をじっと見ている哲学者馬のことを思いだしたという。原のエッセイには、ユーモアがある。『ガリヴァー旅行記』の作者スウィフトもまた、おなじように、自分の上にふりかかった災難を見かえす、黒いユーモアをもっていたのだろう。

黒いユーモアというと、よっぱらいのすわろうとする椅子をひいてひっくりかえらせるとか、はげ頭につけているかつらをひっぺがすとか、そういう残酷ないたずらの延線上にある、どぎつい冗談を、ふつう思いうかべるけれども、原民喜の原爆体験以後に書いた小説と随筆とは、やさしい、おだやかな文体で、しかし人類に彼らの見まいとする真実をつきつける作品となっている。

「新びいどろ学士」という小説の想を得た主人公は、自分がガラスでできているという感覚をもつようになり、満員電車の中をおそるおそる自分をだいてたえてゆく（『氷花』）。それは、戦後のふくらんでゆく東京の生活、原爆投下後の世界全体への黒いユーモアである。

朝鮮戦争のさなかでの鉄道自殺を前にして書いた『心願の国』（一九五一年）をふくめて、原民喜のくりひろげる空想には、追いつめられたものの絶叫というよりも、おだやかな遊びがある。こういう感じ方もあるということが、私にとっては、一つのしるべとなる。

漫画の世界で、このような境地をひらいた作品を考えてみると、水木しげる『河童の三平』、つげ義春「腹話術師」「ゲンセンカン主人」が浮かんでくる。

水木しげるは、南太平洋のニュー・ブリテン島にとじこめられて空襲下の日々をおくり、ここで片腕をうしなって日本にかえってきた。戦後の日本での自分の傷病兵としてのくらし、紙芝居かきとしてのくらしから、やがて貸本屋むけに漫画をかくことに転じて、戦記マンガを書きはじめた。

長篇漫画『河童の三平』（兎月書房、一九六二年）には、ニュー・ブリテン島での絶望の日々が直接えがかれているわけではないが、ここで彼がくわわった島の人びととの共同のくらし、それがよびさました生まれ故郷の鳥取県境港の動物と神々の言いつたえが、物語のもとになっている。

山の中に住んでいる人間の子三平は事故で死んでしまい、かわりに住みついた河童の子とタヌキの子が、故人三平の母親をだましだまし、彼女を助けてくらす物語で、ここには幽明界《さかい》をことにした人間とその影との交流がある。三平の母は、だまされているふりをして、自分の子のおもかげを河童の子に見て、生きる力を得る。河童の子が見事に小学校を卒業して河童の国にかえってゆく日、人間三平の母は、実は彼が三平でなかったことを知っていたとうちあける。河童はひとりで自分の国にかえってゆく。それを見送る三平の母とタヌキ。

　河童「では、さようなら」
　三平の母「気をつけてね」

黄昏《たそがれ》の山々の影が空にむかって黒くのこっている最後の場面がすばらしい。
　こういう場面を見ていると、明治以後の国家神道（私が小学校で教えられたもの）をこえて、そのもとの神道にさかのぼってゆくことができるような気になる。自分の人生観をつくりかえてゆく力が、この漫画にある。
　つげ義春「腹話術師」（『つげ義春初期短篇集』幻燈社、一九六九年）は、青年腹話術師が人形を殺してしまう話である。二人はいつも仲がわるく、舞台でもしょっちゅうけんかのしどおしで、しばらく舞台で全然口をきかない時もあり、それが、親方にとって心配の種だ。

ある日、親方は、本気で人形とけんかするやつがあるかと、どなりつける。しばらくして腹話術師が、いつになくすっきりした表情をして、あやまりに来た。

親方「とにかく、よかったよ。君が狂ってるんじゃないかと、みんなで心配してたんだ。それで人形はどこへやったんだい」

腹話術師「なまいきなことばかりいうから殺しました」

これは統合失調症の発病をしらせる一コマかもしれないが、心のはたらきのぎりぎりのところをてらしだす、黒いユーモアでもある。

初期短篇のこの無気味な味わいは、その後の「長八の宿」「ほんやら洞のべんさん」「紅い花」「もっきり屋の少女」などでは、もっとおだやかな気風にかわってゆく。しかし、後期の作品でも、「ゲンセンカン主人」(一九六八年)では、もとどおりの無気味な味わいが、もどっている。

主人公が、温泉町に入ってゆくと、そこにおもちゃ屋があって、天狗の面を売っている。その天狗の面をかぶって歩いてゆくと、宿屋には、すでにもうひとり、おなじ天狗の面をかぶった男がいて、彼にむかってむこうから進み出ようとするのを、おかみさんが必死でおさえている。二人のまったくおなじ男が、木枯らしのふきすさぶゲンセンカ

つげ義春「腹話術師」より

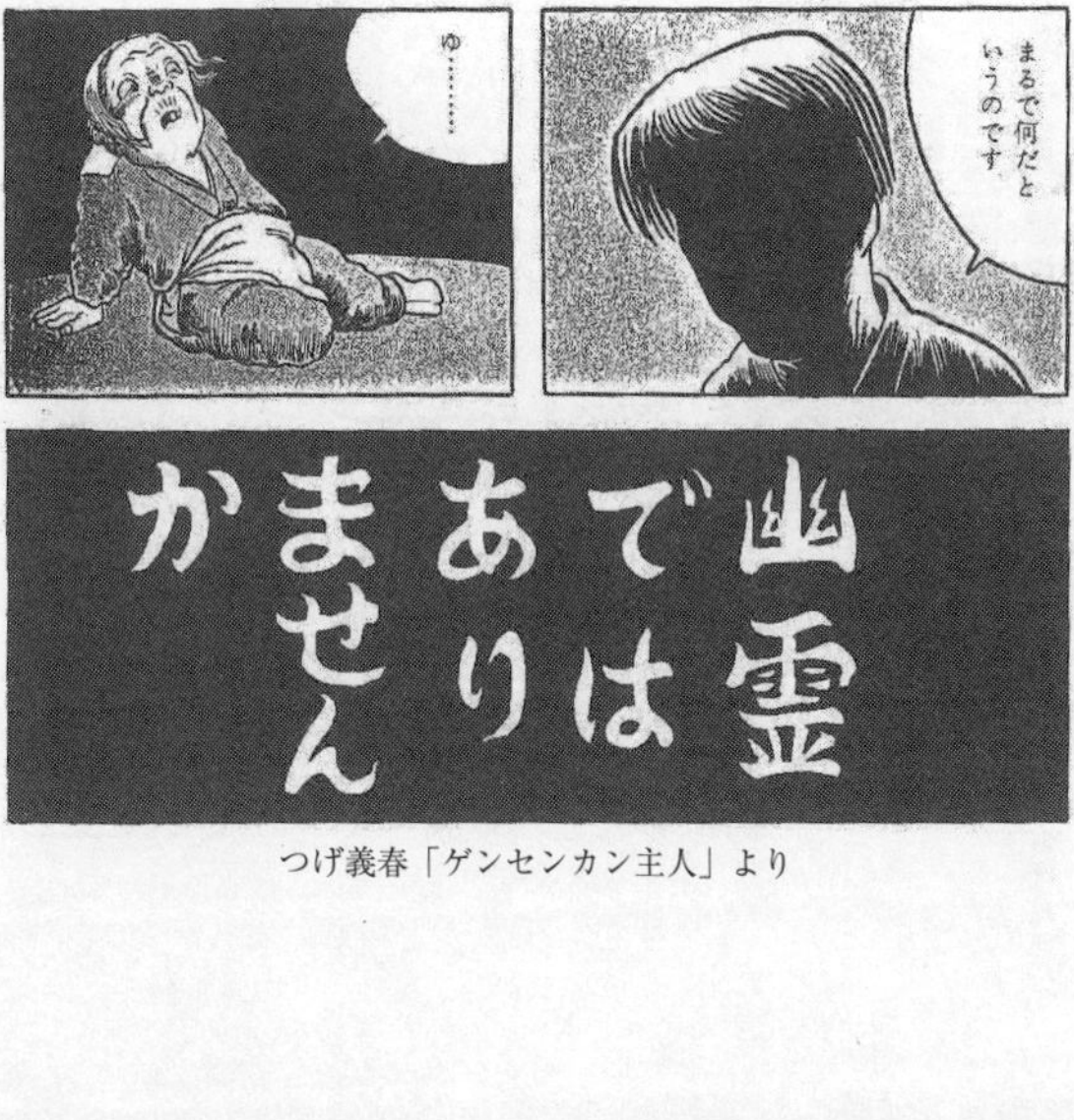

つげ義春「ゲンセンカン主人」より

ン前で、むきあっている。
その前に、さりげなく、こんな会話がはさまれている。
客「あのおかみさんは生まれつき耳と口が不自由なのですか」
老女中「きっと前世の因縁でしょうね」
客「前世？　前世って、なんのことです」
老女中「鏡です」
客「おばさんは、そう信じているのですか」
老女中「だって、前世がなかったら、私たちは生きていけませんがな」
客「なぜ生きていけないのです」
老女中「だって、前世がなかったら、私たちはまるで」
客「まるで……」
老女中（無言）
客「まるでなんだというのです」
老女中「ゆ……幽霊ではありませんか」
私たちが前例のない特別の人間だとしたら、私たち（私）は幽霊のようにたよりない、前後からたちきられた孤立した存在である。それを信じまいとすれば、私たちの前に無数の私たちがあって、それがおなじ仮面をかぶっておなじ行動をして人生を終える存在だということになり、ゲンセンカン前の対決はそっくりさん同士の間でくりかえしあらそわれることになる。私たちの人生は仮面の舞踏か、幽霊の舞踏か。人生のとらえかたの底にあるこの二律背反を、つげ義春の漫画はよくとらえている。

人生を科学の術語によって言いかえてゆき、なるべくはっきり定義できる概念の構成によって置きかえるとしても、そういう納得の仕方に達する手つづきの間に、そのような科学をつくりだす場にたいする不思議な感じはのこる。私たちを中に持ち、やがては消化するであろうこの巨大な胃袋のような存在にたいする無気味な感じ、あるいは親しみは、科学によってぬぐいさることができない。

3

漫画世代の上限が三十二歳だという時、五十七歳の私は漫画世代から遠くはなれた漫画の読者だが、それよりもさらに年老いた読者を未来において考えている人もある。

針生仁「老人とまんが」は、彼がこれから書きたいと考えている評論のすじがきで、その第三部は、

Ⅲ　老人とまんが

老人こそまんがを生かせる読者。なぜ老人向きまんがはないのか。老人の心をつか

めない。老齢まんが家の不在。カタワ文化としてのまんが。今こそ老人向きまんがの開発を。マトモ文化としてのまんがへ　　（『現代風俗'79』第三号）

となっている。鳥羽僧正の作とつたえられる「鳥獣戯画」などを考えると、これはすくなくとも明治以後の人にとっては、幼少年むき漫画ではなく、老年むき漫画だっただろうし、曽我蕭白《しょうはく》や富岡鉄斎の南画の伝統も、老人むき漫画としてうけとられてきただろう。江戸時代から明治にかけて、日本人は、老人むき漫画にことかかなかったし、漫画の老人読者にもことかかなかった。大正時代に入って、「正チャンとリス」とともに、米国の連載漫画の影響をうけて、こどもむきの連載漫画が日本でおこったことが、かえって、老人漫画と老人漫画読者の伝統を日本においてたちきってしまう結果になった。

鳥羽僧正の逸話にこんなのがある。その臨終にさいして、弟子たちが寺のあとめを誰にきめたらよいかときいたのにこたえて、

「腕ずもうでもして、きめたらよかろう」

といったそうで、この人が権威についてもっている漫画風の考え方をよくつたえている。

私は、自分がキリスト教徒についにならなかったということも、こどものころから好んで読んできた漫画の影響に一つの理由があったように思える。キリスト教の正統の後継者としてのマルクス主義者にならなかったことにも、漫画の影響はつづいている。

旧約の預言者たちから、マルクスとレーニンまでまっすぐにつづいている、地上のもっとも抑圧された人の立場から現在の秩序を批判し、これをくつがえそうとする努力に脱帽するし、その力のはたらく方向に自分をおきたいと思い、そのさまたげになりたくないと思うのだが、自分が正しいとしてつかみとった方針に反対するものは完全に抹殺するという思想構造に同調することはできない。自分にたいするうたがいが出てくる場所がそこにないように感じる。自分に対する批判者に、分《ぶ》があるかもしれないといううたがいのはたらく場がそこにはない。

漫画の方法で、マルクス主義にむかうとすれば、その科学的社会主義は、人間は鉄の棒で頭をなぐりつければ、頭がぼうっとして、他人の言うことをはいはいと言ってきくものだという科学的真理の把握の上にたてられた思想であり、人間がそういう存在だという科学真理を私もうたがっていない。そのかぎりにおいて（実は他の多くの点についてもだが）、マルクス主義の主張する科学的社会主義には根拠があると思う。

だが、みずからの科学的社会主義を支える科学的真理の重要な部分として、そのような科学的真理があって、それを活用してきたことをみずから認めるには、マルクス主義内部のキリスト教ゆずりの真面目さとはちがう精神の働きが必要なのではないか。

チェコスロバキアにしろ、ハンガリーにしろ、そこに漫画のそだったところでは、科学的社会主義は、漫画をおしつぶすような流儀で入ってきて、その社会を占拠してしまった。

漫画のある科学的社会主義が、これまでに育ちにくかったということはたしかである。科学的でない社会主義には、漫画が育つ余地がのこされている場合もあるが。

数日前に私の会ったモホーク族の酋長は、一九四二年生まれの三十七歳で、ジーパンをはき、なりふりかまわぬ、愛想のない男だった。彼は、自分のいまいる保護地区が、アメリカ合州国とカナダとの二つの国にまたがり、両国とつねにことあたらしく交渉する必要があり、その法律を研究していた。両国と交渉するためには、それぞれの国の法律によって、自分たちの保留地がどのように位置づけられているかを知って、それにもとづいて権利の要求をしてゆくのだが、本来は、これらの土地以上の広い土地に自分たちが住んでいたのを両国によってとりあげられたのであり、もっと大きなものを要求する権利をもっているのだという。両国政府に対して要求する時には、彼らは米国国民でありカナダ国民であるのだが、自分たち自身に対する時には、自分たちのもっているものは、一つの民族国家であるという。

キリスト教についても、もともとキリスト教の教育をうけいれて、かつては、学校教育も全部そちらにうばわれ、モホーク族の言語や文字も自分たちがそだつ時代にはうばわれていたのだが、今日それを回復して、自分たちの教師をとおして、モホーク族の言語と文字をおそわることができるようになったという。自分たちの言語と文字、自分たちの伝承、自分たちの宗教を、キリスト教の皮袋の中にたもつという方針を彼らはもっていた。

酋長の説くような、彼らの民族国家、宗教と文化とは、形式にとらわれて考えるならば、形をなしていないし、たいして効果をもつとも考えられないかもしれないし、漫画風とも言えるかもしれない。しかし、ここにはあきらかに活力をもって、現役の国家であるアメリカ・カナダ両国制度に、弾力性をもって対している一つの集団の姿勢がある。こういう考え方が、私には、今の世界に重要なもののように思える。原子力をもつ米ソ二つの超国家だけが、論じるに足るもので、その他は付録だというような、いかにも現実主義らしい状況把握に対して、まだ別のものがあるという考え方を、漫画をうしろだてにして、これからもやしなってゆきたい。

4

ウィリアム・ジェームズが晩年に書いて未完に終わった哲学入門の書『哲学の諸問題』(一九一二年)は、

「羊かいよ、なんじは哲学をもつや?」という問いではじまり、私は、この問いはじめが好きだ。

「羊かいよ、なんじは文学をもつや?」

「羊かいよ、なんじは音楽をもつや?」

というふうに、この質問を移してゆき、やがて、

「羊かいよ、なんじは漫画をもつや?」という問いに転じることができる。

この場合のよびかけの相手は、羊かいではなく、役人であり、総理大臣であり、国家の元首であり得る。

そんなふうに、ふつうのくらしのはたらきの一部としてとらえられる時、漫画は、十九世紀末の米国の新聞の片隅ではじまった大衆芸術の一様式をこえる。

革命実現後のロシアが、その後のロシア国家での政治はもはや科学になったとして、科学の名において、トロツキー、カーメネフ、ジノヴィエフ、ブハーリンその他の政治家を粛清した時、ソビエト・ロシア内外の科学的社会主義者は、その科学・非科学をきめる根拠が、政治権力を今にぎっているという事実だということに眼をむけなかった。その事実に眼をむけるのは、科学技術をいそがしく学習する習慣を身につけた役人たちにはむずかしく、それには、漫画のはたらきを借りて一挙に自他の権力を根もとから照らしだす方法がのぞましい。

ブハーリンがソビエト・ロシアの法廷において裏切り者であることを告白した時、彼は、自分がそのようなものであることを信じていなかっただろうし、にもかかわらず、虚偽の告白を彼にしいる共産主義国家の正しさを信じてそのような告白をあえてしたのだろうとサルトルは、『殉教と反抗』（一九五二年）で言う。ブハーリンのそのような弁論は、悲劇の形式に準じており、漫画風の精神の動きをふくんでいないし、黒いユーモアとも言えない。ブハーリンと対照してサルトルのあげたジャン・ジュネに見られるような現代人の生の様式にはむしろ漫画と共通する精神の動きがある。

科学的社会主義の側からあまりかえりみられない二十世紀最初の無産者革命、メキシコ革命には、それが科学的理論によって指導されたものでなかったために、自分たちの間で今おこりつつあることへの無残なまでの透視が漫画の様式によっておこなわれていた。

モーリス・ホーン編『漫画世界百科辞典』（一九七七年）は、世界の漫画をひろく見わたして書かれた最初の世界漫画史であるが、それにしては、メキシコの漫画家グアダルーペ・ポサダ（一八五二〜一九一三）を含んでいないのが残念だ。

ポサダは、進行中のメキシコの革命を、それ以前に彼の開発した、骸骨の動きとして人間をとらえる方法でえがきつづけた漫画家で、進行中の革命軍の動きが、骸骨の運動として、歌とおどりのためのリーフレットの片隅に刷り込まれて、配布された。革命のニュースが、骸骨の運動として解説されてゆくなどということは、世界の革命史の中でめずらしいことだったろう。それは、事態の真実から眼をそらさないという点で、後の科学的社会主義の報道よりも、事実をゆがめないはたらきをした。この見方から、今後の社会主義のまなぶべきことは多い。

しかし、それは、メキシコの革命が一挙に統一国家に達しなかったからであって、一度、社会主義が国家をつくると、社会主義の理想は国家のわくの中におさめられてしまって、社会主義は国家主義の思想の一流派になるというほかに、これまでには存続の方法がなかった。国家の本質に暴力があり、政府が命令をつたえる相手がその根拠を納得

竹宮恵子『地球《テラ》へ…』より

しない場合にさえも彼に殺人を命じたり、あるいは彼を殺したりする権限をおおらかに行使するという、この骸骨の運動と深くむすびついた一点において社会主義国家をとらえる視点は、これこそ漫画が当然に要求する方法なのだが、社会主義国家のわくの中では、さかえたことがない。

ロジェ・カイヨワ（一九一三〜七八）の『遊びと人間』（一九五八年）は、遊びを分類して、①アゴン（競争の遊び）、②アレア（偶然の遊び）、③ミミクリ（まねごと遊び）、④イリンクス（めまいの遊び）とした。そのうち、①と②、③と④とはむすびつきやすい。まねごととめまいの結合は、原始民族の祭にあらわれ、実力競争と偶然のくみあわせは、麻雀やカードなどの文明社会の遊びごととなる。仮面と恍惚の遊びは原始社会においてつよい流れをつくり、運と実力競争の遊びは「会計の社会」とカイヨワの呼ぶ西欧型文明社会においてつよい流れをつくるという。

私たちの日本の社会は、六〇年代以後の高度成長の中で、運と実力競争のさまざまの遊びをそだててきた。その結果、まねごととめまいの遊びとは、いくらかおとろえていると言えそうだ。もっとも、テレビの大衆参加番組でのスターににせたものに賞をあたえるそっくりショーとか、十代の少年非行の原因として新聞につたえられるシンナー遊びなどは、管理社会の圧迫の下で生きることにたえかねた人びとの逃避の場所でもあろうが、もっと別の形で、まねごととめまいが、一つはわれわれの人生の別の形の追求と享受、そして、もう一つはわれわれに必要な共同性のたえざる再発見と再確認の機会としてわれわれの前にあらわれてくる必要がある。漫画は、六〇年代以後の日本で、このような機会を開発してきた。たとえば、竹宮恵子の『地球《テラ》へ…』などの少女漫画が突然にあらわれてひろく読者を得ているのは、この中に男女の固定区画をこえた新しい仮面の提出とあたらしい共同性の確認があるからだろう。

日本が経済力をつけて、世界の大国の列にくわわってから、先進国としての日本にハクをつけるために、日本文化のこれまでの達成を理想化する動きが、国の内外に対してなされている。こういう時代に、われわれのさまざまの達成がどういう状態でなされてきたか、今どういう状態にあるかを、かざりをはがしてつねに新しくとらえる必要がある。隣国の詩人金芝河《キムジハ》は、漫画家ではないが、漫画の方法で、その仕事をくりかえしてきた。その仕事が、今の、また今後の日本文化に対してもつ意味は深い。世界の文化がおたがいにイリクンダ形になっている今、おたがいのくらしの深みから、他国の文化を、漫画の方法によって照らしだす仕事は、今後の人間同士の助けあいの一つの形となろう。

日本の文化を純粋化して戦後の日本人にむかって提示した三島由紀夫が切腹した時、金芝河は、三島の日本文化讃美を、悲劇としてのみとらえず、戦前戦中の日本文化が朝鮮人にあたえた苦しみとの結びつきにおいてとらえて、兵隊の間にたったヒトリの女兵のかなきり声としてきく短い詩を発表した。さらに日本の誇る『源氏物語』のもじりとして『糞氏物語』を書いて、糞家代々の家訓にしたがい、朝鮮半島で思いきり排便する日まで戦後の日本で三十年間もたえてきた、糞三寸待《ふんさんずんまつ》という日本人を主人公とする物語を書いた。

塚本勲氏の翻訳にしたがえば、三寸待《さんずんまつ》の母はこう言ったそうだ。

おまえの便所は　ことちゃう　あっち
あの　朝鮮半島や　三寸待！
……
その日　来るまで
こらえんな　あかん

日本の国内で公害反対運動にあった会社が、韓国に工場をつくって公害たれながしの場所とするたくらみが、漫画の方法をかりてここにうつしだされている。アメリカ合州国の学者による、『ジャパン・アズ・ナンバー・ワン』のようなとらえかたと、どれほどちがう日本の姿がここにあらわれていることか。

バーレスクについて——富永一朗

ベンジャミン・ディズレーリの父アイザック・ディズレーリは、その「文学の珍談集」(一七九一年)という本の中で、こんなことを言っている。

「ホーマーの詩を口ずさみながら町から町へとさまよって行った吟遊詩人たちのすぐあとから、べつの一隊のさまよいびとがつづいていた——それは道化師たちであって、(先に行った吟遊詩人の)おごそかなしらべをもじったり、茶化したりすることによって見物人をよろこばせたのである。」

これは、ホメーロスの「イーリアス」や「オデュッセイ」などの英雄詩のあとに、それをどたばた芝居につくりかえた「蛙とねずみの戦争」という喜劇論がつづいたという史実をさしたものであり、芸術の様式としてのバーレスクの誕生の物語である。

バーレスクは、今では、ストリップ劇場にかかっている一種の音楽舞踊劇をいうようになったが、もともとは、イタリア語の「嘲笑」(burla)という言葉に由来する大衆芸術の様式で、何かの原作の形だけをまねて、それをおかしいものにして見せる方法だった。ここでは、外見だけ似ていることがねらいで、原作の意図とのつながりは、あまり問題ではない。その点で、原作の意図を批評することをねらって、原作の調子をまねたりもじったりする「パロディー」とは、いくらかちがう様式である。

ドワイト・マクドナルドの「パロディーについて」（一九六〇年）という文章によると、古代エジプト人と古代ヘブライ人は、パロディーもバーレスクも、きらいだったそうである。絶対主義一色にぬりつぶされた文化には、こんな方法による権威批判のもぐりこむゆとりがない。エジプト、ユダヤと対照的に、古代ギリシアには、早くからバーレスクの伝統があったことは、はじめにひいた大ディズレーリの述べたとおりである。

このホメーロスの英雄論をもじったバーレスク「蛙とねずみの戦争」も、ホメーロスみずからがつくったのだという言いつたえが、ギリシアにはあったそうである。たしかに、イギリスの雑誌『ニューステーツマン』がグレアム・グリーンの作品のもじりを募集した時にはグレアム・グリーンみずからが応募して二等をとったこと、アメリカの作家ウィリアム・フォークナーが自作をもじって「アル中の午後」を書いたりしたことから見れば、偉大なホメーロスが自分のおごそかすぎた作品にたいする毒けしとしてバーレスクを書いたことも、あり得ないことではない。しかし、このたのしい説は、前三世紀のアレクサンドレイアの文献学者たちによって打ちやぶられてしまった。ホメーロスとは別の派の吟遊詩人によって、史上最古のバーレスクはつくられたのであろう。

漫画は、たとえば手塚治虫の「0マン」や「ジャングル大帝」のように、壮大な英雄詩をうみだすこともできる様式だが、同時に、英雄詩にたいするバーレスクをも、パロディーをもうみだすことができる。

前谷惟光の「ロボット三等兵」は、戦陣訓から大東亜戦争開戦の詔勅にいたるまでの日本政府制作の数々の英雄詩へのバーレスクである。富永一朗の「ポンコツおやじ」、「チンコロ姐ちゃん」は、戦後日本の英雄詩にたいするバーレスクである。

バーレスクは、パロディーとちがって、まねをする相手の心中に入ってゆかないから、かえってそのために生じるさわやかさがある。諷刺としては軽いと感じられるかもしれない。だが諷刺が諷刺する相手に自分がなし得なかったことへのこだわりを、しばしば（たとえばスウィフトにおいてさえも）もっているのにたいして、バーレスクは、そんなことにはこだわりなくすりぬけてゆく。相手に政治的打撃をあたえることは諷刺の一つの目的だろうが、そういうことは、バーレスクにとっては、主な目的ではない。「ポンコツおやじ」の尺とり虫のような運動の中には、戦後日本の文化国家・平和国家の理想にむかっての言動をたくみにうつしとったマイクロフィルムになっている。戦後民主主義の虚妄をそこに感じるのも、一つの見方だろう。だが、私には、思想なぞをなかだちにしなくとも、もはやしゃっくりのようにわれわれの肉体の反射の一部となっている戦後の民主主義と平和主義とが見える。形骸化した民主主義・平和主義と見ることもできる。形骸化した民主主義・平和主義をバーレスクとしてつきはなして見るところには、もう一つの民主主義・平和主義がうまれているように私には見える。

アパートの経営者であるコッぺばあさんは七十歳くらいか。その店子のポンコツは五十すぎくらいか。この二人の間に育つ友情が軸となって「ポンコツおやじ」の物語が展開する。展開するといっても、バーレスクとして展開するのに、小説のようにうごくのではなく、回転木馬のようにぐるぐるまわるのだ。

七十の女と五十の男の友情というのは、それこそ、平均寿命ののびた日本の男女が純粋にその余暇をささげるテーマであって、戦後民主主義の神髄である。テレビに見られるような、若いものはいいとか、若い間は男も女もすきかってできるとか、新しいファッションの服をきたりスポーツカーをのりまわしてたのしめるといったような、いささか残酷な風俗とはうらはらの、優雅なヒューマニズムを支えとしている。

しかし、そのポンコツとコッぺばあさんの助けあいも、度をこして、他人の生き方にたいするおせっかいになる時もある。たとえば店子のタクミが貧乏のために妻に捨てられて死んだカタキうちに二人で出かけて、妻をねとったキラコウヅケに夜討ちをかけるとその結果は、ポンコツたち義士にかちどきがあがるのではなく、かれらはキラのかくれた炭小屋におびきよせられて炭俵づめにされてしまう。この話などは、義士ぶって他人のくらしによけいなおせっかいをするな、という寓話であろう。

このバーレスクの「義士討入り」の中で、コッぺばあさんとポンコツが、自殺したタクミの部屋にかけつける。

「バカ、バカ、タクミ、なぜ死んだッ」

と抱きあげてみるが、もうこときれている。見るとそばに遺書がおいてある。

「辞世！　砂浜にて……

『われと来て　あそべや　妻のないスルメ』」

そして砂浜に、泣きぬれる中年の男に姿にだぶって、まぼろしのイカがあそびに来ている。このあたりは、昭和はじめに投身自殺した大衆詩人生田春月の最後の詩集「象徴の烏賊」を越える名作だと思うし、江戸時代の一茶の少年時代の作の「われときて遊べや親のないすずめ」をもしのぐかわいた感覚がある。すずめよりも、するめのほうがかわいているというのはあたりまえだが。するめが浜に出てくるあたりは、明治末の石川啄木の「東海の小島の磯の白砂にわれ泣きぬれて蟹とたはむる」を思い出させる。この名作をバーレスクに仕立てて、青年のセンティメンタリズムをぬぐいさっている。

タクミの辞世は、小林一茶の古典のもじりだが、それはむしろ例外で、富永一朗の作品の下地となっているのは、明治・大正・昭和の流行歌の教養である。この作家は、本など見ないでも、口をついて出てくる流行歌が百以上もあるそうで、いつも流行歌をうたいながら仕事をしているそうである。仕事をしていない時も、階段にすわったり、風呂に入ったりして歌をうたっているそうだ。仕事のない日にも、手品師が指をうごかして、しなやかに保つのとおなじたしなみだろう。

こうして、富永の作品人物は、三代の流行歌のさまざまのリズムを基調として、明治・大正・戦中・戦後がチャンポンに口からとびだす素材をしこまれる。

　西條八十は、明治は別にしても、大正・昭和の戦前・戦中・戦後と五十年にわたって流行歌をかきつづけた人で、「唄の自叙伝」（一九五六年）には、かれが仕事をはなれた時に材料をしまっておく言葉ぐらの中身が披露されていておもしろいものだ。同じ言葉をすこしかえてくみあわせては、彼は五十年のあいだのそれぞれちがう時勢にヒットする歌を休みなしに送りつづけたのだ。西條から送られて来た歌は、富永一朗という流行

『ポンコツおやじ』より

『ポンコツおやじ』より

歌好きによってしっかりとうけとめられ、日常生活の中で十分の時間をかけて味わいつくされたうえで、換骨奪胎して、彼の漫画作中人物をとおして別のものにして投げかえされる。日本の流行歌の歴史は、西條八十と富永一朗の対話としてとらえられる時、送り手と受け手の微妙なすれちがいの劇として、新しい姿をあらわすだろう。大衆が、新聞やラジオからおくりつけられる紋切り型の言葉で、考え方のわくをつくられるという側面は、ウォルター・リップマンの「世論」（一九二二年）このかた言われて来たものだが、その紋切り型の言葉を用いてしかも自分の意見を言わず、しかも相当程度まで新聞・ラジオの送り手とはちがう意見を同じ紋切り型をとおして言い得ている場合もある。新聞やラジオやテレビを、ホメーロスの時代の吟遊詩人に見たてるならば、そのあとにくっついて歩いて、前に行った人たちの言ったことをひっくりかえしてうらの意味をあきらかにするバーレスク詩人たちの一行もまた同じマスコミの一隅をかりて営業がなりたつ。エジプトやユダヤではできなかったことがギリシアではできたように、ヒットラーのドイツやスターリンのロシアではできないことが、戦後の日本ではできる。もっとも、戦前の日本では、「ムーラン・ルージュ」によるバーレスクは、戦争末期にはおしこめられやがてつぶされてしまったのだが。

　最後に私の好きな作品について。ポンコツが、こども二人つれた未亡人を好きになって、女の死後も、連れ子を自分の子としていっしょに生きようと提案すると、こどもはその義父のおおげさなヒューマニズムをおしとどめて、

「オフクロは崇高なクリスチャンだった！」

といい、だから、その思い出をひとりで十字架にかかって守りなさいとさとし、自分たち二人はこどもの身で、遠いイヨマンテのおじさんをたずねてたびだってゆく。そこのくだりが、私は好きだ。

遠くからきこえてくる彼らの歌声、

「ユウヒハアカシ

ミハカナシ

イズコニモトム

フルサトゾ」

これは何の替歌か。私は知らないが、一時の興奮で自分の言い出した言葉に無理な義理だてすることなく生きなさいと大人にさとして、自分の表現で生きてゆくこどもの歌声が、こだまになって、これをはじめて読んだ十年前と同じく、あざやかに私の耳に残っている。時代はこのように遠ざかって行くものだろう。

エゴイズムによる連帯——滝田ゆう

滝田ゆうは、昭和七年、東京の寺島町にうまれた。戦後になって、漫画をかきたくなり、長谷川町子に紹介してもらおうとして、朝日新聞社にでかけた。すると、そこで、弟子いりをするのなら、長谷川町子はきっと弟子をとらないから、長谷川町子の先生の田河水泡のところに行くように、と言われた。

水泡のところで書生兼女中のくらしをつづけているうちに、昭和二九年ころから『キング』や『講談倶楽部』に大人マンガをかくようになった。

昭和三二年ころから漫画の単行本をかいた。なかでも家庭漫画「カックン親父」は、五十冊にもなる長いつづきものである。

長谷川町子のところに弟子いりしたいと思うだけあって、「カックン親父」は、「サザエさん」の延長線上にある。漫画というものは、家族がおたがいにふざけあい、いたわりあう家庭の姿をかくものだという考えが、あたりまえのこととして、出発当初の滝田ゆうには、あったのだろう。

戦前の漫画、たとえば田河水泡の「のらくろ」、島田啓三の「冒険ダン吉」のように国家を理想化してえがくことは、敗戦後の日本の漫画にはなくなる。家庭を、現実の国家よりもよい社会の芽生えとして、理想的にえがくことが戦後の漫画の公理となった。その家庭をつきはなしてえがくなどということは、戦後の大衆漫画としては、考えられないことだった。

思想内容は長谷川町子に似ており、表現する線は田河水泡に似ている作家として、滝田ゆうは、自分の位置をきずいた。

なぜ自分は漫画をかいているのか、という問題が、このころに、彼の底のほうから、あらわれてきたようだ。

漫画家としてたってゆけるだけの技法は、身についた。しかし、この技法によって漫画をかいてゆくことは、自分とどういうかかわりがあるか。技法は田河水泡もどき、思想は長谷川町子もどきだが、それは、自分の内実から発したものだろうか。

「ダンマリ貫太」（昭和四〇年）は、この作家の内面的危機ととりくんだ、めざましい作品である。ここでも、線は、田河水泡ばりだが、劇のはこびも、そこからうかびあがってくる気分も、はっきりと田河水泡の世界とちがう。長谷川町子の世界ともちがう。

自分のことしか考えていない母親、主として自分のことそれから次にいくらか妻と子のことを考えている父親にかこまれて、こどもの貫太は、能弁に両親を批判するわけではない。行動にうったえて批判するわけでもない。このところが、近ごろの「ハレンチ学園」などともちがう。いつも黙りこくって、沈黙によって、親の世界とむきあうのだ。

この「ダンマリ貫太」には、師匠ゆずりの線がつきまとっているが、新しく見出された自分らしいものの見方は、やがて、それにふさわしい線を見出す。蟬が古いカラをぬぎすてるように、この作家に蟬脱の時が来る。

三十六歳と言えば、十代から漫画を発表してきたこの作家にとって、一つの中じきりの時期にあたっていた。そのころから彼は急に、商業雑誌ではない、『ガロ』に力作を発表するようになる。昭和四三年十二月号から、『ガロ』に、「寺島町奇譚」の連載をはじめる。

この寺島町ものは、滝田ゆうにとって、内容形式ともに彼自身の世界をつくりだしただけでなく、日本の漫画の歴史にとっても新しいページをつけくわえた。それは自伝漫画というべき新しいジャンルをつくったのである。

永島慎二について佐藤忠男がかいたように、永島の「漫画家残酷物語」は、日本の文学に特有のジャンルである私小説を、漫画にもちこんだ新しい味わいの作品である。滝田ゆうの寺島町ものは、永島の「漫画家残酷物語」の系譜につらなるものと言えるかもしれない。しかし、永島の「残酷物語」の主人公が、それを書いているまさにその時の作家自身であることで、大正期以来の日本の私小説と同じであることにくらべて、滝田の寺島町ものでは、主人公キヨシは、それを書いている時の作家滝田ゆうと同一人物で

『ダンマリ貫太』（東京トップ社、1965年）より

はない。だから、永島の「残酷物語」に刺激されてうまれたものであったとしても、滝田の「寺島町奇譚」は、私小説というよりは自伝小説に近い作品である。

職業人として自己を確立するために、まず親方・先輩の技法を身につける。こうして滝田ゆうは、田河水泡・長谷川町子風の漫画をまなんで自分のいる場所をつくった。その時に、技法によって自分が自分と無関係なところをただよい流されてゆく不安をもった。自分をつかむきっかけとなったのは、おさないときから自分のそばにいて、他人代表として自分を見張り、たえまなく自分をしかりつけていた母親である。

この母親をかこう。それは、おのずから、「サザエさん」の世界とは別の世界をきりひらいた。この母親のことをかきはじめたら、次から次へと新しい作品がかけてきて、とまらなくなってしまった。

キヨシの母親は、サザエさんやサザエさんの母親

『寺島町奇譚』「ぎんながし」より

とちがって、自分のことを主に考えている。

キヨシにとっては、何かにつけて、「パシッ」とやってくる平手うちが、おふくろについてのメモリー・イメージになっている。だから、道端で遊んでいても、道のむこうにおふくろの視線を感じると、ほうちょうでぐさりとやられる予感をもつのだ。おふくろを見るキヨシの頭の中に、ぽこんとうかびあがる「ホーチョー」。それにもかかわらず、この漫画は、キヨシがかわいそうだ、キヨシをこの世界の外につれだしてやりたいというような読後感を、読者にあたえない。何とも言えず、キヨシは、この家庭の中にとけこんでいるし、この家庭をとりまく玉の井の街にとけこんでいるのだ。少女雑誌風のお涙ちょうだいものから遠くはなれたこの描き方が、かけがえのないこの作家の手腕だ。

「寺島町奇譚」第二話「おはぐろどぶ」(『滝田ゆう作品集』青林堂、昭和四四年所収)の結びのところで、キヨシが寺島町キネマで歌謡曲映画『妻恋道中』などを見ておくれてかえって来て家に入れず困っていると、中から、夫婦げんかをして出て来たおふくろさんとばったり出あう。しかられると思いきや、おふくろはキヨシの手をもって、歩き出し、最終のページには風呂屋への敷石をふ

『寺島町奇譚』「おはぐろどぶ」より〔最終ページ〕

む大小二つの影法師が空からうつし出される。親子の同行二人。手をとってたがいに歩くが、それぞれの悩みをかかえて、自分のために生きているのだ。この生き方にたいして、この作家は、それをいやなものとしてふりきってしまうことなく、不思議だ、不思議だと思いながら書きつづけてゆく。

キヨシの母親の原型となった、滝田ゆうの母は、実際には継母だったそうで、その事実を寺島町ものの中にかきこまないように、注意しているのだという。そうだとすると、キヨシが自覚しているといないとを問わず、ここには、日本の大衆芸能の伝統にくりかえしあらわれるテーマ、まま子いじめというテーマの転生があるわけだ。

滝田ゆうの作品では、この親子関係は、なさぬ仲である故の不和としてとらえられないところに、独創性がある。実の親子の間にさえ入って来うる他人らしさこそ、彼が寺島町もので造型した人間関係なのである。

エゴイズムによる人間連帯の思想というか。そう言いかえてしまうと、アダム・スミスに近くなって、もとの性格を見失うことになる。アダム・スミスの世界がやがて資本の国外進出にともなってアジア・アフリカに植民地をつくってゆくような仕方では、この滝田ゆうのエゴの連帯の世界は発展してゆかない。これは、すでに植民地的状況の中にとりこまれた人びと同士の防衛の必要上つくられたエゴの連帯の思想なのだ。

モリエールの喜劇にはよく、道徳家めいた男が出て来て、

「ソクラテスも言ったではありませんか。人は食うために生きるにあらずして、生きる

ために食う、と」

こんなことをいうのだが、そんなことをソクラテスが言ったかどうか私は知らないが、そういう思想は、滝田ゆうの漫画の正反対のところにある思想だ。滝田ゆうの漫画には、「食うために生きる」のが何が悪いという思想がある。

滝田ゆう自身の言葉を借りれば、

「とにかくせいいっぱい生きているというんではなくて、メシを食うために生きている人間の方が人間らしく感じるんですよ。」（滝田ゆう・石子順造「マンガの情念をめぐって」『ガロ』昭和四四年三月号、『対話録・現代マンガ悲歌《エレジー》』、青林堂、昭和四五年所収）

ということだ。

滝田ゆうの「寺島町奇譚」は、永井荷風の「濹東綺譚」のとなりにおかれる時にも、その作品としての魅力はうすれない。「濹東綺譚」は、芥川龍之介の「河童」とともに、滝田ゆうが読んだただ二つの小説の本だというから、彼の漫画は、この小説の影響をうけているのだろう。しかし、荷風の玉の井がお客の立場から書かれているのに対して、滝田ゆうの玉の井は、そこに住む人の立場から書かれているという点で、二つは、おのずからちがう世界をつくりだす。玉の井に自分の幻影を追う荷風にくらべて、そこに住んだ少年の眼をもとにした滝田ゆうの描き方のほうが徹底したリアリズムを玉の井の世界にたいして適用していると言えるかもしれない。

もう一つちがうところは、滝田ゆうの玉の井は、荷風のような儒学的精神によってとらえられていないことだ。

「わたくしは若い時から脂粉《しふん》の巷《ちまた》に入り込み、今にその非を悟らない。或時は事情に捉はれて、彼女達《かのおんなたち》の望むがまゝ、家に納《い》れて箕帚《きそう》を把《と》らせたこともあつたが、然《しか》しそれは皆失敗に終つた。彼女達《かのおんなたち》は一《ひと》たび其境遇を替《か》へ、其身を卑しいものではないと思ふやうになれば、一変して教《おし》ふ可《べ》からざる懶婦《らんぷ》となるか、然《しか》らざれば制御《せいぎょ》しがたい悍婦《かんぷ》になつてしまふからであつた。

お雪（玉の井の女）はいつとはなく、わたくしの力に依つて、境遇を一変させやうと云《い》ふ心を起してゐる。懶婦《らんぷ》か悍婦《かんぷ》かにならうとしてゐる。お雪の後半生をして懶婦《らんぷ》たらしめず、悍婦《かんぷ》たらしめず、真に幸福なる家庭の人たらしめるものは、失敗の経験にのみ富んでゐるわたくしではなくして、前途に猶多くの歳月を持つてゐる人でなければならない。」（永井荷風「濹東綺譚」）

荷風が山の手の裕福な住宅に住み、そこから玉の井にかよっていたことは、滝田ゆうの「寺島町奇譚」とのちがいをつくりだす。しかし、荷風は、さらに山の手の生活にとどまることなく玉の井にむかって動き、独居の老人としての最後を迎える。しかし、このように荷風なりにいつわりなく玉の井に殉じたとしても、彼を支えた精神は、やはり最後まで儒学的なものだった。さきほど引用した文章には、玉の井の境遇がここに住む売春婦たちを懶婦《らんぷ》・悍婦《かんぷ》たらしめないことをもって、玉の井の女性の彼にたいしてもつ魅力としているところがある。ここにまぎれようもなくあらわれた儒学的精神は、滝田ゆうの「寺島町奇譚」とちがうものである。

滝田ゆうの寺島町ものでは、主人公キヨシの母親は悍婦《かんぷ》、キヨシの姉は懶婦《らんぷ》であろう。玉の井の境遇にあっても、そこに住むものにとっては、そこの女性たちは懶婦《らんぷ》・悍婦《かんぷ》である。そのことによって、滝田ゆうという作家は、ここに住む人びとをつきはなしてはいない。とくに理想化して熱烈に愛しているわけでもなく、むしろ自分の心中では相手をつきはなしたまま、その手をにぎって一緒に歩いている風格がある。これは永井荷風の文学においては、晩年の作品においてさえ見られなかったものである。


エゴイズムにたいする滝田ゆうの関心は、寺島町ものとちがう前衛的な作品の系列でも、その主題となっている。

「ラララの恋人」（『ガロ』昭和四三年四月号、『ガロ』臨時増刊号、滝田ゆう特集、昭和四四年四月再収）は、滝田の作風を知るためには逸することのできない、類例のない漫画である。ここでは、二人の恋人がどこからともなくかけてきて、現代のさまざまの境涯の人びとの前でチュッとキスしては、ラララアとかけ去る。この二人の恋人同士のしあわせのエゴイズムを、他の人びとのふしあわせのエゴイズムのそばに、くりかえしおくことによって、人間社会の絵柄をつくっている。絵柄というだけでは足りない。勝又進の言葉を借りれば、エゴとエゴとがリズミックにくみあわされてリズムとしてこの漫画が構成されているところに独特の魅力がある。

「マイ・ゴースト・タウン」(『ガロ』滝田ゆう特集)も、エゴイズムととりくんだ前衛漫画である。

ある日とつぜん、主人公にとって他の人間が消える。デパートあり、国会議事堂あり、野球中継のテレビがあり、どこにも大群衆がうつっているが、いずれも擬似イヴェントで、身近に話しかける人は一人もいない。電車にのっても、会社へ出ても、自分以外は誰もいない。食物の心配もない。こうなってくると、昨日までの電車のラッシュアワーさえなつかしい。そこに女性がひとりあらわれるので意気投合。二人でたのしくくらすが、一年たって、会社に結婚記念日のことで私用の電話をかけて来たのを叱ったことでひびが入ってしまう。よっぱらって家にかえってくると、もう妻はいない。テレビをひねると、擬似イヴェントとして彼女がうつって、

「ゆうべはいかがでしたかア。おもしろいこと、たーくさん、あったんでしょ。マージャンに熱中してるときのあなたの眼……ものすごいですねえー。もうあたしなんかに用ないんでしょー。そうですねー。はいっ、わかりました。それじゃ(と手をあげて淀川長治式に)サヨナラッ、サヨナラッ、サヨナラッ。」

エゴイズムを軽くとなりあわせにおくだけの浅いつきあいであっても、そのつきあいがどれほど人間にとって大切なものとされているかを、この漫画は、さししめす。

「ラララの恋人」、「マイ・ゴースト・タウン」は、漫画の技法の工夫につよい関心をもってつくられた短篇で、寺島町もののような長篇の底に時としてはかくれて見えないよ

うになっている。この作家の哲学を、キラリと一瞬のまに見せるところがある。

滝田ゆうは、技法に深い関心をもつ作家である。一見だらしないようにかかれた線は、彼が律義に構成した絵柄の一部としてそこにある。その絵柄は、彼の中に早く植えつけられたメモリー・イメージが育って来たところにあらわれた枝葉であり、花や果実なので、とってもとっても、とりはらえないところがある。

彼の中に、こどもの時から、言わずにたくわえられて来たことが、今、絵柄になってあらわれて来ているので、その意味で彼の漫画は、自伝的な漫画なのだ。

「ムグッ」という少年キヨシの口ごもりの中に、彼の中にたえずあらわれ出口を見つけられない何かがある。その「ムグッ」を、数十年かかって外にあらわしたものが、彼の漫画だと言える。

悲しみも、うらみもこえているような少年の視点は、これまでの漫画にはなく、文学についても、私には同じような作品を今、思いうかべることができない。菊地浅次郎と金井美恵子は、滝田ゆうとの座談の中で、このことに注目しているが、このこどもの視点は日本の文学史にとってもまったく新しいものではないだろうか。（滝田ゆう・金井美恵子・菊地浅次郎「少年時の記憶の構造」〈『ガロ』昭和四四年七月号、「現代マンガ悲歌」再収〉）

滝田ゆうは、エゴイズムの連帯という彼の私的な哲学を支えとして、日本の戦争時代の記録を構成した。彼が昭和七年うまれであることを考えると、戦争末期のこの記録は、彼の体験をそのまま絵にしたものではなく、人間について彼が自分の体の感覚としてもっている確信を歴史上の資料によって絵柄として実現した作品だろうが、「銃後の花ちゃん」という作品は、おそらく歴史の真実にせまった独自の戦記漫画となっている。滝田ゆうの視点が、歴史記述の方法として、力をあらわした一つの例である。

(滝田ゆうの作品論として、梶井純のものが、もっともまとまった評論で、おそらく、この文章もそこから影響をうけていると思う。梶井は、「ラララの恋人」を非日常性として理解している。ラララーとうたいながらかけ去る男女によって「眼前を侵犯されることによって何らかの破綻を強いられる街角の恋人たちとの緊張した関係」としてこの漫画を見て、非日常性によって日常性が越えられてゆく様相を象徴するものとしている。同じ漫画の読みとりかたとして、このような方法があることを、書いておきたい。梶井純「滝田ゆう論」、『現代漫画論集』青林堂、昭和四五年参照。)

体験と非体験を越えて――戦争漫画

戦争と戦争漫画の歴史を、たどることから書く。

昭和六年　満洲事変。これから十五年間にわたる日本の戦争のはじまり。事変という名の小戦闘が何度もおこる。

昭和一二年　日中戦争。

昭和一四年　ノモンハン事件。ソ連との戦闘。

昭和一六年　太平洋戦争開始。

昭和二〇年　ソ連が日本に宣戦布告。広島と長崎に原爆投下。日本軍無条件降伏。日本軍の解体。

昭和二一年　日本占領はじまる。平和憲法公布。

昭和二五年　朝鮮戦争はじまる。警察予備隊設置とともに日本軍の再建はじまる。

昭和二七年　サンフランシスコ対日講和条約。（ソ連、中国はのぞき戦争終結）日本占領の終り。
昭和二八年　朝鮮戦争休戦。
昭和三〇年　前谷惟光「ロボット三等兵」。
昭和三一年　日ソ国交回復。
昭和三二年　辰巳ヨシヒロ「劇画」の制作をはじめる。
昭和三五年　ヴェトナム戦争はじまる。水木しげるの「少年戦記の会」発足。「少年戦記」、「戦記日本」発行。
昭和三九年　水木しげる「白い旗」。
昭和四〇年　アメリカの北ヴェトナム爆撃により、ヴェトナム戦争激化。日本政府のアメリカ支援に日本人の間に批判おこる。
昭和四三年　滝田ゆう「寺島町奇譚」に戦争下の生活の記録があらわれる。
昭和四四年　さいとうたかを「ゴルゴ13・ゴルゴin砂嵐」。佐々木マキ「ヴェトナム討論」。
昭和四五年　ジョージ秋山「ほらふきドンドン」でおとなの戦争についてのほらを描く。秋竜山「ひどいじゃありませんか⁉」、辰巳ヨシヒロ「帆のないヨット」

私の読むことのできた戦争漫画の中から、心にのこったものを年代順に書いた。この

前谷惟光「ロボット三等兵」より

年表にあきらかなように、戦争がおわってからすぐに戦争漫画があらわれたわけではない。米軍の占領下には、戦争についてどう考えるべきかがきまっていた。そのきまりどおりにかくのでは、おもしろい漫画はかけない。占領が終り、戦勝者本位の戦争裁判がおわったあとではじめて、大衆の側からの自主的な戦争裁判の一種として、戦争漫画があらわれる。

はじめに戦争漫画をかいたのは、戦争を体験してきた人びとである。

前谷惟光の「ロボット三等兵」は、戦争回顧の漫画としては最初に大きな反響をもった作品で、昭和三〇年にはじめてあらわれた。昭和三三年一一月に阪本一郎が全国十三校、七千人の男女小学生にきいた結果では、「あなたが知っているマンガの中で、いちばん好きなマンガの題を一つ書いてください」という質問にたいして、「ロボット三等兵」を一番にあげた子どもの数は、男の子の中では、第六位をしめている。第一位は月光仮面（これは女の子でも最高、テレビや映画など別のメディアによって支えられていたという理由もある）、第二位鉄人28号、第三位赤胴鈴之助、第四位ビリー・パック、第五位まぼろし探偵、第六位ロボット三等兵であり、戦争漫画としてベスト・テンに入っているのは「ロボット三等兵」ただ一つである。（滑川道夫『マンガと子ども』牧書店、昭和三六年）

この作家は、『ロボット三等兵』の他に、『ロボット捕物帳』、『ロボット二挺拳銃』、『ロボットGメン』、『ロボット水兵』、『ロボット坊や』、『ロボット怪投手』、『ロボット三四郎』、『ロボット拳闘王』、『ロボット航空兵』、『ロボット・ゴールデン・ボーイ』

『ロボット・サラリーマン』、『ロボット地雷也』、『ロボット新聞記者』、『ロボット・カメラマン』、『ロボット運ちゃん』、『ロボット・スター』『ロボット無茶苦茶修業』、『ロボット漫画』、『ロボット一家』、『ロボットくん』をかいた。

なぜこんなにロボットの漫画をかくのか、不思議に思えるが、このことは、前谷惟光が、大正六年以来『子供の科学』『少年科学』などこどものための自然科学読物雑誌を出しつづけてきた原田三夫（一八九〇―一九七七）の長男であることを考えると、いくらかわかるような気もする。敗戦後にビルマから復員兵としてひきあげて来た前谷惟光を、父の原田は、自分の編集するこども科学雑誌の挿画画家にしようとしたが、前谷はこども漫画のほうに転じたのだという。ロボット三等兵をつくって軍隊におくる科学者トッピ博士には、この父親原田三夫の姿がだぶっているのかもしれない。

原田三夫の自叙伝『思い出の七十年』（誠文堂新光社、昭和四一年）には、こんなことが書いてある。

昭和二一年のある日、突然に私の子の前谷惟光があらわれ、幽霊ではないかと思った。ビルマの日本軍はほとんど全滅したと聞いていたので、かれももう死んだと思っていたのだった。

台湾沖では輸送船団が魚雷攻撃をうけて何度も沈んだが、かれの船はあやうくまぬがれてサイゴンに上陸し、ビルマの北部戦線にむかった。後方からの食料補給がなかったので、犬、蛇、蛙に至るまで見つけしだい食べた。やがてマラリアにかかってひどく衰弱し、このままでは死ぬと思ったので、兵隊仲間と相談して上官には無断で後退し、鉄道線路を百キロ歩いてラングーンの病院にたどりついた。線路には日本兵の白骨がつらなっていて、兵隊はこれを白骨街道と呼んだそうだ。その線路づたいに歩く途中、かれは白昼その骨がささやくのをきいた。一緒にいた戦友もきいたという。

せっかくたどりついたラングーンの病院でも、歩けるものは病人とはみとめられず、インドに近いアラカン山脈の戦線に追いやられた。彼は実は脱走兵なのだから、中隊長に見つかれば銃殺されると思って森や民家にかくれ、軍隊から毛布や銃までも盗んで来て食料と交換した。そのうちに下士官に見つかってしまった。運よく銃殺はまぬがれたが、また戦場につれてゆかれた。しかし、この時には日本軍全体の退却がはじまっていた。かれはタイの国境まで一千キロを野良犬のように逃げた。彼の属していた百十五人の小部隊のうち、生きのこったものは三十五人だったという。敗走の途中で地雷にふれて負傷したために、バンコックの病院におくられ、そこで原爆と終戦のニュースをきき、まだ日本にいたころ、父が彼にアメリカに勝てるはずがないといったことを思い出したという。

この体験をロボットの兵隊に託して再構成したのが、『ロボット三等兵』なのである。ロボットはロボットなのだから、軍隊のことを一から十まではじめから教えてやらなくてはならない。このように教えこむところを、横から見ていると、軍隊のばからしさがよくわかる。戦争中の日本人は、軍隊とはこういうものだとはじめからあきらめていたので、ばからしいことも、あたりまえに思えていたのだ。ところが、何もしらないロボットを軍隊に、最下級よりもう一つ下の位の兵隊としていれてみて、軍隊を経験させると、日本軍隊の姿がレントゲンで見るようにはっきりわかってくるのだ。ヒゲがあればいばれたり、軍旗を人間の命より大切にしたり、それらおおまじめでされていることがすべてばからしい。

こうしてロボット三等兵の追体験をとおして昭和六年の満洲事変から日中戦争、昭和一四年のソ連とのノモンハン事件、昭和一六年の日米戦争、神風特攻隊攻撃、シンガポール上陸からインパールの敗走までの日本人の全戦争体験が復刻される。

ひどい目にあわされるごとに兵隊は、「こんなばかなはなしがあるか」、「軍隊というのはよくまちがいをするところです」と言いながら、やはり命令されるとおりに戦争をつづけてゆく。ここにあるのは、こんなに負けるときまったようなばかげた戦争をなぜやったかという戦争観である。それでは、勝つ戦争ならしてもいいのかという反問を許すであろう。中国とふたたび戦争するにしても、今度はアメリカ軍の一部としてたたかうのだろうから、してもいいではないかという戦争観にも通じる側面をもっている。しかし、そういうあいまいさを含むとしても、戦争はたとえ勝つ戦争であってもいやなものだという感じ方はこのロボット三等兵についてまわる。反戦思想ではないとしても、厭戦思想として一貫した十五年戦記漫画である。

ロボット三等兵は、札幌農学校出身で、有島武郎の弟子でもあった原田三夫ゆずりの大正デモクラシーの思想と、技術者合理意識をひきずって、昭和の戦争時代を生きているような気がする。大正デモクラシーをこどもの時に人間の普通の状態としてうけとったものにとっては、日本軍隊の位階勲等とか先任順はばかばかしく見えるだろう。もう一つの技術者合理意識について、空襲で家を焼かれた時「だから戦争は人間のしてはならないことだ」という反省をもった人と「こんなにたやすく燃えない家をつくらなくてはいけない」と思った人と二種類があって、第一種の人は平和運動家となり、第二種の人は科学技術者になるという話を、大野力からきいたことがある。戦後の日本の平和運動は、技術者のもつ合理意識と生活改善意欲とむすびつくことなしに終ったと、大野力は批評する。「ロボット三等兵」の思想は、技術者的合理意識と生活改善意識を支柱とする厭戦思想であり、このような戦争観が、戦争にたいする歯どめになる余地は今後にあると私は思う。

水木しげるの「白い旗」は、前谷惟光の「ロボット三等兵」とはちがって、厭戦の思想から反戦思想に転化したものだ。硫黄島玉砕戦に生きのこった重傷者をかかえて、海軍の隊長は進み出て白旗をふる。陸軍の生きのこりの部隊から大西という中尉が出て来て、たたかいをつづけろと説く。海軍の隊長は、「しかし、こういう事態になってキミのような考えを部下に強いて、せっかく生き残った重傷者達まで、みなごろしにしてしまうことが、果して指揮官として正しいことかネ。」

海軍の隊長は、崖の上に出て白旗をふりつづけ、陸軍中尉にうたれて死ぬ。

日本の国家はこの時もなおアメリカを相手にたたかいをつづけ、戦闘力をなくしたものには自殺をすすめていたのだから、ここには、全体（国家を日本人の全体と見るかどうかには異論の余地があるが）にたいする部分の反乱がある。

この考え方は、ニュー・ブリテン島のラバウルにとじこめられて敗戦までの日々を生きていたころに、作者の中にすでにきざしていたものであろう。そのころのくらしについて水木しげるはこう言う。

「南方の土人はゆっくりした生活をしていますよね。あれを見て感心したんです。考えてみたんですけど自然が最低生活を保障してるんですね。パパイヤやヤシの実もあるし。

日本人は成功して金持になって憑かれたように働きますね。土人は自分が食うだけ働けばいいらしいんですね。ジャングルですから自分で切り拓けば畑になるわけですね。犬や猫はクソなんか食って生きているんです。見ているとものすごく呑気なんです。あとは踊っています。自分ものって踊ってみましたけど、仲々おもしろいですね。四列縦隊で、三、四十人で合唱する、見ているやつも全員やるわけですよ。飾りを頭につけて。異様な雰囲気がありますね。ジャングルの中に声がこだまして、これがまたいい気持なんですねえ。（笑）

そこで自分は現地除隊するといったら軍医にとめられたんです。」（青林堂編集部編『対話録・現代マンガ悲歌《エレジー》』昭和四五年による。）

敗戦後、水木が日本にひきあげる時にも、島の人は、水木にとどまるようにいったそうだ。十年もしたらもう一度かえってくると言ったら、十年もたったら、自分たちはみな死んでいるとこたえた。そこで七年たったらかえって来るという約束で水木は日本に帰って来たという。

ニュー・ブリテン島にもどりはしなかったが、やはり水木にはその後も、島の人のたましいがのりうつって、島の人とともに戦後の日本に（日本が戦後の繁栄時代に入ってからも）くらしつづけたと言ってよい。水木が島で得たものは、片腕を爆撃でもぎとられ死にそうになる体験と、島の人びとと同化することによって得た死からの転生である。この事情を、石子順造は、戦争中に教えこまれた天皇によって強制された人工的な死の哲学からはなれて、南太平洋の島の人びとの死とほとんど一体になってのんびりと生きる日常自然の死の哲学への転生としてとらえている（石子順造「水木マンガのニヒリズム」、水木しげる著『河童の三平』サンコミックス第三巻、昭和四五年）。日本にかえって来てからの水木の生活哲学は、そのように毎日の生の中に死がまざりあっているのんびりした風格のものである。

前谷惟光の「ロボット三等兵」は、これに似たものをさがすと、日本の同時代には見つけにくく、第一次大戦後のチェコスロヴァキアの小説でハーシェクの『兵士シュヴェイク』を思いだす。シュヴェイクには、自分が殺されない程度なら反逆もまた辞せずといったところがあるが、ロボット三等兵のほうは実質的に反逆行為をしても、それについての説明の仕方はいくらかおだやかだ。これはロボットなのだから、根本的な反逆は無理なので、むしろどんなばかげた戦局をも辛抱づよく追体験するという視点を保つことで、シュヴェイクのように転々と逃げまわらないという別の強みを体験者としてもっていると言える。なまみの人間にはあり得ない、徹底的体験者として十五年戦争にたいしたのだ。ロボット三等兵はロボットであることによってかえって、実際の個別的人間が十五年戦争下にあらわせなかったような普遍的人間の立場をあらわしている。

水木は戦争の中で、日本の国家の哲学から離脱している。離れるきっかけになったのは、負傷と島のくらしだろうが、その後の日本での紙芝居と漫画の創作活動の中で、戦場体験と未開生活体験とは、水木のおさない時の記憶の中にたくわえられていた日本のおばけのイメージと結びついて、表現の原型（アーキタイプ）をこの作家の中につくりだす。このように水木個人のもっとも私的な体験によって意味づけされた日本のおばけは、もはや、古事記や日本書紀のように日本国家の時の政策上の必要に応じておりまぜられた日本古代の伝承の延長線上にあるものではなく、おそらく日本古代の人びとの中に実際に生きていたような非国家的な性格をあらわしている。

前谷と水木とは、戦争をきびしいところでくぐって来た。同じ年齢以上の人たちはみなそれぞれ、戦争をくぐって来ているはずだが、敗戦から二十五年たった今、自分の仕事とくらしの上に戦争のかげが落ちていない人もいる。とくに、政府のしている仕事に、戦争体験が入りこむことは、排除されている。

「漫画ばかり読んでいてはいけない、勉強しなさい」と親はよくこどもに言う。勉強の台本となる教科書には、なるべく戦争体験が影をおとさないように、政府の検閲で工夫されている。公けの位置をしめるおとなたちの思想は、戦争体験にもどって何かをつねに新しくみつづけるという工夫をもたない。

このようにして、戦争体験をもつ年輩の人びとにたいして、当然の抗議が若い世代からおこった。教科書を漫画におきかえて読む若い人が出て来たし、漫画を読む人の年齢が戦前にくらべて高校生、大学生へと段々にあがって来た。

自分自身の体験であってもどれほど自分の身につくものかわからない。われわれは経験をそのままとりもどすことはできない。ロボットを主人公として十五年戦争の全過程をこれに学習させるという工夫をこらすことで、前谷惟光ははじめて自分のビルマでの体験をとりもどすことができたのだ。

戦後うまれのジョージ秋山は、「ほらふきドンドン」で、おとなの戦争の記憶のメカニズムに光をあてている。秋竜山の「ひどいじゃありませんか⁉」の主人公は、戦争をくぐった人間ならばいくらかのいたわりをこめて自分を美化するところを、ようしゃせずにえぐって、ガマガエルを鏡の前にたたせるように、残酷な絵をかいてみせる。これ

ジョージ秋山「ほらふきドンドン」より

秋竜山「ひどいじゃありませんか⁉」より

佐々木マキ「ヴェトナム討論」より

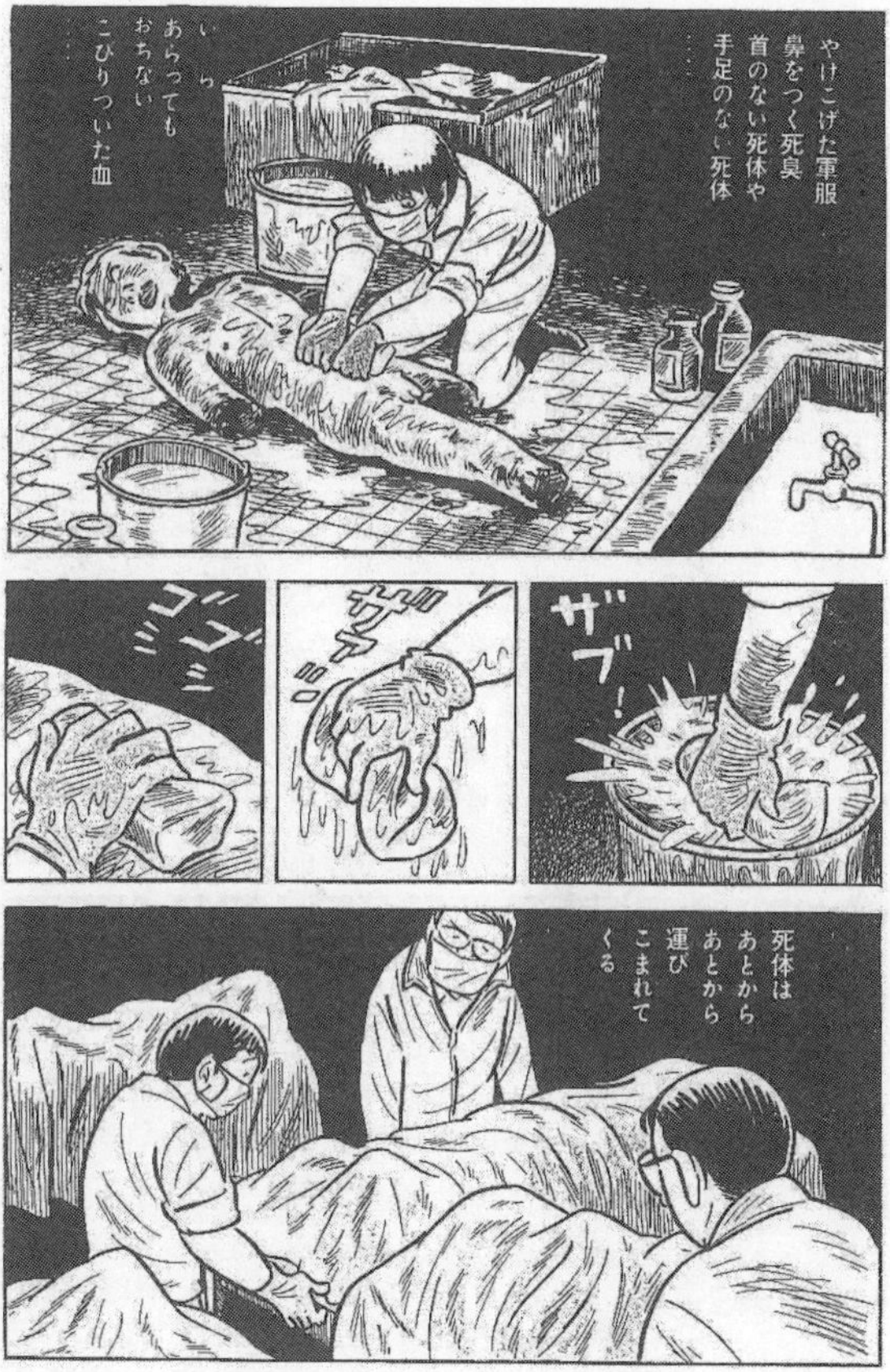

辰巳ヨシヒロ「帆のないヨット」より

らの漫画を、文部省検閲ずみの今の日本の社会科教科書のそばにおくことがないと、日本の十五年戦争の歴史は戦争体験派みずからの手ですりかえられてゆくことになろう。われわれは漫画精神をもって、教科書を読むことをまなぶようでありたい。

戦争の非体験派は、戦争というと、満洲事変、日中戦争、太平洋戦争よりも、ヴェトナム戦争を身近なものに感じるようになった。これは、戦前派、戦中派とはっきりちがう戦後派の日本人の経験の構造だ。戦前の日本人で言えば、ヨーロッパの経済学を生涯にわたって研究し、欧米に留学したことのある小泉信三のようなすぐれた学者にとってさえ、その戦争記録である『海軍主計大尉小泉信吉』を読むと、戦時下の毎日を描いて、戦争が相手国の兵隊と人民にあたえる被害についてはほとんど何も書いていないのだ。危機にさいして、彼の想像力がまったく日本国家のタガの中にとじこめられることを示している。戦後に育った人の場合、戦争にたいしてこれを好む立場をとるにしても、これを憎む立場をとるにしても、その想像力は、日本国家のわくをこえる。

さいとうたかをの「ゴルゴ13」というシリーズは、反戦運動とはかなりはずれたところでかかれた作品であるが、たとえばその中の一つ「ゴルゴ in 砂嵐」（ビッグ・コミック昭和四四年発表、現代コミック第四巻『さいとうたかを集』双葉社、昭和四四年に収録）を見ても、戦争への関心のもちかたは国家のわくをはみだしている。この物語は、イスラエルの国防相ダヤンに招待された日本人のスパイ専門家が危険をおかしてアラブ連合に入り、頼まれた仕事を果してイスラエルに勝たせるという話で、国家と国家の間にわって入って、その競争から個人的な利益と快楽を得るという動機ですすんでゆく。

昭和二一年うまれの佐々木マキのかいた「ヴェトナム討論」（『ガロ』昭和四四年一月発表、『佐々木マキ作品集』青林堂、昭和四五年に収録）は、せりふは中国語で書かれている。六コマだけ日本語が吹き出しに出てくるのがあるが、その文句は、「ミサイル　♪　ナイキ　ハーキュリーズ」、「ミサイル　メースB　ホーク　♪　ミスター　アンガー」というのですべて英語であり、結びのコマには、日本人の男の首が大きく旧軍艦旗をバックに出てくるという構造になっている。小泉信三の『海軍主計大尉小泉信吉』とあわせてこの「ヴェトナム討論」を読むと、何とも言えず違和感がわいてきて（私にとっては）その違和感が希望にかわる。

辰巳ヨシヒロの「帆のないヨット」は、ヴェトナム戦争、ジャズ、黒人が若い日本人にとっては、身近なものになっていることを教える。おとなの戦争体験のはなしはぴんとこないが、ヴェトナム戦争は自分の体に電流のように感じるという人たちが、いるのだ。

同じ経験でも、自分がどのような準拠わくによってその経験をとらえるかで、その経験の意味はかわってくる。戦争という経験一つをとってみても、中国本土で十数年にわたってたたかいながら中国人の側から戦争を考えてみることさえできなかったということが、戦前そだちの日本人に共通している。戦後は、敗戦と占領とテレビが新しく入って来たことで、日本人の戦争観は、日本人以外の人びとを準拠わくとして考えるようになった。このことが新しい好戦思想を、日本人のあいだに育てる可能性はある。しかし、その場合においても、戦争をとらえるわくぐみは、かわった。ということは、言えるように思う。日本国民の内部からだけ戦争をとらえるという考え方と感じ方は、昭和二〇年をさかいとして、年とともに確実にうすれて行く方向にある。

漫画から受けとる

本屋の漫画コーナーに行き、マンガにかこまれると、その中から自在に面白い本をえらぶ力を自分がもっていないことをあらためて感じる。わたしが今なおマンガについてゆくのは、二人の助言者のおかげである。その助言者から、四年も前に、岩明均『寄生獣』第一巻（講談社）を送られてきたのだが、思いつきがおもしろいと思って記憶にとどめただけで、見送ってしまった。このマンガがすごいものだということを、『思想の科学』の編集会議で加藤典洋氏からふきこまれて、町に出て全十巻買いそろえ、夜、十時ころからよみはじめ、ガンも心臓病も忘れて、読み終えたのは朝七時で、外があかるくなっていた。

前にもこういう経験はある。しゃがんでふと抜きだした文庫本を、しゃがんだまま読みつづけて、読み終えた時、外がくらくなっていた。ツルゲーネフの『ドミトリ・ルージン』だった。しゃがんだまま読み続けて腰がいたくならなかったのは、その時、十五歳だったからで、今は七十三歳だから、椅子に座っていたのだが、中断してねむったほうがいいと思っても、もう『寄生獣』につかまれてしまっていて、中断できなかった。『寄生獣』と『ルージン』とは似ている。ツルゲーネフが、トルストイとドストエフスキーのかげにかくれて日本で読まれなくなったのは、日本の知識人に自由主義（うたがいつづける心）がつよくうったえないためだろう。トルストイも、ドストエフスキーも、うたがいのはたらきを消してしまうところがある。国家主義、共産主義、進歩主義に共通のものは、これがただ一つの正しい道だという、うたがいのないところに安住する思想である。『ルージン』と『寄生獣』とはそこのところがちがう。『寄生獣』はハーフ・マン（半人）の漫画である。理想はどこまでいってもハーフ・マンで、一個の人間の全身を占領することがない。全身がこれ正義になったという状況は、この十巻のどこにもない。

「地球にやさしい」という、今はうたがわれることのすくない掛声が、この十巻の中ではうきあがってくる。生物の全体の立場にたって考えるということが、私にできるのだろうか。

ブタとの共存をいうとすると、ブタの身になって考えることができるというのか。ところが、私というのは一個のものではない。私は、何匹もの寄生獣によってなりたっている。

純粋化への要求が、明治以降学校制度の土台とされ、百パーセントの誠意をもって正義に身をささげることが、説かれてきた。国家主義に反対する権力批判の運動においても異種同型の論理が通用し、敗戦をさかいとしても、学校ではあらたまることがない。これとはちがう論理形式をもつ生きかたのすすめが、明治以降の大衆文化にはあったし、それをうけつぐ大衆文化が、明治大正昭和をつらぬいてありつづけた。戦争最中には目だたないところにしりぞいたが、それがまったく消えることはなかった。

学校の復活と受験戦争の激化をむこうにして、マンガがつよくおこったのは、文部省に対する対抗文化としてである。『寄生獣』もまた、そのひとつで、現代人の倫理にたいして重い問題を投げかける。

十巻の終わりに、寄生獣そのものの生き方の純粋化をはかって、人間を絶滅しようとする寄生獣の運動に対して、右腕を寄生獣にくいとられて自分に寄生獣の力が入りこんだ十七歳の主人公は、自分のすることに百パーセントの確信を持ち得ないままに、ためらいながら、自分の前に立ちはだかる巨大な寄生獣とたたかって殺す。自分は、自分の小さい家族とそれに、つながりのある何らかを守ることしかできない小さい人間だという自覚をもって。

人間との共存の計画をたて、それに失望して自殺する（逃げないことによって）寄生獣の女性が、自分たちの子を、人間である主人公に託する場面が美しい。

人間のまねをして、鏡の前でわらったことがあったが、たのしかったと、これが、死ぬ前の彼女の言葉だ。

オウム教は、純粋化にむかってのひとつの大きな運動だった。これとはちがう集団的な形で、きたないものを消すのが当然だという都会の青少年の感覚をもとに、中老年の浮浪者がころされる事件が、何回か、日本の大都会でおこっている。寄生獣の反撃は、もっともに思える。

誤解権

学問および評論を商売にするようになってから、とうぜんに論争の中にまきこまれることになり、いかに多くの論争が、誤解の上になりたっているかに気がつかざるを得ない。誤解ということがなかったら、これだけ多くの人たちの営業は、なりたたないかも知れない。

トクメイの批評には、あとでとりけしの必要がないからとうぜんに、誤解する権利を十分に行使する場合が多いが、トクメイでなく筆者名のある論文でも、多くは誤解する権利を行使して、論争の相手方の言説を自分であつかいやすいワラ人形にすりかえて、打ち倒して見せている。

誤解する権利と逆に、誤解される権利というものがある。われわれは、自分たちの心情を直接的にみんなに手わたしすることはできないので、何らかの行動に託して手わたしするほかない。だが、この行動というのは、ずいぶんでこぼこした形のもので、見方によってちがう仕方で光を反射し、どんな動機をその行動の背後に想定するかによって、ぜんぜんちがった意味をもつ行動として映ずる。思いきった行動をさしだすということは、誤解される権利を十分に行使するということと、ほとんど同じことになる。

職業上、論争にこたえる義務をおわされることがよくある。だが、誤解をとくという消極的な作業は、精神衛生的によくないばかりか、客観的に無益でもある。論争という活動がもともと誤解する権利の活発な行使を前提としている以上、むしろわれわれは、誤解される権利を十分に活用して、自分で考えて意味のあると思う行動をどんどんつみかさねてゆくべきではないか。日常のつきあいの世界でも、誤解される権利をもっと活発に行使してゆくほうが、からっとした空気をつくれるように思う。

メキシコの同時通訳

　メキシコに二週間ほどの旅をした。その中心になったのは、一週間にわたる会議で、メキシコ研究と日本研究とを並行しておこなう形をとった。

　この会議でおどろいたのは、メキシコ人の同時通訳のたくみさで、はじめは、イヤホンできいていて同時通訳にしては、よくわかるなと不思議に感じただけだったが、ある日、自分の発表の番にあたって、コの字型のいすの配置の正面にすわり、同時通訳のチームとまっすぐにむかいあった時、彼らの技法のかなめのところがわかった。

　私のとなりでメキシコ人の老作家がはなしている時、彼の口から次々に、メキシコ近代化の成果を示す統計上の数字がとびだすと、その切れ目ごとに、同時通訳の女性が、にっこりとほほえむ。私には、そんなおもしろ味を感じるセンテンスとは思えないのだが、やがてその統計の数字に、裏があり、老作家が、この近代化にたいするあてこすりを表現していることがわかった。一度このキーノートがわかると、同時通訳の女性が、共感をこめて、彼の文章を英語になおしてゆく彼女自身の感情のうねりが、私にもつたわってきた。

同時通訳は、今発表している人に自分を一体化して、その人の靴にたって一座にはなしかけているのだった。

もうひとりの同時通訳の女性にかわると、この人は、前の人とちがって、自分自身の立場にたって、話し手の言い分を要約してつたえるので、演技の型がちがっていた。感情のこめかたは前の人におとらず、ブースの中で、だれに見られるともなく（私はおどろいて見ていたが）、身ぶり、手ぶり、表情で演技していた。それは、見物を想定しないひとり芝居と言ってよく、その成果は彼女の語り口としてのみ、会議につたわった。

一週間の会議を終えて、打ちあげのパーティーがあった時、私は、同時通訳にたずねてみた。どのくらいの時間つづけることができるのか。

一時に三十分ということだった。三十分ごとに交代する。一日の仕事の限度は七時間ということにさだめられている。しかし、オーバーすることもある、という。

彼女たちとおなじくらいの力をもつ同時通訳は何人メキシコにいるのか。

十二人いるということだった。彼女たちはスペイン語―英語、英語―スペイン語の往復をうけもつ。そのどちらかからもうひとつへの一方交通でなく、別の一端からもうひとつへの交通も、ひとりひとりがこなす。前もって論文を下読みしておき、その話し手の使う固有名詞になれておくそうだ。

メキシコが、さまざまな言語の交流の場であることが、同時通訳のレベルをあげているのにちがいない。しかし、この仕事が、生涯をかけるに足る仕事としてこの国ではとらえられ、演技と表現の場としての魅力を彼女たちにとってもっていることが、仕事のレベルをあげている。会議場には同時通訳の女性のこどもも来ており、参会者の間を夜も昼も自由に動いていることが印象深かった。

話がつまらない時には困るでしょう、とたずねると、それが問題だ、という答えだった。だが、通訳がよければ、はなしはかならずおもしろくなり、通訳がわるければ、もとのはなしがどんなにすぐれていても、はなしは色あせる。成否のカギをにぎるものは、通訳であることが多い。

独創と持久

二〇〇六年三月二六日、五条会館に南条まさき芸能生活二五周年記念公演を見に行った。起きたのがおそかったので、昼すぎに会場に行きついたときには、劇場は満員。平場は座る余地もなく、うろうろしていると、敬老精神のある観客が横側の欄干ぞいの場所に案内してくれた。おそらく、席中一番の年寄りが私だった。

はじまりは講談仕立ての一代記で、こんなに若くて自伝を語る人は、芸人の中でもまれだろう。張り扇をたくみに使って、めりはりのある一代記だった。

後方に、大学院生として大衆芸能を参加観察の場に選んだ時からの舞台姿が、編年体で映し出される。毎年の年賀状が彼の年輪を示している。

芸名・南条まさきこと鵜飼正樹が、桑原武夫会長の現代風俗研究会に参加してから、三〇年。研究者としての経歴の方が長い。その間に、芸人のききがきを中心とする人間ポンプ伝を書いた。これは、名人がなくなったことから、今後これを越える本は現れない。彼は人間ポンプに師事し、実演のときの紹介をつとめ、実演だけでなく、その座談を記録した。

会場には、学者の姿もちらほら、中心部に一五人くらい。しかし、三百人のおおかたは、彼がこれまで続けてきた女チャンバラその他の劇団のつながりだった。

現代風俗研究会を作った動きから数えると、桑原武夫、多田道太郎、橋本峰雄、山本明、田吹日出碩、私のうち、生き残っているのは、多田道太郎と私だけである（後注・多田道太郎も二〇〇七年一二月に亡くなった）。創立メンバーを第二世代とすると、今度の公演の観客は、もちだしで第三世代が南条まさきを助けて、興行を盛りたてた。

南条まさきは、まだ人間ポンプ伝を出していないころ、その持久力によって私をおどろかせた。雑誌「現代風俗」の売れ残りを事務所に置けないので、私の書庫で預かったことがある。彼は自分でその残本の揃いを売り、ある間隔で私の所に取りにきて、全部を売り切ってしまうまで続けた。

こういう持久力は、大学院生には普通見られない。大衆演芸の一座との結びつきを絶たないことも、おなじ持久力によるものだろう。

南条まさきの芸はどれくらいのものか。彼を助けて舞台を盛り上げたむらさき劇団にくらべると、プロにまでは至っていない。だが教授として歌や踊りがうまいというレベルを遙かに越えている。私に評価の力があるかという疑いをもたれる読者もあるだろうが。私は零歳代から、家に残って暴れないように、姉の踊りの稽古場につれてゆかれて、大変な番数の踊りを見ているから、ある程度の批評眼はある。

京都に学者は多い。明治以後の代表西田幾多郎、湯川秀樹のとなりに置いても、南条まさき（鶏飼正樹）は、自分の小さい場所を占めていると、ふと思った。

「むしろ人より一歩も二歩も遅れつつ、落ち穂拾いのごとく、人の見落としたものごとを発見する楽しみを忘れず……」と彼は自分の理想を書く。ここまで彼を育てた京都の学界はふところが深い。

暴力をやわらげる諸形式

切りさきジャックが一八八八年の末にイギリスにあらわれてから、何人もの男が、獄中で死ぬまぎわに、

「実は、私が、切りさきジャックだ」

と名のって息たえた。切りさきジャックの正体は百年以上もすぎた今日でも、わかっていない。しかし何人もの男が、死にぎわのヒロイズムとして、苦しい息の下で切りさきジャックを名のるというところに、ヴィクトリア朝の英国人（男）の深層の理想をうかがうことができる。それは、一方では、強姦をなし得る力を男のほこりとする態度であり、他方では、自分をさそう女を悪の根源としてそちらに責任を転嫁する卑怯な世界観である。


強姦する力を誇示する実例に、私は戦争中に何度か出会った。

中国やシンガポールで転戦してきた古兵がおり、入院中のうさばらしに、行軍の途上、

強姦して証拠隠滅のために殺してまた進むという体験談を若い兵士にむかってした。できの悪い大衆小説のようにすじがきが（当人にとって）あまりに好都合にできすぎていて、まるごとのみこむことはできないような気がしたが、彼が自分の強姦する能力を人前でほこりたいと思っているのは、よくわかった。

彼の感じ方に共感をもったわけではない。そのころ私は、自分が、女性に、強姦し得る男であると感じられているのではないかという恐怖感をつねにもっていた。

落合恵子『ザ・レイプ』（講談社、一九八二年）は、今の日本社会にいきのこっている男たちの強姦観（それに女たちもまきこまれている）を写している。強姦した男をあえて許した女性に対して、法廷で、強姦した男の側の弁護士は言う。

黒瀬（弁護士）――話を、変えましょう。昔、貞操を蹂躙《じゅうりん》された女性のなかには、自《みずか》ら死を選ぶ人もいました。そういった婦人を、あなたは、どう思いますか？

この質問は、私の人生の主題にふれる。この小説の弁護士のような話をする人は多くいる。彼自身は、戦争中に鬼畜米英をさけび、一億玉砕を説き、そして敗戦後には米国とむすびつくことを当然と思い、日本を欧米諸国とならぶ世界の指導者と思っている。自分自身が、その思想によって米国人だけでなく、朝鮮・台湾・中国・フィリピン・シンガポールの人々をしいたげ殺してきたことについて考えをめぐらすことがなく、この思想を守るために自分が死にはしなかったことの自分の責任を問うことなしに、ここではひとりの女性が貞操を守るために死ななかったことを責めている。それは、自分が、戦時の超国家主義について責められないことについて日本国中の人びとに現在、守られているという安心の故である。このようにして、日本国内で強姦告発をもみけす装置は、はたらきつづけている。

小説『ザ・レイプ』では、強姦された女性の愛人は、この装置に自分を同化させて、もと愛人からはなれてゆき、職場の人びとも、強姦を告発する彼女のはねあがった行動に白い眼をむける。

強姦を公けにうったえる女を、出すぎたなまいきな女と見なす習慣が、みんなのものであるあいだは、こうした習慣は、法以上の拘束力を、日常生活のなかでもちつづけるだろう。それは、今の日本の特色と言える。しかし、強姦そのものは、おなじ日本語をはなし、おなじ近所の人たちと数世代にわたってつきあいを保つ日本よりも、移動のはげしいアメリカ合衆国のほうが、多い。そういう恐怖にさらされている米国の女性は、ジーン・マクウェラー『レイプ――異常社会の研究』（現代史出版会、一九七六年。原著は一九七五年）などの、犯罪統計にもとづく実証研究をうみだした。

強姦についての女性の見方について、精神分析家ステファニー・デメトラコポウロスは、次のようにのべる。

女にとって、自分のからだは文字通り、聖なる過程を映す寺院、あるいは聖なる過程そのものだ。強姦はそのからだを犯し、もうひとつ、女の存在の根本原理を犯す。女が強姦された傷を十分に回復することは決してなく、一生そのことに思い悩む場合が多い。女が強姦の記憶をあっさり忘れてしまえないのを、男はわけがわからないと言う。現代のある男の作家は、強姦などただ抑制がきかなくなっただけで、三十分ほど生命の危険を心配するだけだと推量している（ティモシー・ベニーク「強姦についての四人の男の談話」、「マザー・ジョウンズ」第七巻、一九八二年七月）。強姦される体験は恐るべきニヒリズムを知ることであり、その知識は生命の一部として理解することも、受けいれることも、決してできないものである。

（S・デメトラコポウロス著、横山貞子訳『からだの声に耳をすますと』思想の科学社、一九八七年。原著は一九八三年）

天と地のわかれるところに立つ男に対して、アメノウズメが衣服をひらいて、ハダカを見せるというのはどういうしぐさなのか。

強姦する力を自分の英雄としての資格と思っているかもしれない男を前にして、積極的に裸身をさらす。ここでマハトマ・ガンジー（一八六九—一九四八）を思いだすのは、ガンジーのように見えるかもしれないが、異人に対するアメノウズメのしぐさは、ガンジーに似ている。ガンジーは、やきもちやきで、自分の監督下にある少年少女に性的純潔を要求し、少年少女が水浴びにゆくにもひとりでついていって監視したことを、自分で書いている。ガンジーの心の底には、自分の性的欲望に対してくわえられる暴力行為があり、その暴力性の反動として、自分の子どもや妻や（自分の監視下にある）少年少女に対してくわえる道徳的禁圧という形での暴力性があらわれる（E・H・エリックソン『ガンジーの真理』W・H・ノートン社、一九六九年）。こうしたちがいにもかかわらず、裸身をさらして、見知らぬ相手に対するという態度において、ガンジーはアメノウズメに似ている。その政治的有効性という面だけにかぎれば、両者ともに、ある性格の相手に対する場合にだけ、その態度は、のぞましい結果をひきだすものと言える。

ジョージ・オーウェルの「ガンジーについての感想」（一九四九年）は、南ア連邦とインドにおけるガンジーの非暴力闘争が、全体主義の性格を理解しておらず、イギリス政府に対してつづけられたものである故に、その有効性を保ち得たとしている。

ガンジーは一九四八年一月、ヒンズー教の狂信者によって暗殺された。

ガンジーが暗殺された時、彼の最も熱烈な賞讃者の多くは、彼が生きながらえて目撃したものは自己の生涯の仕事の破滅に過ぎなかった、という悲しげな叫びを上げたが、これは奇妙なことなのである。なぜならインドは、権限移譲に伴う副産物のひとつとして常々予見されていた内乱状態に置かれていたからである。しかし、ガンジーが自己の生涯を費やしたのは、ヒンズー教とイスラム教との敵対意識を和らげようとしてではなかった。イギリスによる統治の平和的終結という彼の主たる政治目標は、結局のところ達成されていたのである。例によって、関連する諸事実は互いに交錯している。一方において、イギリスは戦わずしてインドから出て行ったのであり、このことは、その約一年前までは、実際ごく少数の観察者しか予言もしなかった成行きであろう。他方、それは労働党政権によって行なわれたのであり、保守党政権、とりわけチャーチルに率いられる政府であれば、これと異なる行動をとったであろうことは確実である。だがもし、一九四五年までに、インドの独立に共感をもつ大きな世論がイギリス国内に生じていたとすれば、これはどれほどガンジーの個人的影響力に起因していたことだろう？　またもし、これは起こり得ることだが、最終的にインドとイギリスとが、穏当で友好的な関係に落ち着くことになるとすれば、これはひとつにはガンジーが、頑強にしかも憎しみをもたずに自己の闘争を続けることによって、政治的大気の消毒を行なったからではなかろうか？　このような問いかけをしたい気持にさえなるというのは、彼が大器であることの印《しるし》なのだ。私と同様に、美的趣味からいってガンジーに対する一種の嫌悪感を催す者があるかもしれない。彼は聖者なのだという、彼のためになされる主張を（ついでながら、彼は決して自分からそのような主張をしたことはなかったが）認めない者もあるかもしれない。また、聖者たることがひとつの理想であるとの説を認めず、それゆえに、ガンジーの根本目標は非人間的で反動的であると感じる者もいるかもしれない。しかし、彼を単にひとりの政治家として考え、現代の他の指導的政治家たちの姿と比較した時、彼はなんと清らかな匂いをあとに残し得たことだろう！

（鈴木寧訳『オーウェル著作集』第四巻所収、平凡社、一九七一年）

ガンジーの底に深い嫉妬心があり、それが彼を偏狭にして持久力ある政治運動家とした。その抑圧された性への嫌悪からときはなたれたところに、アメノウズメの人間性があり、天の岩戸がくれによって生じた闇夜からの舞台転換を助け、天と地のわかれ道での異民族との対決を平和裡にみちびく力となった。ストリッパーを古代の政治的指導者のひとりとしてもつことの寓意から、私たちは多くをくみとっていいのではないか。

政治家の政治演説のなかにだけ、政治があるとは思えない。国家の暴力装置と、それをおしかえす群衆の反対暴力のなかにだけ、政治があるとも思えない。

イギリスの初代駐日総領事で後に初代駐日公使となったジョン・ラザフォード・オルコック（一八〇九―九七）は、もとは外科医であり、解剖学研究の必要から絵をかくことをまなんでいた。彼が日本に来たのは一八五九年であるが、それから二年たった一八六一年（文久元年）四月二十三日、画家のワーグマンをつれて、九州の田舎を歩く旅行に出た。

三日目の朝は嬉野《ウレシノ》に、夕方は武雄《タケイワ》に、それぞれ硫黄温泉を見つけた。最初にわれわれが訪れた湯治場は、街路からあけすけに見えるところにあり、入浴者を日光からさえぎるための小屋の屋根があるだけだった。われわれが近づいたときに、中年過ぎのひとりの婦人が温泉のふちへ上ってきた。あとには、まだ五、六人の婦人が湯につかっていた。この婦人は、いっさいの自意識や当惑といったものをまったくもち合わせていなかったので、ヤン・フスの「おお、神聖な無知よ」という叫びを想い起こさないわけにはゆかなかった。

フスは、かれじしんを火あぶりにするために杜のところへ信心ぶかいひとりの老婆が薪《たきぎ》をもってくるのを見て、そう叫んだのである。おお、神聖なる無知よ。口うるさい世間をも恐れず、因襲的な作法が定めた勝手なおきてなどをすこしも意に介せず、身にまとうものがなくてもなんの恥ずかしさも感じないとは。かの女は体を洗っていたので、清潔だった。かの女にはひとつの仕事をすませたという意識があるだけで、そのことをたまたまそこを通りがかった他人が知ったり見たりしていけない理由はない、と考えていたことは明らかである。ひじょうに多くの男女が、温泉のなかで楽しんでいた。これも習慣の力だとわたしは思うのだが、たしかにかれらは、男も女も、わたしが出会ったどの人よりもやけどによく耐《た》えられる人間ではある。

（オルコック著、山口光朔訳『大君の都』岩波文庫、一九六二年。原著は一八六三年）

オルコックはあとでこの温泉に入ってみて、あついのにおどろいたのだろう。それはともかく、切りさきジャックとおなじくヴィクトリア朝の、女性の性についてきびしい禁忌のもとでそだったオルコックが、日本の田舎に来て、ハダカを恥じない女に出会っておどろいたのは無理もない。

日本では、その後半世紀のうちに、欧米わたりの女性の裸体についてのきびしい考え方が輸入されて、混浴の習慣はおとろえる。

法然院貫主だった倫理学者橋本峰雄（一九二四—八四）が、風呂を日本仏教の宗教感覚とむすびつけて再考し、混浴の復活をねがっていたところには、彼なりに考えぬいた倫理の理想があった。

もともと、キリスト者が入浴を禁圧する傾向があったのと対照的に、仏教においては入浴は徳を得るものであり、「施浴」は功徳・追善の行事となるものであった。その入浴が蒸気浴から湯浴へ転換したことの意味はそう軽いことではないはずである。

湯浴の快感とは、自分の肌にじわじわと湯が染《し》みて、肌と湯、つまり内と外とのけじめがなくなってくる、それゆえにうっとりとしてくる皮膚感覚のことである。あるいは自分が湯につつみこまれる感じといえばよいだろうか。それでよく一番風呂は湯が堅くていけないといったことまでがいわれる。たんに蒸気によって汗を外に出すという生理上のことだけでなく、自分の外と内とが「馴染《なじ》む」のをよしとする心理上の快感でもある。
私は、これこそ仏教の思想の感覚化の一つの典型であると考えざるを得ない。
（橋本峰雄「風呂の思想」、現代風俗研究会編『現代風俗77』一九七七年）

銭湯は、そこにふらりと入ってきたものが湯銭をはらえばむかえられるところで、おたがいがハダカであるところで、乱暴をはたらくものもいず、ともに湯に入り、しばらくして出てゆく。その風呂場の秩序には、形式があり、その形式があらわれる背景には、ながいあいだの社会慣習があった。そこには、法律によってさだめられないままに、慣習法としての形式がある。こうした慣習のなかにふくまれる形式は、文章にされた道徳よりも根本的な道徳であり、時の政府のさだめる法律よりも根本的な法律である。公衆風呂のないところでは、群舞のなかに、それはそのおどりのなかに誰でも入ってゆけるというきまりがある故に、おなじように、道徳と法のもとになる形式が生きている。強姦致死のような突発的行動は、公衆風呂や群舞の慣習のなかに生きている形式の学習によってやわらげられるものだろう。

大正年間にアメリカからもどってきて、静坐法を日本にひらいた岡田虎二郎（一八七二―一九二〇）は、そのヒントをアメリカでくらすうちに得たそうで、それは、ダンスを見たことからはじまった。彼は、日本だから静坐にしたので、アメリカならば、ダンスではじめただろうという。

アメリカ合衆国は、国のなりたちに、メイフラワー号上の清教徒の集団などが参加していて、自分たちできまりをつくって新しい社会をつくるという気組みがある。国家ができてからも、国家のわくのなかで、さまざまの小共同社会がつくられた。それらの理想社会がどうなっていったかをしらべたものに、ケネス・レクスロス（一九〇五―八八）著『コミュナリズム』（シーベリー・プレス、一九七四年）がある。レクスロスによれば、自分たちで規制をつくってはじめたコミューン運動で、今ものこっているものは少なく、のこっているように見えても、それをはじめた人たちはすでにコミューンから去っていて、コミューンの性格はかわっている。なくなってしまったコミューンが多い。

そうしたなかで、めずらしいものは、シェイカーが一七七六年にニューヨーク州アルバニーに近いウォーターヴリート市内ミスカユナにつくったコミュニティで、教祖のマザー・アンは性交を禁じ、一日の労働を終え、夕食を終えて、性交への意欲がたかまると、ダンスをはじめ、つかれはてるまでダンスをして、各自もどってねむる。子どもはできないが、親のない子どもをひきとってそだてる大きな孤児院をつくり、念入りな農作業と家具つくり、大工仕事を仕込み、その子どもたちが信徒にならずに出てゆくにまかせる。その結果、コミューンは、すばらしい念入りな家具をのこして、なくなってしまった。

十九世紀なかばには二十の村にわかれて六千人がくらしていたこのコミューンは、二十世紀なかばには老人百人ばかりになってしまっていたという。

そのダンスは、シェイカーに特有のもので、長老による説教、それから讃美歌があってから、男女は大部屋の二つの側にそれぞれ立って対面し、足をひきずるようにしながらたがいに近づき、腕をまっすぐに前に出し、讃美歌をうたいつつたがいをやりすごし、やがて気がのってくるにしたがって異国語のような文句でやりとりし、たがいにだきあい、キスをし、その動きをくりかえす。もっとも熱烈な愛がここで交換され、部屋は熱気にあふれる。最後は、後にジルバ（jitterbug）と呼ばれるような乱調のおどりになって終る。

ジョン・ハムフリー・ノイズ（一八一一—八六）が一八四六年にヴァーモント州オナイダにつくったコミューンは、全員財産を共有し、おたがいの間に性交があることを当然とした。ノイズは、性交の目的を生殖とたのしみにあるとし、オラル・セクスのみならず、性交中に男性が射精をとめて女性の十分な反応を得ることを教えた。そこには性交に不自由を感じる少年があってはならないし、性交に不自由を感じるやもめや老女があってはならなかった。この性習慣には、共同体内部の暴力性をやわらげる形式がある。だが事実は、教祖ノイズの設けたきびしい規則が、性交について課せられ、性交は共同管理の下におかれていた。この共同性交によってオナイダは米国中に知られ、もの好きな観光客が共同性の信仰なしにここをおとずれるにいたり、やがて若者がノイズの子孫をふくめて教祖の教えに反対するようになって、ノイズ自身が六十八歳の時にこの共同体から逃げだした。自由性交はかえりみられなくなり、ユートピア共産主義は一八八一年一月一日をもって終りをむかえた。しかし一世紀にわたってつづけられた勤勉の習慣は、銀器づくりの企業の基礎となって今日にこの共同性をのこしている。（倉塚平『ユートピアと性』中央公論社、一九九〇年）

シェイカー共同体も、オナイダ共同体も、平和主義をよりどころとし、オナイダ共同体はドレイ制度に反対してアメリカ合衆国に自分たちのもうひとつの「独立宣言」をつきつけた。その同時代人としてそだったオリヴァー・ウェンデル・ホウムズ（一八四一―一九三五）は、この米国建国以来の分裂のなかで北軍の中尉としてたたかって三度重傷を負い、それは彼の法律家としての思想に大きな影響をあたえた。最高裁判事としての職を九十歳をこえてつとめた彼は、「法律の生命は論理にではなく、経験にやどる」ことを信条とし、憲法といえども未来におこるあらゆることを予見した上でつくられたものではなく、その時代に必要と感じられたことが憲法の運用にもりこまれなければならないと主張して、米国の法学に新しい道をひらいた。経験には形式があること、経験からとりだされた形式はつねに新しく経験のなかにひたされて新しい運用形態をあたえられなくてはならないというのが、法学者としての彼の見方だった。風呂とおどりのなかにふくまれた人間関係の形式も、法の基礎にある。

90歳を迎えて

ある仕事の回想――桑原武夫学芸賞に寄せて

最初に会った頃の桑原武夫さんの印象を記そうとすると、一九四八年の冬、一緒におこなった、ある仕事のことを思いだす。

当時、京都大学人文科学研究所でまとまった洋書を購入する必要が生じ、その買い付けを東京でおこない、京都へ発送する前に、おおまかな整理をする仕事が桑原さんにゆだねられた。私はそれを英語で助けるため、この時、桑原さんに同行した。

この年の十一月、私は京都大学の嘱託となっており、翌年四月に人文科学研究所の助教授になるのだが、新しい職場でおこなう最初の仕事がこの時、桑原さんとおこなった洋書の整理だった。

買い付けた五〇冊ほどの洋書を、その頃、日比谷の東京市政会館の中にあった太平洋協会事務所の一室に運び込んだ。大部分が英語で書かれたもので、フランス語のものは少なかったこともあり、実際の仕事は、私がやるものだという心づもりでいた。ところが、事務所の大きな机の上に積み上げられた本を前にして、桑原さんは上着を脱いで、ワイシャツの袖をまくって、「さあ、始めましょうか」と言って、自分から本の分類に取りかかった。その一連の動作は、私が知っている大学教授の姿とはおよそ違っていた。この人は雑用に限らず、あらゆる仕事を自分からやる人なのだ、とその時思った。その後、桑原さんの書いたものを読むようになってから、この姿が、桑原さんの研究をも、性格付けていることを知った。

正式に職場を同じくするようになってから、桑原さんには仕事に限らず、研究、そして自分が生きていく上での相談事など、細かなことまで面倒をかけた。知り合って間もない頃、一緒に本を仕分けしたこの一室で桑原さんが作った気安い空間が、その後もずっと続いたことを感謝している。

上野博正と「思想の科学」

父の家からはなれて葛飾区金町に住んでいたころ、玄関のガラス戸の前をゆきつもどりつする人影があるのを見て、私は声をかけた。

東京教育大学の学生だった。上野博正。思想の科学研究会へ入りたいと言う。入ったら、すぐさま、記号の会というサークルの中心となって、次々に計画を立てて実行した。後藤総一郎、見田宗介、横山貞子、高原健吉、佐々木元、矢部基晴、寺井美奈子、渡辺一衛。

柳田国男を読むことが中心だったが、やがて折口信夫に飛んだ。「古代研究」の紹介は発表者が折口にのりうつったように迫力があり、山の中を思いつくままに放浪する姿勢から古代への幻想を育てるやりかたが、さらにきく人にのりうつった。

会をひらく場所も、彼は自分でさがし、川の中の小舟でうなぎをとって、それを焼くという不届けの場だった。その小舟も、風によって移り、またさがしあてるのは、むずかしかった。

彼は自分の父親に敬意を持っていた。母の死後、新しい母になじまず、家を出て歩くようになった。手ぬぐいをぶらさげて、気の向いたところで風呂屋に入った。そういう暮らし方のなかで、家庭教師をはじめて、はやくから自活の道をひらいた。早くなくなった母の実家は、九十九里浜の漁師の家系で、父系の浅草のはんこ彫りの職人とちがう御詠歌にこどもの時からなじんだ。そのちがいから、彼の未完成の自伝は書き起こされ、独特のものだった。がんによる彼の死によって、初期の記述に終った。早くから新内の門に入り、やがて一門としての名前をもつにいたった。彼の理想は流しの歌うたいとして、下町を歩き、とめられると、あんまを施すという兼業の境遇だった。

思想の科学の会合で、しばしば、歌を披露した。横浜で佃実夫の追悼記念会があったとき、彼が立って、「庭の千草」をうたった。見知らぬ人が私のそばで膝を折って、涙を流していた。

彼は、東京教育大学日本史の学生だった。上野精養軒で開かれた結婚披露の席で、恩師の家永三郎が彼について、「天才です」と述べたことをおぼえている。卒業論文は永井荷風についてだった。

彼は、東京式のくらしの型になじまず、やがて離婚。その後は、父、弟、妹と暮らした。父の死後、上野本牧亭で、追悼の会があり、そこに秋山清、折原脩三他、思想の科学の面々が集まっていた。一九七〇年代の「思想の科学研究会」は、上野博正のひきいるあつまりだった。

教育大学卒業後、上野博正は医科歯科大学に入り、卒業して医師となり、この間に学生運動をになって大学改革のためにその責任をひきうけて、博士号をとる方向におもむかず、ひとりの開業医として活動をつづけた。そのあいだに、彼は「思想の科学」にうちこみ、雑誌休刊後も、廃刊とつたえられるたびに本気でおこって抗議し、「思想の科学」の主な担い手であった。彼のたてたビルの最上階が思想の科学の集まりの場となっていた。

彼の終りは突然で、自伝は書きつづけられたなら、音楽にふれためずらしい思想史になったと思う。

読書アンケート回答

1 秋原勝二『夜の話』編集グループSURE、二〇一二年

かつて満洲で日本語の文章を書いて発表した体験を、戦後、自分の中でどう継承していくか。この課題について、ひとつのみちすじを作っている本。著者は今年（二〇一三年）で百歳。戦後復刊された当時の同人誌『作文』を現在も発行し続けている。

2 松田哲夫編『うその楽しみ』あすなろ書房、二〇一二年

「うそ」とは、欺瞞とちがって、遊びと余裕の入り込む隙がある。そのことが全篇から伝わってくる。本物が立派であれば、それに比例して偽物も質が高い、とする井上ひさしの言葉は、「うそ」を舞台に騙し、騙される双方の、人柄も試されていることを教えてくれる。

3 竹内真澄『物語としての社会科学――世界的横断と歴史的縦断』桜井書店、二〇一二年

堅い論文集かと思っていたら、途中からぐんぐん引きこまれていった。物語を意識しながら書くことが、細かな分析でありながら、そこに強い流れを持たせ、読ませる力を生んでいる。

4　野添憲治『紙碑を刻んできた』秋田魁新報社、二〇一二年
若い頃から自分でものごとを考え続けて、それを字にしてきた人の半生記。この人物を若い頃から知っているが、読み終えてみて、ずっと書くことの楽しさを身につけた人だったことをあらためて知った。

5　山秋真『原発をつくらせない人びと――祝島から未来へ』岩波新書、二〇一二年
ひとりひとりの顔が見える運動を描く。広く市民運動のありようを考える時、その土地から生まれる「声なき声」が持つ力の広がりを伝える本。

九条の会の働きどき

今度の選挙結果を見ると、九条の会の働きは、これまで以上に大切になると思います。現在、私にできることは少ないかもしれません。しかし、まだ私たちの内に（そして私たちの未来に）希望が残っているとするならば、私はそれにひとつの石を置こうと思います。

意思表示

今の私にどれだけの力があるかどうか、分かりません。しかしはっきりと、憲法九条を守る意思表示をしたいと思います。

鶴見俊輔主要著作

『哲学の反省』先駆社　1946．4
『アメリカ哲学』世界評論社　1950．1（フォルミカ選書）
『哲学論』創文社　1953．2（河出新書）
『大衆芸術』河出書房　1954．3（河出新書）
『プラグマティズム』河出書房　1955（河出文庫）
『現代日本の思想』久野収との共著　岩波書店　1956．11（岩波新書）
『アメリカ思想から何を学ぶか』中央公論社　1958．5
『プラグマティズム入門』社会思想社　1959．3（現代教養文庫）
『戦後日本の思想』久野収・藤田省三との共著　中央公論社　1959．5
『誤解する権利――日本映画を見る』筑摩書房　1959．12
『折衷主義の立場』筑摩書房　1961．9
『廃墟の中から』筑摩書房　1961．10（日本の百年2）
『新しい開国』筑摩書房　1961．12（日本の百年1）
『日本の大衆芸術――民衆の涙と笑い』佐藤忠男・虫明亜呂無・森秀人・柳田邦夫・邑井操・加太こうじ・浅井昭治との共著　社会思想社　1962．12（現代教養文庫）

『折伏：創価学会の思想と行動』森秀人・柳田邦夫・しまねきよしとの共著　産報　1963．4（産報ノンフィクション）
『御一新の嵐』筑摩書房　1964．2（日本の百年10）
『戦後日本の思想』久野収・藤田省三との共著　勁草書房　1966．3
『日本人の生き方』星野芳郎との共著　講談社　1966．9（講談社現代新書）
『未来への対話』梅棹忠夫・高橋和巳・梅原猛との共著　雄渾社　1967．3
『日常的思想の可能性』筑摩書房　1967．7
『新しい開国』筑摩書房　1967．7（日本の百年・記録現代史1）
『御一新の嵐』筑摩書房　1967．10（日本の百年・記録現代史10）
『限界芸術論』勁草書房　1967．10
『シンポジウム　現代日本の思想――戦争と日本人』日高六郎・上山春平・作田啓一・多田道太郎・橋川文三・安田武・山田宗睦との共著　1967．12（三省堂新書）
『不定形の思想』文藝春秋　1968．4（人と思想）
『語りつぐ戦後史1』編集・解説　思想の科学社　1969．5
『語りつぐ戦後史2』編集・解説　思想の科学社　1970．5
『語りつぐ戦後史3』編集・解説　思想の科学社　1970．8
『アメリカ哲学・新版』社会思想社　1971．3
『同時代』鶴見俊輔対話集　合同出版社　1971．8

『北米体験再考』岩波書店　1971．8（岩波新書）
『家の神』写真・安達浩　淡交社　1972．1
『ひとが生まれる　五人の日本人の肖像』筑摩書房　1972．7（ちくま少年図書館）
『漫画の戦後思想』文藝春秋　1973．5
『語りつぐ戦後史　上』対談・編集　講談社　1975．8（講談社文庫）
『語りつぐ戦後史　下』対談・編集　講談社　1975．9（講談社文庫）
『思想1』筑摩書房　1975．5（鶴見俊輔著作集2）
『思想2』筑摩書房　1975．7（鶴見俊輔著作集3）
『高野長英』朝日新聞社　1975．9（朝日評伝選）
『私の地平線の上に』潮出版社　1975．9
『芸術』筑摩書房　1975．9（鶴見俊輔著作集4）
『哲学』筑摩書房　1975．11（鶴見俊輔著作集1）
『時論・エッセイ』筑摩書房　1976．1（鶴見俊輔著作集5）
『柳宗悦』平凡社　1976．1（平凡社選書）
『戦後日本の思想』久野収・藤田省三との共著　講談社　1976．4（講談社文庫）
『グアダルーペの聖母』筑摩書房　1976．7
『転向研究』筑摩書房　1976．9（筑摩叢書）
『まげもののぞき眼鏡――大衆文学の世界』足立巻一・清原康正・多田道太郎・山田宗

睦・山本明との共著　河出書房新社　1976．9
『いくつもの鏡　論壇時評1974—1975』朝日新聞社　1976．6
『限界芸術』講談社　1976．8（講談社学術文庫）
『御一新の嵐』筑摩書房　1977．11　改訂版（日本の百年　記録現代史1）
『廃墟の中から』筑摩書房　1978．7　改訂版（日本の百年　記録現代史9）
『日本人の世界地図』長田弘・高畠通敏との共著　潮出版社　1978．8
『新しい開国』筑摩書房　1978．9　改訂版（日本の百年　記録現代史10）
『読書のすすめ』　潮出版社　1979．5
『本と人と』西田書店　1979．6
『太夫才蔵伝：漫才をつらぬくもの』平凡社　1979．11（平凡社選書）
『アメリカ』亀井俊介との共著　エッソ・スタンダード石油広報部　1979．12（エナジー対話15）
『歳時記考』長田弘・なだいなだ・山田慶兒との共著　潮出版社　1980．3
『文章心得帖』潮出版社　1980．5
『戦争体験：戦後の意味するもの　鶴見俊輔対話集』ミネルヴァ書房　1980．6
（叢書・同時代に生きる2）
『アメリカ』亀井俊介との共著　文藝春秋　1980．11
『戦後を生きる意味』筑摩書房　1981．4

『戦後思想三話』ミネルヴァ書房　1981.7（叢書・同時代に生きる5）
『まげもののぞき眼鏡――大衆文学の世界』足立巻一・清原康正・多田道太郎・山田宗睦・山本明との共著　旺文社　1981.10（旺文社文庫）
『家の中の広場』編集工房ノア　1982.4
『戦時期日本の精神史――1931～1945年』岩波書店　1982.5
『限界芸術論』勁草書房　1982.12　新装版
『忠臣蔵と四谷怪談――日本人のコミュニケーション』安田武との共著　朝日新聞社　1983.11（朝日選書）
『戦後日本の大衆文化史――1945～1980年』岩波書店　1984.2
『絵葉書の余白に――文化のすきまを旅する』東京書籍　1984.4（東書選書）
『随想　暮らしの流儀をつくる』太郎次郎社　1984.10（ことばを求めて1）
『対話　生きる足場をどこに築くか』太郎次郎社　1984.10（ことばを求めて2）
『デューイ』講談社　1984.12（人類の知的遺産60）
『読書日録』潮出版社　1985.3
『高野長英』朝日新聞社　1985.3（朝日選書）
『文章心得帖』潮出版社　1985.4（潮文庫）
『大衆文学論』六興出版　1985.6
『戦後とは何か』日高六郎・針生一郎・菅孝行との共著　青弓社　1985.8

『思想の舞台――メディアへのダイアローグ』粉川哲夫との共著　田畑書店　1985.9
『テレビのある風景』マドラ出版　1985.10
『変貌する日本人』多田道太郎との共著　三省堂　1986.9
『ふれあう回路』野村雅一との共著　平凡社　1987.3（ポリフォニー・ブックス）
『思想の落し穴』岩波書店　1989.1
『夢野久作――迷宮の住人』リブロポート　1989.6（シリーズ民間日本学者）
『再読』編集工房ノア　1989.7（ノア叢書）
『思想の折り返し点で』久野収との共著　朝日新聞社　1990.12
『言葉はひろがる』絵・佐々木マキ　福音館書店　1991.1（たくさんのふしぎ傑作集）
『らんだむ・りいだあ』潮出版社　1991.3
『私の地平線の上に』筑摩書房　1991.4（鶴見俊輔集8）
『現代日本思想史』筑摩書房　1991.5（鶴見俊輔集5）
『アメノウズメ伝――神話からのびてくる道』平凡社　1991.5
『限界芸術論』筑摩書房　1991.6（鶴見俊輔集6）
『漫画の読者として』筑摩書房　1991.7（鶴見俊輔集7）

『方法としてのアナキズム』筑摩書房　1991．8（鶴見俊輔集9）
『外からのまなざし』筑摩書房　1991．9（鶴見俊輔集11）
『先行者たち』筑摩書房　1991．10（鶴見俊輔集2）
『転向研究』筑摩書房　1991．11（鶴見俊輔集4）
『アメリカ哲学』筑摩書房　1991．12（鶴見俊輔集1）
『時代を読む』河合隼雄との共著　潮出版社　1991．12
『記号論集』筑摩書房　1992．1（鶴見俊輔集3）
『日常生活の思想』筑摩書房　1992．2（鶴見俊輔集10）
『読書回想』筑摩書房　1992．3（鶴見俊輔集12）
『書評10年』潮出版社　1992．12
『旅の話』長田弘との共著　晶文社　1993．4
『日本文化の現在』森毅との共著　潮出版社　1993．5
『ひとが生まれる――五人の日本人の肖像』筑摩書房　1994．3（ちくま文庫）
『歴史の話』網野善彦との共著　朝日新聞社　1994．5
『柳宗悦』平凡社　1994．9（平凡社ライブラリー69）
『竹内好――ある方法の伝記』リブロポート　1995．1（シリーズ民間日本学者）
『神話的時間』工藤直子・谷川俊太郎・佐野洋子・西成彦との共著　横田幸子編　熊本子どもの本の研究会　1995．9

『戦後日本の思想』久野収・藤田省三との共著　岩波書店　1995．9（同時代ライブラリー）
『日本人とは何だろうか』晶文社　1996．1（鶴見俊輔座談）
『思想とは何だろうか』晶文社　1996．2（鶴見俊輔座談）
『学ぶとは何だろうか』晶文社　1996．3（鶴見俊輔座談）
『近代とは何だろうか』晶文社　1996．4（鶴見俊輔座談）
『文化とは何だろうか』晶文社　1996．5（鶴見俊輔座談）
『家族とは何だろうか』晶文社　1996．6（鶴見俊輔座談）
『戦争とは何だろうか』晶文社　1996．7（鶴見俊輔座談）
『民主主義とは何だろうか』晶文社　1996．8（鶴見俊輔座談）
『社会とは何だろうか』晶文社　1996．9（鶴見俊輔座談）
『国境とは何だろうか』晶文社　1996．10（鶴見俊輔座談）
『日本人の世界地図』長田弘・高畠通敏との共著　岩波書店　1997．3（同時代ライブラリー）
『歳時記考』長田弘・なだいなだ・山田慶児との共著　岩波書店　1997．4（同時代ライブラリー）
『期待と回想　上』晶文社　1997．8
『期待と回想　下』晶文社　1997．8

『神話とのつながり――175篇のメッセージ』西成彦・神沢利子との共著　熊本子どもの本の研究会出版部編　熊本子どもの本の研究会　1997．10
『アメノウズメ伝――神話からのびてくる道』平凡社　1997．10（平凡社ライブラリー）
『「むすびの家」物語――ワークキャンプに賭けた青春群像』木村聖哉との共著　岩波書店　1997．11
『思想の折り返し点で』久野収との共著　朝日新聞社　1998．3（朝日選書）
『隣人記』晶文社　1998．9
『丁丁発止』梅棹忠夫・河合隼雄との共著　朝日新聞大阪本社編　かもがわ出版　1998．11
『いま家族とは』浜田晋・春日キスヨ・徳永進との共著　岩波書店　1999．2
『家の神』淡交社　1999．9　新版
『教育再定義への試み』岩波書店　1999．10（シリーズ教育の挑戦）
『限界芸術論』筑摩書房　1999．11（ちくま学芸文庫）
『子どもがみつけた本』工藤直子・池澤夏樹・西成彦との共著　熊本子どもの本の研究会　1999．11
『太夫才蔵伝――漫才をつらぬくもの』平凡社　2000．3（平凡社ライブラリー）
『新しい開国』筑摩書房　2000．11（鶴見俊輔集続1）

『御一新の嵐』筑摩書房　２００１．１（鶴見俊輔集続２）
『高野長英・夢野久作』筑摩書房　２００１．２（鶴見俊輔集続３）
『この百年の課題』石牟礼道子・筑紫哲也・中島梓ら一二名との共著　西島建男編　朝日新聞社　２００１．３（朝日選書）
『柳宗悦・竹内好』筑摩書房　２００１．３（鶴見俊輔集続４）
『転向再論』鈴木正・いいだももとの共著　平凡社　２００１．４
『戦時期日本の精神史——１９３１～１９４５年』岩波書店　２００１．４（岩波現代文庫）
『戦後日本の大衆文化史——１９４５～１９８０年』岩波書店　２００１．４（岩波現代文庫）
『アメノウズメ伝』筑摩書房　２００１．６（鶴見俊輔集続５）
『夢野久作と埴谷雄高』深夜叢書社　２００１．９
『二〇世紀から』加藤周一との共著　潮出版社　２００１．９
『わたしの一冊』谷川俊太郎・猪熊葉子・神沢利子・工藤直子ら一一名との共著　横田幸子編　熊本子どもの本の研究会出版部　２００１．11
『読んだ本はどこへいったか』聞き手・山中英之　潮出版社　２００２．９
『大切にしたいものは何？——鶴見俊輔と中学生たち』絵・南伸坊　晶文社　２００２．１（みんなで考えよう１）

『きまりって何?――鶴見俊輔と中学生たち』絵・佐々木マキ　晶文社　2002.2（みんなで考えよう2）
『大人になるって何?――鶴見俊輔と中学生たち』絵・長新太　晶文社　2002.5（みんなで考えよう3）
『未来におきたいものは――鶴見俊輔対談集』晶文社　2002.6
『グラウンド・ゼロからの出発――日本人にとってアメリカってな～に』ダグラス・ラミスとの共著　光文社　2002.10
『こどもたち　こどもたち――一九四八年・一九四五年の日記』森芳子・森秀文・谷川俊太郎との共著　近代出版　2002.10
『回想の人びと』潮出版社　2002.12
『もうろくの春――鶴見俊輔詩集』編集グループSURE　2003.3
『日本語の新しい方向へ』大岡信・谷川俊太郎・谷川賢作らとの共著　熊本子どもの本の研究会　2003.12
『同時代を生きて――忘れえぬ人びと』瀬戸内寂聴・ドナルド・キーンとの共著　岩波書店　2004.2
『戦争が遺したもの――鶴見俊輔に戦後世代が聞く』上野千鶴子・小熊英二との共著　新曜社　2004.3
『歴史の話』網野善彦との共著　朝日新聞社　2004.5（朝日選書）

『夢野久作——迷宮の住人』双葉社　2004.6（双葉文庫）
『手放せない記憶——私が考える場所』小田実との共著　編集グループSURE　2004.12
『まごころ——哲学者と随筆家の対話』岡部伊都子との共著　藤原書店　2004.12
『埴谷雄高』講談社　2005.2
『千年の京から「憲法九条」——私たちの生きてきた時代』瀬戸内寂聴との共著　かもがわ出版　2005.5
『風韻——日本人として』写真・藤本巧　フィルムアート社　2005.6
『歩く学問ナマコの思想』内海愛子・中村尚司・池澤夏樹・熊岡路矢との共著　埼玉大学共生社会研究センター編　コモンズ　2005.12
『『論語』を、いま読む』井波律子との共著　編集グループSURE　2006.1（セミナーシリーズ鶴見俊輔と囲んで1）
『回想の人びと』筑摩書房　2006.2（ちくま文庫）
『欲動を考える』作田啓一との共著　編集グループSURE　2006.3（セミナーシリーズ鶴見俊輔と囲んで2）
『日米交換船』加藤典洋・黒川創との共著　新潮社　2006.3
『安場保和伝』花立三郎・三澤純・福井淳・住友陽文・中村尚史・中野目徹・東條正・小林和幸・桑原真人との共著　安場保吉編　藤原書店　2006.4

『ある女性の生き方――茅辺かのうをめぐって』那須耕介との共著　編集グループSURE　2006．5（セミナーシリーズ鶴見俊輔と囲んで3）
『何も起らない小説』山田稔との共著　編集グループSURE　2006．7（セミナーシリーズ鶴見俊輔と囲んで4）
『創作は進歩するのか』加藤典洋との共著　編集グループSURE　2006．9（セミナーシリーズ鶴見俊輔と囲んで5）
『韓《から》くに――風と人の記録』藤本巧編・写真・金石範・岡本太郎ら17人との共著　フィルムアート社　2006．7
『詩と自由――恋と革命』思潮社　2007．1（詩の森文庫）
『脱走の話――ベトナム戦争といま』吉岡忍との共著　編集グループSURE　2007．4
『御一新の嵐』筑摩書房　2007．5（ちくま学芸文庫、日本の百年1）
『鶴見俊輔書評集成1』みすず書房　2007．6
『鶴見俊輔書評集成2』みすず書房　2007．9
『鶴見俊輔書評集成3』みすず書房　2007．11
『たまたま、この世界に生まれて――半世紀後の『アメリカ哲学』講義』編集グループSURE　2007．6
『評伝高野長英　1804―50』藤原書店　2007．11

『期待と回想』朝日新聞社　2008．1（朝日文庫）
『アメリカ哲学』こぶし書房　2008．1（こぶし文庫）
『中国の医術を通して見えてきたもの――天文学から『夜鳴く鳥』へ』山田慶兒との共著　編集グループSURE　2008．3（シリーズ鶴見俊輔と考える1）
『科学と信仰のあいだで』柳瀬睦男との共著　編集グループSURE　2008．5（シリーズ鶴見俊輔と考える2）
『廃墟の中から』筑摩書房　2008．6（ちくま学芸文庫、日本の百年9）
『新しい開国』筑摩書房　2008．7（ちくま学芸文庫、日本の百年10）
『鶴見和子を語る――長女の社会学』金子兜太・佐佐木幸綱との共著　黒田杏子編　藤原書店　2008．7
『わたしの中の38億年――生命誌の視野から』中村桂子との共著　編集グループSURE　2008．7（シリーズ鶴見俊輔と考える3）
『歴史の中を人間はどう生きてきたか――私たちの場所から中国中世を見る』谷川道雄との共著　編集グループSURE　2008．9（シリーズ鶴見俊輔と考える4）
『この時代のひとり歩き』海老坂武との共著　編集グループSURE　2008．9（シリーズ鶴見俊輔と考える5）
『悼詞』編集グループSURE　2008．11
『対論・異色昭和史』上坂冬子との共著　PHP研究所　2009．5（PHP新書）

『不逞老人』聞き手・黒川創　河出書房新社　2009．7
『人生に退屈しない知恵』森毅との共著　編集グループSURE　2009．10（シリーズこの人に会いたかった1）
『言い残しておくこと』作品社　2009．12
『冥誕　加藤周一追悼――1919―2008』大江健三郎・水村美苗・吉田秀和・垣花秀武・日高六郎ら25人との共著　かもがわ出版　2009．12
『ぼくはこう生きている　君はどうか』重松清との共著　潮出版社　2010．1
『戦後日本の思想』久野収・藤田省三との共著　岩波書店　2010．1（岩波現代文庫）
『思い出袋』岩波書店　2010．3（岩波新書）
『教育再定義への試み』岩波書店　2010．3（岩波現代文庫）
『ちいさな理想』編集グループSURE　2010．3
『思想の折り返し点で』久野収との共著　岩波書店　2010．4（岩波現代文庫）
『もうろく帖』編集グループSURE　2010．6
『新しい風土記へ――鶴見俊輔座談』朝日新聞出版　2010．7（朝日新書）
『竹内好――ある方法の伝記』岩波書店　2010．9（岩波現代文庫）
『かくれ佛教』ダイヤモンド社　2010．12
『象の消えた動物園――同時代批評』編集工房ノア　2011．8

『日本人は何を捨ててきたのか――思想家・鶴見俊輔の肉声』関川夏央との共著　筑摩書房　2011．8
『思想の落し穴』岩波書店　2011．11（岩波人文書セレクション）
『定義集――警句・箴言・定義　鶴見俊輔語録1』冨板敦編　皓星社　2011．11
『この九十年　鶴見俊輔語録2』冨板敦編　皓星社　2011．11
『オリジンから考える　小田実との共著』岩波書店　2011．11
『原発への非服従――私たちが決意したこと』澤地久枝・奥平康弘・大江健三郎との共著　岩波書店　2011．11（岩波ブックレット）
『日本人は状況から何をまなぶか』編集グループSURE　2012．3
『流れに抗して』編集グループSURE　2013．10

初出一覧

I

・日本思想の言語――小泉八雲論　「展望」1965年1月号、『鶴見俊輔集』第1巻

＊

・漫才との出会い　「月刊百科」1978年1月号（鶴見俊輔『太夫才蔵伝　漫才をつらぬくもの』より）、『鶴見俊輔集』第6巻
・『鞍馬天狗』の進化　『講座・現代芸術』第5巻「権力と芸術」、勁草書房、1958年、『鶴見俊輔集』第6巻
・文章には二つの理想がある　鶴見俊輔『文章心得帖』、潮出版社、1980年
・バーレスクとストリップティーズ　「月刊百科」1990年7月号（鶴見俊輔『アメノウズメ伝　神話からのびてくる道』より）、『鶴見俊輔集』続5巻

II

・言葉のお守り的使用法について　「思想の科学」1946年5月、『鶴見俊輔集』第3巻
・らくがきと綴り方　1952年7月執筆、ガリ版刷り「京大天皇制刊行物」に発表、『鶴見俊輔集』第6巻
・かるた　「文藝」1951年6月号、『鶴見俊輔集』第8巻
・円朝における身ぶりと象徴　「文学」1958年7月号、『鶴見俊輔集』第6巻
・わたしのアンソロジー　「現代詩」1959年10月号、『鶴見俊輔集』第10巻

Ⅲ

・一つの日本映画論――「振袖狂女」について　「映画評論」1952年11月号、『鶴見俊輔集』第6巻
・戦争映画について　「映画芸術」1957年1月号（「補論」は同誌同年7月号）、『鶴見俊輔著作集』第4巻
・日本映画の涙と笑い　「婦人公論」1957年8月号、『鶴見俊輔著作集』第4巻

＊

・漫画の読者として　『平凡社カルチャーtoday』第10巻「遊ぶ　甦るホモ・ルーデンス」、1980年、『鶴見俊輔集』第7巻
・バーレスクについて――富永一朗　『第2期・現代漫画3　富永一朗集』解説、筑摩書房、1971年
・エゴイズムによる連帯――滝田ゆう　『第2期・現代漫画6　滝田ゆう集』解説、筑摩書房、1971年
・体験と非体験を越えて――戦争漫画　『第2期・現代漫画3　戦争漫画集』解説、筑摩書房、1970年
・漫画から受けとる　「思想の科学」1996年5月号、『鶴見俊輔集』続3巻

＊

・誤解権　「東京新聞」1958年5月23日、鶴見俊輔『誤解する権利』、筑摩書房、1959年
・メキシコの同時通訳　「京都新聞」1989年8月19日夕刊、『鶴見俊輔集』第10巻
・独創と持久　「京都新聞」2006年4月17日夕刊、鶴見俊輔『ちいさな理想』、編集グループSURE、2010年
・暴力をやわらげる諸形式　「月刊百科」1990年8月号（『アメノウズメ伝』より）、『鶴見俊輔集』続5巻

・90歳を迎えて

＊

ある仕事の回想――桑原武夫学芸賞に寄せて　「潮」２０１２年9月号

上野博正と「思想の科学」「活字以前」49号、２０１２年9月

読書アンケート回答　「みすず」２０１３年１・２月合併号

九条の会の働きどき　２０１３年1月28日、「九条の会呼びかけ人からのメッセージ」として発表

意思表示　２０１３年5月17日、九条の会に寄せたメッセージ

『鶴見俊輔著作集』『鶴見俊輔集』は筑摩書房、両書に収録されているものは後者のみを挙げた。『鶴見俊輔書評集成』はみすず書房。

なお、今回収録するにあたり、表題などを改めたものがある。

解題

黒川　創

この巻では、芸術と思想をめぐる鶴見俊輔の論考で、ことに重要なものを集めた。限界芸術（Marginal Art）という鶴見の広範な視野の取りかたが、その言葉を使いだすより前から、ここにつらぬかれているのがわかるだろう。

満二三歳での事実上の論壇デビュー作「言葉のお守り的使用法について」（「思想の科学」創刊号、一九四六年五月）から、満九一歳を迎える今年（二〇一三年）に入っての発言まで、およそ六七年間にわたる論考が、ここに並んだ。なかでも、鶴見の二〇代、三〇代での初期論考をことに重視して選んでいる。

なぜなら、その時期こそ、彼が全霊を打ち込むように、代表的な芸術論、表現論を次つぎと発表する期間にあたっているからだ。先に挙げた「言葉のお守り的使用法について」に始まり、「一つの日本映画論——『振袖狂女』について」、「『鞍馬天狗』の進化」、「円朝における身ぶりと象徴」などなど。また、それらとはやや別の系列に、「かるた」、

「わたしのアンソロジー」といった、論文の形式を大きく破って、もっと自分自身の深い場所から、思索をたどる試みもあった。

「慣用語の転生」が必要なのだと、鶴見はこれらの仕事を通じ、重ねて言っている。

むろん、戦時翼賛体制の深化を無批判の反射のうちに組みこんだ「言葉のお守り的使用法」も、「慣用語」のひとつのあり方だった。しかし、そこでの誤りを繰り返さないための対処法は、生活語としての慣用語を、学術用語という別種の慣用語の束から、きれいに分離することにあるのではない（戦後、日本社会がたどってきた道筋は、実際にはこれに近いが）。むしろ、鶴見が提言するのは、生活語をよく噛みくだき、意味を明瞭にする努力を重ねて、学術用語としても生かしていくことだった。

若い鶴見の動機の側から、これらの知的量産を説明することもできる。

国家という圧倒的な力で自分たちが戦場に送られ、殺し、殺されることを強いられてきたことへの、憤り。捕虜虐待、軍による性暴力や阿片密売の気配と絶えず接してきたのに、指一本も、それへの造反に動かせなかった、情けなさ。

芸術とは、「たのしい記号」（鶴見「芸術の発展」、一九六〇年）である。だが、そうであることの切実さは、若い人生のなかでも最悪の経験を重ねた歳月から、せり上がってくる。

新聞のコラムとして発表された「誤解権」（一九五八年）のような小品もある。こちらは、冷めたユーモアをたもって、東京の論壇ジャーナリズムの核心とも言えそうな部分をとらえる。——この業界では、「学問および評論」を商売にして、たえず「論争」が行われているように見える。だが、実は、おおぜいの同業者が食っていく必要から、それぞれに「誤解する権利」を行使して、自分が「論争」に勝ったように見せかけるだけである、と鶴見はここで言っている。

この認識は、若手の論壇人としてメディア上でも重宝されるに至っていた、当時の鶴見自身の実感と当惑にもとづく。

鶴見は、権勢に対してははっきり批判的な論者だが、マルクス主義者ではなく、政党の陣営などにも属していなかった。いわゆるリベラルな知識人の立場かというと、そうでもない。むしろ、彼は、戦前の日本のリベラルな知識人たち（彼にとって、父・鶴見祐輔がその代表格だった）がいかに雪崩をうって軍国主義へ流れ込んでいったかについて、嫌悪に近い感情さえ抱いており、それへの峻烈な批判者でもあった。つまり、論壇への出番は多いが、つねに鶴見は孤立した見地で、「誤解」に取り巻かれて過ごしていた。

にもかかわらず、このコラムの後半部では、さらに思い切った方向へと、彼は打って出る。「誤解される権利」もある、というのだ。

「思いきった行動をさしだすということは、誤解される権利を十分に行使することと、ほとんど同じことになる。」

「論争という活動がもともと誤解する権利の活発な行使を前提としている以上、むしろわれわれは、誤解される権利を十分に活用して、自分で考えて意味のあると思う行動をどんどんつみかさねてゆくべきではないか。」

鶴見の行動には、突きつめて考えられた突飛さがつきまとう。それでも、そうするときのしぐさにユーモアがたもたれたのは、彼が（政治ではなく）「芸術」という人間に固有の領域を通して、ものを考えてきたことの功徳だろう。

やや後の時代のこと。一九七〇年代初頭、マンガという表現の内側にこれほどのめり込んで語られたマンガ論も、当時としてはほかに例を見ないものだと私は感じる。だが、二一世紀の日本社会の現状から振り返って見るなら、かつてそこで述べられたことが今なお妥当だと思うか、鶴見に尋ねてみたいという思いに駆られることも、やはりある。

たとえば――、戦前育ちの日本人たちは十数年にわたって中国本土でたたかいながら、中国人の側から戦争を考えてみることさえできなかったということで共通している、と鶴見は言っていた。一方、戦後は、占領軍とテレビが新しく入ってきたことで、日本人の戦争観は、日本人以外の人びとを準拠枠とし、そこから戦争をとらえるようになっている、と（「体験と非体験を越えて」）。

これについては、二〇一三年の現状に照らしても、そのように考えられるのか？

好景気な社会下では、それなりに楽観的で開放的、他者にも寛容な思潮が広がる。しかし、不景気な社会に転じると、排外主義と、よその社会への敵対感情が、また戻ってくることもありえよう。鶴見は、高度経済成長下の一九七〇年、そんな未来を思い描くこともあっただろうか？

景気の循環につれ、潮の満ち干のように社会思潮もうつろうだけなら、そこに「思想」固有の働きを認めることはできないだろうと思うのだが。

とはいえ、鶴見なら、また、べつの答え方をしようとするかもわからない。

現代風俗研究会という集まりも、鶴見は長く活動の場としてきた（本書中でも「文章には二つの理想がある」、「独創と持久」などで舞台となる）。この会は、「はがき報告」を広く会員らにつのって、身辺の生活風俗研究の手だてとした。「こういう文献のあつまりが、（中略）砂の混じった飯のようなものを、現代風俗学者の胃の腑に提供しつづけるようでありたい」と、彼は述べている（鶴見「『はがき報告』について」、「現代風俗'77」創刊号）。

一九七八年、「かたみ」をテーマとしたとき、鶴見自身の「はがき報告」は――。

「父の三つぞろえの中の上着とずぼんとは彼の長い病中にいずれも転用されたりして、チョッキだけが数多く私のところにのこった。実は上着やずぼんも相当数ゆずられたのだが体形がちがうので私にぴったりというわけにはゆかない。チョッキだけはぴたりとあうので、いくらか寒い季節にはそれを家で着ることにしている。

おしゃれだった父の三つぞろえの中でチョッキだけを、ネクタイなし、上着なしで着ていると、おのずから別のスタイルになっていて気がおちつく。こういう身なりを、イギリスやアイルランドの日常生活の写真で今までに何度も見たことがあるし、三つぞろえとしてでなければ着られないという習慣のほうが、明治大正の洋服風俗のせまさをつたえている。」（鶴見俊輔編著『現代風俗通信〔'77〜'86〕』、一九八七年、学陽書房）

ここにも、衣服の着こなし方という、いわば「慣用語」に、「転生」が生じた一例がある。さらには、「かたみ」の受け渡しという行為を通して、父と息子の関係という「慣用語」に、遅ればせながら、いくぶんかの「転生」がやって来た光景も。

鶴見俊輔は、いつも、自分にやれそうに思ったことなら、まずは工夫して自分なりにやってきた。小さなことからでも、何かしら次つぎにやりはじめて、あきらめない。そのことのなかに、「たのしい記号」を見出してきた人なのだと、私には思える。

ひとりの読者として

南伸坊

紙粘土をつかって「作品」をつくる。

っていうのを、つい先日やったんですが、これがけっこうおもしろかった。いろんなことをアレコレ思いつきました。

粘土で「作品」をつくる時「何を作るべきだろうか?」と、職業的イラストレーターとしてはついつい考えてしまいがちです。

ぼくはイラストレーターの団体「TIS」(東京イラストレーターズソサエティ)の会員なんですが、この粘土細工は、その会員同士でするネット上の展覧会で一種の遊びのようなものです。

つまり、なんだっていいんです。粘土細工をして、気が向いたらそれに色を塗ったりもして提出すればいい。

なに作ろうかなあと、とりあえず粘土をひねくってたんですが、なにしろ粘土細工をやるなんて、小学校の図画工作以来で(いや、20年くらい前に装丁の仕事で、金色のウンコを作ったことはあったたな、でも、それは単なるウンコなんで、成型にテクニックは必要なかった)。

何かの形を作ろうということになると、材料の扱いに全く慣れていないもんだから、とても不細工になってしまう。もたもたしてるうち粘土がどんどん乾いて固まるし。もはやあれこれ考えてるヒマはないぞ。ということになってしまった。それで机の上に置いてあるものを、とりあえず作ってしまえと、なるべくそれらしくなるように、モデルを前にして粘土をいじくりだした。

マジックインキというのがありますね。

大昔からずっとあるあれです。今だとフェルトペンとかドライマーカーとか呼ばれているものですが、机の上にいまあるのは、まさにマジックとかマジックインキとかというしかない、ずーっと変わらないデザインのあれです。

あれをモデルにした。最初はとにかくソックリに作ろうと思ったんです。粘土細工っていうのは、絵を描くよりは物のカタチを写すのが実はたやすい。絵は立体を平面にうつすためのテクニックが必要で、何百年もそこに細かな工夫がこらされてきました。

しかし粘土細工は立体のものを立体のままに似せればいいので、だいぶラクなはずなんです。ところがまァ、なかなか理屈どおりにはいかなくて、ひどく不格好にゆがんでいるし、大きさもふたまわりくらい大きくできちゃった。

作ってる途中で、どんどん乾いてくる素材で、あんまり修整を加える気分でもなくなったんで、ヘタのままでいいや、となって、そのちょっとゆがんだままのマジックインキに、本物そっくりの色を塗っていくことにしたんです。

よくみると、あのマジックインキには、おそろしく色んなことが、沢山書き込まれているんですね。「どんなものにも書ける魔法のインキ」とか「製法特許第二四二四九四号」とか「？」マークに「Magic INK」っていうロゴ、それらをすっかり、ソックリにまねて描いていきます。

仕上げにニスを吹きつけて、本物の光沢も再現しました。出来上ると、奇妙に「実物感」があるんですよ。よく見れば少しずつ違うし、大体が形もゆがんでるんですが。ぱっと見ると「あ、マジック」と思うんです。それが、なんだかちょっと可笑しい。狸が化けてるみたいな笑っちゃうようなカンジがある。

机の上に置いて、しばらく見てたんですが「あー、これはつまりアンディ・ウォーホルじゃないか‼」と思った。

つまりアンディ・ウォーホルがキャンベルのスープ缶を絵にしたり、彫刻にしたり、洗剤のハコの彫刻を作ったりした。リキテンスタインでもある。

リキテンスタインが、アメコミの一コマを拡大してキャンバスに描いたりした、あれです。ポップアート。

ポップアートっていうのは、それまでの美術史で絵画や彫刻のモチーフになったりしなかった日常のありふれたもの、大量に生産されている、芸術的には無価値と思われてるような、図像をモチーフに作品に仕上げたものですが、この理屈としてのポップアートの「意味」が、いままでいまひとつ、合点がいってなかった。

できあがってる作品を見て「わっ、カッコイイ」と思ってしまったからなんです。理屈を字義通りに実現するために、ぼくはコカ・コーラの瓶の替りに「味の素」の瓶を沢山ならべた絵をつくったりしたこともあるんですが、その時にも、このヘンなおかしさというのにピンときていなかった。

それが、狸が化けてるようなマジックインキを自分で作って、机の上にのってるのを見て「パッ」とわかった。なるほど、こんなふうなことだったんじゃないのか。

そうしてそれは、ポップアートがわかったっていうだけにとどまらずに、もっといろんなことがわかりつつあるぞ、という手ごたえがあるんです。

ぼくらがしている認知とかいうようなものも、ひょっとすると、こんな狸が化けたようなものなんじゃないか？とか。

すっかりわかったつもりでいるモノがちょっと違うものに見えてくる。おもしろいってのは、実はそういうことなんじゃないのか？とか。

おもしろくなって、ぼくはその後、消しゴムとか、赤えんぴつとか、メモ帳とか日常よく目にしてるものを、次々に粘土でつくっては色を塗って仕上げてみた。やっぱりとてもよく似てはいるんだけど、なんだかちょっと狸が化けてる感のある作品。

じゃあその、いろんなことがわかったとかいう、その「いろんなこと」を、キリキリ説明してくれたまえ、といわれると困る。たしかに「何か」がわかった気がするんだけど、それをコトバでてきぱき説明しろといわれると、なかなかそういうわけにいかない。

「そんなことより」

と、いま思われた読者もいるでしょう。そもそもこの作文は、鶴見俊輔さんの文章を、黒川創さんがアンソロジーに編んだ『ことばと創造』の「解説」じゃないのか？　鶴見さんの文と、粘土細工のマジックインキの、いったいどこに関係があるっていうのか？　と、さぞお思いのことと思います。

鶴見さんの本ていうのは、いつもほんとにおもしろい。ぼくはこの解説を書くにあたって、ゲラの束を、旅先まで持っていって、新幹線の中で読んだりしました。すでに読み了って、ここに来た人には、おわかりでしょう。どのページも、おもしろい。ぼくは鉛筆を持って読みながら、じゃんじゃん傍線をひっぱっていきました。

いま見るとそこらじゅうにひっぱってある。

そうして、その傍線をもう一度見ながら、さらに紙に書き抜きを作ったりして、それを構成して文章にしよう。と、そういう心づもりで書きはじめたんです。

ところが、いざ書きはじめたら、なぜだかこないだやった粘土細工のことから書きたくなって、書き出すと、大半を粘土細工が占めてしまった。

このことを書くのが「ふさわしい」と、どうも思ったんですね。鶴見さんが、ストリップだの、漫才だの、ポンコツおやじや鞍馬天狗、子供の頃から持っている疑問から「哲学」をはじめる。世間からあまり立派と思われていないようなジャンルや、とるにたらないと思われている考え方から考える流儀が、ひょっとすると、ポップアートをおもしろがって始めたアーティストや、それをおもしろがったぼくら若者や、時代精神と、底のほうでつながってるような気がしたのかもしれない。

しかし今や、アンディ・ウォーホルも、世間ではまるで「偉人」のように扱われてるので、かえって真意がつたわりにくかったかもしれない。

お金持になった人を「偉い」と思うアメリカ式スタンダードはぼくはなんかまちがってると思うな。っていきなりこんなとこで主張しだすと、お金持をうらやんで、ねたんでると思われるかもしれないですね。

いま、ものすごく馬鹿っぽいダジャレを思いついたので、書きとめておきましょう。

「ネタンデルタール人」

ついでに富永一朗のポンコツおやじのところで、

「われと来て　あそべや　妻のないスルメ」

ってのを読んだとき、まねしてつくったダジャレ。

「スルメ　焼くまで　踊りわすれず」

鶴見さんは、こんなにいろんな、おもしろい文章を書かれているのに、ご自分では、百に一つくらいしかうまく書けたと思う文章がないそうです。

ぼくは、たくさん傍線を引きすぎて、どれをとったらいいのか迷って、けっきょくいまのいままで、鶴見さんの文章の引用を一行もしていないので、最後に鶴見さんも気に入っていて、ぼくも気に入っている文章を引用します。

自分はいかなる馬鹿であるか
自分はいかなる馬鹿になるか
いかなる馬鹿として自分を見るかが、
多様な人生観のわかれめとなる。

ことばと創造《そうぞう》

鶴見《つるみ》俊輔《しゅんすけ》コレクション4

二〇一三年一〇月一〇日　初版印刷
二〇一三年一〇月二〇日　初版発行

著　者　鶴見《つるみ》俊輔《しゅんすけ》
編　者　黒川創《くろかわそう》
発行者　小野寺優
発行所　株式会社河出書房新社
〒一五一－〇〇五一
東京都渋谷区千駄ヶ谷二－三二－二
電話〇三－三四〇四－八六一一（編集）
〇三－三四〇四－一二〇一（営業）
http://www.kawade.co.jp/

ロゴ・表紙デザイン　粟津潔
本文フォーマット　佐々木暁
印刷・製本　中央精版印刷株式会社

Printed in Japan ISBN978-4-309-41253-5

思想をつむぐ人たち　鶴見俊輔コレクション1

鶴見俊輔　黒川創〔編〕　41174-3

みずみずしい文章でつづられてきた数々の伝記作品から、鶴見の哲学の系譜を軸に選びあげたコレクション。オーウェルから花田清輝、ミヤコ蝶々、そしてホワイトヘッドまで。解題＝黒川創、解説＝坪内祐三

身ぶりとしての抵抗　鶴見俊輔コレクション2

鶴見俊輔　黒川創〔編〕　41180-4

戦争、ハンセン病の人びととの交流、ベ平連、朝鮮人・韓国人との共生……。鶴見の社会行動・市民運動への参加を貫く思想を読み解くエッセイをまとめた初めての文庫オリジナルコレクション。

旅と移動　鶴見俊輔コレクション3

鶴見俊輔　黒川創〔編〕　41245-0

歴史と国家のすきまから、世界を見つめた思想家の軌跡。旅の方法、消えゆく歴史をたどる航跡、名もなき人びとの肖像、そして、自分史の中に浮かぶ旅の記憶……鶴見俊輔の新しい魅力を伝える思考の結晶。

サイバースペースはなぜそう呼ばれるか＋　東浩紀アーカイブス2

東浩紀　41069-2

これまでの情報社会論を大幅に書き換えたタイトル論文を中心に九十年代に東浩紀が切り開いた情報論の核となる論考と、斎藤環、村上隆、法月綸太郎との対談を収録。ポストモダン社会の思想的可能性がここに！

郵便的不安たちβ　東浩紀アーカイブス1

東浩紀　41076-0

衝撃のデビュー「ソルジェニーツィン試論」、ポストモダン社会と来るべき世界を語る「郵便的不安たち」など、初期の主要な仕事を収録。思想、批評、サブカルを郵便的に横断する闘いは、ここから始まる！

正法眼蔵の世界

石井恭二　41042-5

原文対訳「正法眼蔵」の訳業により古今東西をつなぐ普遍の哲理として道元を現代に甦らせた著者が、「眼蔵」全巻を丹念に読み解き、簡明・鮮明に道元の思想を伝える究極の道元入門書。

親鸞
石井恭二　41075-3

二〇一一年に七百五十回忌を迎えた親鸞。旧仏教を超え、智から無知へ、賢から愚へ、人間の心の深層で悩み、非僧非俗のまま横ざまに庶民の中に入って伝えたその絶対的平等思想の実体を分りやすく解読する。

文明の内なる衝突　9.11、そして3.11へ
大澤真幸　41097-5

「9・11」は我々の内なる欲望を映す鏡だった！　資本主義社会の閉塞を突破してみせるスリリングな思考。十年後に奇しくも起きたもう一つの「11」から新たな思想的教訓を引き出す「3・11」論を増補。

増補　日本という身体
加藤典洋　40993-1

明治以降の日本を、「大」「新」「高」という三つの動態において読み解くという斬新な方法によって時代の言説を検証し、日本と思想のありかたを根源から問いかえす代表作にして刮目の長篇評論を増補。

日本
姜尚中／中島岳志　41104-0

寄る辺なき人々を生み出す「共同体の一元化」に危機感をもつ二人が、日本近代思想・運動の読み直しを通じて、人々にとって生きる根拠となる居場所の重要性と「日本」の形を問う。震災後初の対談も収録。

退屈論
小谷野敦　40871-2

ひとは何が楽しくて生きているのだろう？　セックスや子育ても、じつは退屈しのぎにすぎないのではないか。ほんとうに恐ろしい退屈は、大人になってから訪れる。人生の意味を見失いかけたら読むべき名著。

心理学化する社会　癒したいのは「トラウマ」か「脳」か
斎藤環　40942-9

あらゆる社会現象が心理学・精神医学の言葉で説明される「社会の心理学化」。精神科臨床のみならず、大衆文化から事件報道に至るまで、同時多発的に生じたこの潮流の深層に潜む時代精神を鮮やかに分析。

定本　夜戦と永遠　上・下　フーコー・ラカン・ルジャンドル

佐々木中　41087-6 41088-3

『切りとれ、あの祈る手を』で思想・文学界を席巻した佐々木中の第一作にして主著。重厚な原点準拠に支えられ、強靭な論理が流麗な文体で舞う。恐れなき闘争の思想が、かくて蘇生を果たす。

社会は情報化の夢を見る　［新世紀版］ノイマンの夢・近代の欲望

佐藤俊樹　41039-5

新しい情報技術が社会を変える！　――私たちはそう語り続けてきたが、本当に社会は変わったのか？　「情報化社会」の正体を、社会のしくみごと解明してみせる快著。大幅増補。

道徳は復讐である　ニーチェのルサンチマンの哲学

永井均　40992-4

ニーチェが「道徳上の奴隷一揆」と呼んだルサンチマンとは何か？　それは道徳的に「復讐」を行う装置である。人気哲学者が、通俗的ニーチェ解釈を覆し、その真の価値を明らかにする！

なぜ人を殺してはいけないのか？

永井均／小泉義之　40998-6

十四歳の中学生に「なぜ人を殺してはいけないの」と聞かれたら、何と答えますか？　日本を代表する二人の哲学者がこの難問に挑んで徹底討議。対話と論考で火花を散らす。文庫版のための書き下ろし原稿収録。

イコノソフィア

中沢新一　40250-5

聖なる絵画に秘められた叡智を、表面にはりめぐらされた物語的、記号論的な殻を破って探求する、美術史とも宗教学とも人類学ともちがう方法によるイコンの解読。聖像破壊の現代に甦る愛と叡智のスタイル。

後悔と自責の哲学

中島義道　40959-7

「あの時、なぜこうしなかったのだろう」「なぜ私ではなく、あの人が？」誰もが日々かみしめる苦い感情から、運命、偶然などの切実な主題、そして世界と人間のありかたを考えて、哲学の初心にせまる名著。

集中講義 これが哲学！ いまを生き抜く思考のレッスン

西研 41048-7

「どう生きたらよいのか」——先の見えない時代、いまこそ哲学にできることがある！　単に知識を得るだけでなく、一人ひとりが哲学するやり方とセンスを磨ける、日常を生き抜くための哲学入門講義。

軋む社会 教育・仕事・若者の現在

本田由紀 41090-6

希望を持てないこの社会の重荷を、未来を支える若者が背負う必要などあるのか。この危機と失意を前にし、社会を進展させていく具体策とは何か。増補として「シューカツ」を問う論考を追加。

対談集 源泉の感情

三島由紀夫 40781-4

自決の直前に刊行された画期的な対談集。小林秀雄、安部公房、野坂昭如、福田恆存、石原慎太郎、武田泰淳、武原はん……文学、伝統芸術、エロチシズムと死、憲法と戦後思想等々、広く深く語り合った対話。

南方マンダラ

南方熊楠　中沢新一〔編〕 47206-5

歿五十年を経て今、巨大な風貌をあらわしはじめた南方熊楠。日本人の可能性の極限を拓いた巨人の中心思想＝南方マンダラを解き明かす。中沢新一の書き下ろし解題を手がかりに熊楠の奥深い森に分け入る。

南方民俗学

南方熊楠　中沢新一〔編〕 47207-2

近代人類学に対抗し、独力で切り拓いた野生の思考の奇蹟。ライバル柳田國男への書簡と「燕石考」などの論文を中心に、現代の構造人類学にも通ずる、地球的規模で輝きを増しはじめた具体の学をまとめる。

浄のセクソロジー

南方熊楠　中沢新一〔編〕 47208-9

両性具有、同性愛、わい雑、エロティシズム——生命の根幹にかかわり、生成しつつある生命の状態に直結する「性」の不思議をあつかう熊楠セクソロジーの全貌を、岩田準一あて書簡を中心にまとめる。

動と不動のコスモロジー

南方熊楠　中沢新一〔編〕　47209-6

アメリカ、ロンドン、那智と常に移動してやまない熊楠の人生の軌跡を、若き日の在米書簡やロンドン日記、さらには履歴書などによって浮き彫りにする。熊楠の生き様そのものがまさに彼自身の宇宙論なのだ。

森の思想

南方熊楠　中沢新一〔編〕　47210-2

熊楠の生と思想を育んだ「森」の全貌を、神社合祀反対意見や南方二書、さらには植物学関連書簡や各種の論文、ヴィジュアル資料などで再構成する。本書に表明された思想こそまさに来たるべき自然哲学の核である。

「声」の資本主義　電話・ラジオ・蓄音機の社会史

吉見俊哉　41152-1

「声」を複製し消費する社会の中で、音響メディアはいかに形づくられ、また同時に、人々の身体感覚はいかに変容していったのか——草創期のメディア状況を活写し、聴覚文化研究の端緒を開いた先駆的名著。

道元

和辻哲郎　41080-7

『正法眼蔵』で知られる、日本を代表する禅宗の泰斗道元。その実践と思想の意味を、西洋哲学と日本固有の倫理・思想を統合した和辻が正面から解きほぐす。大きな活字で読みやすく。

現代語訳 歎異抄

親鸞　野間宏〔訳〕　40808-8

悩める者や罪深き者を救う念仏とは何か、他力本願の根本思想とは何か。浄土真宗の開祖である親鸞の著名な法話「歎異抄」と、手紙をまとめた「末燈鈔」を併録。野間宏の名訳で読む分かりやすい現代語の名著。

現代文訳 正法眼蔵 1

道元　石井恭二〔訳〕　40719-7

世界の哲学史に燦然と輝く道元の名著を、わかりやすく明晰な現代文で通読可能なテキストにした話題のシリーズ全五巻。第一巻は「現成公按」から「行持」まで、道元若き日のみずみずしく抒情的な思想の精髄。

神の裁きと訣別するため

アントナン・アルトー　宇野邦一／鈴木創士〔訳〕 46275-2

「器官なき身体」をうたうアルトー最後の、そして究極の叫びである表題作、自身の試練のすべてを賭けて「ゴッホは狂人ではなかった」と論じる三十五年目の新訳による「ヴァン・ゴッホ」。激烈な思考を凝縮した二篇。

クマのプーさんの哲学

J・T・ウィリアムズ　小田島雄志／小田島則子〔訳〕 46262-2

クマのプーさんは偉大な哲学者!?　のんびり屋さんではちみつが大好きな「あたまの悪いクマ」プーさんがあなたの抱える問題も悩みもふきとばす！　世界中で愛されている物語で解いた、愉快な哲学入門！

人間の測りまちがい　上・下　差別の科学史

S・J・グールド　鈴木善次／森脇靖子〔訳〕 46305-6 46306-3

人種、階級、性別などによる社会的差別を自然の反映とみなす「生物学的決定論」の論拠を、歴史的展望をふまえつつ全面的に批判したグールド渾身の力作。

ロベスピエール／毛沢東　革命とテロル

スラヴォイ・ジジェク　長原豊／松本潤一郎〔訳〕 46304-9

悪名たかきロベスピエールと毛沢東をあえて復活させて最も危険な思想家が〈現在〉に介入する。あらゆる言説を批判しつつ、政治／思想を反転させるジジェクのエッセンス。独自の編集による文庫オリジナル。

アンチ・オイディプス　上・下　資本主義と分裂症

G・ドゥルーズ／F・ガタリ　宇野邦一〔訳〕 46280-6 46281-3

最初の訳から二十年目にして“新訳”で贈るドゥルーズ＝ガタリの歴史的名著。「器官なき身体」から、国家と資本主義をラディカルに批判しつつ、分裂分析へ向かう本書は、いまこそ読みなおされなければならない。

意味の論理学　上・下

ジル・ドゥルーズ　小泉義之〔訳〕 46285-1 46286-8

『差異と反復』から『アンチ・オイディプス』への飛躍を画する哲学者ドゥルーズの主著、渇望の新訳。アリスとアルトーを伴う驚くべき思考の冒険とともにドゥルーズの核心的主題があかされる。

記号と事件　1972–1990年の対話

ジル・ドゥルーズ　宮林寛〔訳〕　46288-2

『アンチ・オイディプス』『千のプラトー』『シネマ』などにふれつつ、哲学の核心、政治などについて自在に語ったドゥルーズの生涯唯一のインタヴュー集成。ドゥルーズ自身によるドゥルーズ入門。

フーコー

ジル・ドゥルーズ　宇野邦一〔訳〕　46294-3

ドゥルーズが盟友への敬愛をこめてまとめたフーコー論の決定版。「知」「権力」「主体化」を指標にフーコーの核心を読みときながら「外」「襞」などドゥルーズ自身の哲学のエッセンスを凝縮させた比類なき名著。

差異と反復　上・下

ジル・ドゥルーズ　財津理〔訳〕　46296-7 46297-4

自ら「はじめて哲学することを試みた」著と語るドゥルーズの最も重要な主著、全人文書ファン待望の文庫化。一義性の哲学によってプラトン以来の哲学を根底から覆し、永遠回帰へと開かれた不滅の名著。

ニーチェと哲学

ジル・ドゥルーズ　江川隆男〔訳〕　46310-0

ニーチェ再評価の烽火となったドゥルーズ初期の代表作、画期的な新訳。ニーチェ哲学を体系的に再構築しつつ、「永遠回帰」を論じ、生成の「肯定の肯定」としてのニーチェ／ドゥルーズの核心をあきらかにする著。

批評と臨床

ジル・ドゥルーズ　守中高明／谷昌親〔訳〕　46333-9

文学とは錯乱／健康の企てであり、その役割は来たるべき民衆＝人民を創造することなのだ。「神の裁き」から生を解き放つため極限の思考。ドゥルーズの思考の到達点を示す生前最後の著書にして不滅の名著。

千のプラトー　上・中・下　資本主義と分裂症

G·ドゥルーズ／F·ガタリ　宇野邦一／小沢秋広／田中敏彦／豊崎光一／宮林寛／守中高明〔訳〕　46342-1 46343-8 46345-2

ドゥルーズ／ガタリの最大の挑戦にして、いまだ読み解かれることのない二十世紀最大の思想書、ついに文庫化。リゾーム、抽象機械、アレンジメントなど新たな概念によって宇宙と大地をつらぬきつつ生を解き放つ。

著訳者名の後の数字はISBNコードです。頭に「978-4-309」を付け、お近くの書店にてご注文下さい。